제1화

크리스마스가 지나면 세상은 온통 연말 분위기가 된다.

마히루와 함께 보내서 외톨이 크리스마스를 회피한 다음 날, 아마네는 장을 보러 혼자 밖에 나와 있었다. 그야 살 것은 이미 다 사고 주위 풍경이 변하는 양상을 구경하면서 집으로 돌아가는 중이지만.

야경을 위해서인지 장식용 조명은 아직 남았지만, 그토록 잔뜩 치장했던 크리스마스 트리는 이미 치워지고, 눈에 선한 장식들은 대부분 전통 일본풍으로 바뀌어 있었다.

가게에서 파는 것도 전면적으로 새해맞이 장식이나 식재료로 바뀌면서 이미 크리스마스 이브의 흔적은 보이지 않았다. 남은 건 기껏해야 크리스마스에 못 팔고 남은 상품의 가격을 낮춰 재고 정리 세일이라는 명목으로 진열한 것이 전부이리라.

태세 전환이 참 빠르구나. 연말연시 준비에 들어간 주위를 둘러보면서, 아마네는 머플러에 얼굴을 묻고 추위를 이기려 했다.

모노톤의 물떼새 무늬 머플러는 마히루에게 크리스마스 선물로 받은 것이다.

듣기론 '목 주변도 잘 꾸미는 게 중요해요.' 라는데. 촉감이 정말 좋고 바람을 단단히 막아서 온기를 품어 주는, 실용성과 패션을 겸비한 좋은 물건을 받았다.

평소 머플러를 하지 않는 까닭에 감사히 잘 쓰면서, 아마네는 자신의 팔에 걸린 비닐봉지 속을 확인했다.

기본적으로 장보기는 분담하기로 했지만, 요리하는 마히루의 부담을 줄이고자 보통은 아마네가 메모를 챙겨서 사러 간다.

오늘은 날씨가 추워서 *나베 요리를 한다는 듯, 야채니 버섯이니 고기 등등이 봉지 안에 가득 있었다. 야채가 많은 것은 영양을 골고루 섭취하라는 마히루의 말없는 주장이리라.

이런 데서 마히루의 어머니 기질이 드러난다고. 본인이 없는 틈을 타서 몰래 웃었다.

부족한 건 없을까 싶어서 다시 확인하고, 점점 더 매서워지는 추위에 몸을 떨면서 종종걸음으로 귀가했다.

"잘 다녀왔어요?"

집에 가니, 늦은 오후 시간대라 마히루가 맞이해 주었다.

생판 남이 집주인을 맞이하는 것은 조금 이상한 상황이지만, 요새는 익숙해졌다.

"응, 잘 다녀왔어. 얇게 썬 떡을 사 왔는데 괜찮을까?"

"샤부샤부로 먹고 싶은 거죠?"

"응. 그리고 마무리로 먹을 재료로 라멘을 사 왔어."

---

* 나베 : 우리나라의 전골 또는 찌개와 비슷한 일본 요리. '나베' 란 냄비의 일종. 하나의 냄비에 고기나 생선, 식용 채소 등을 넣고 끓이며, 이를 여럿이서 나눠 먹는다.

"전 그렇게 많이 먹지 못하는데요?"

"내가 거의 다 먹을 거니까 상관없을걸."

예전에는 별로 많이 먹지 않았지만, 마히루의 요리 덕분에 저녁밥은 은근 많이 먹게 됐다.

마히루도 칼로리를 의식하는지 살이 찌지 않을 수준의 요리를 내놓지만, 그보다 많이 먹는 아마네는 미묘하게 걱정이 되는지라 요새는 근육 트레이닝을 시작했다.

마히루의 감상으로는 '아마네 군은 말랐으니까 살을 더 찌워야 하지 않을까요?' 라고 하니까, 되도록 지방이 아니라 근육을 키우고 싶었다.

"뭐, 아마네 군이 먹어 준다면 괜찮겠지만요. 그거, 이리 주세요. 냉장고에 넣을 테니까. 아마네 군은 손을 씻고 가글하고 와요."

"알았어. 자."

마히루에게 짐이 든 비닐봉지를 주고, 아마네는 순순히 세면대로 갔다.

"그러고 보니 마히루는 새해 초에 뭘 할 거야?"

오늘도 변함없이 진짜로 맛있는 저녁밥을 깨끗이 비우고 뒷정리를 마친 뒤, 문득 궁금한 것을 마히루에게 물어봤다.

"새해는…… 귀성해도 의미가 없으니까 여기 있을 거예요."

너무 담담한 투로 대꾸해서 아마네는 자신이 실수했음을 깨달았지만, 마히루는 그다지 신경 쓰지 않는 분위기였다.

부모와 사이가 원만하지 않으니까 가족과 관계된 화제에는 아무래도 무뚝뚝한 반응을 보이는 거겠지.

하지만 그렇다면 마히루는 혼자 새해를 보내는 것 아닌가.

아마네는 기본적으로 반년에 한 번은 가서 얼굴을 비친다고 약속했기에, 마히루와 만나기 전에는 방학이나 연휴 때는 친가에 가려고 작정했지만.

"아마네 군은 귀성하죠?"

"응, 일단은 얼굴 좀 보자는 말을 들었는데."

마히루를 슬쩍 보니, 기분 탓인지 평소 표정보다 눈빛이 더 차가웠다.

혼자 지내는 것을 당연하게 여기고 있는 듯, 아마네가 귀성할 것임을 딱히 의심하지 않았다.

"집에 가면 너에 관해서 끈질기게 물을 것 같아."

"큰일이겠네요."

"아버지는 가볍게 이야기하는 수준에서 끝나겠지만, 어머니는 네 이야기를 듣고 싶을 테니까 말이지."

"자주 연락을 주고받는데도 왜 그러실까요."

"거참. 어느새 우리 어머니랑 친해진 거람……."

어째서 자신도 모르게 어머니와 친해지고, 나아가 어느새 사진이나 비밀 정보가 유출되고 있는지…… 싶어서 조금 허탈하지만, 마히루도 이러는 걸 봐서는 의외로 달갑게 상대하는 듯하고, 그렇다면 상관없지 않겠냐는 생각도 든다.

어머니 시호코에겐 다시는 괜한 소리를 하지 말라고 단단히 못을 박아두기로 하고, 이제 어쩔까 싶어서 마히루를 봤다.

때때로 보이는 허망한 표정과 쓸쓸한 눈빛을 떠올리니, 도저히…… 혼자 두고 싶지 않았다.

"뭐, 어머니는 얼마 전에 봤으니까, 아버지한테는 미안하지만 이번에는 귀성하지 않아도 될 것 같은데. 어차피 봄 방학 때는 갈 테니까."

그러니까 마히루만 불편하지 않다면, 늘 그랬듯이 함께 저녁 식사를 하면 좋겠다고 생각했다.

"……그런가요."

"응, 네가 만들어 주는 *메밀국수를 먹고 싶기도 하고."

"먹을 생각만 하네요."

"마히루가 해 주는 요리니까."

"……재료는 시중에서 파는 건데요?"

"그래도 먹고 싶어."

설령 시중에서 파는 면을 삶기만 하더라도 좋다.

둘이서 느긋하게 먹고 시간을 보낸다는 사실이 더 중요하니까.

"……정말 이상한 사람이네요."

"시끄러워."

심한 감상을 내놓는 마히루에게 일부러 쏘아붙이듯이 대꾸했더니, 오히려 잔잔한 미소를 보았다.

"……고마워요."

"뭐가?"

---

* 일본에서는 한 해 마지막 날에 메밀국수(소바)를 먹는 풍습이 있다.

"뭐든, 말이에요."

마히루는 더 말하지 않고, 기분이 좋아졌는지 밝은 표정을 지으면서 애용하는 쿠션을 꼭 끌어안았다.

그리고 드디어 12월 31일, 올해 마지막 날이 찾아왔다.

1년의 마지막 하루, 한 해를 마무리하는 날이다.

기본적으로는 내년을 대비해 준비하거나 대청소를 하면서 분주히 보내는 날이지만——.

"저기, 마히루 씨."

"왜요?"

"……나는 아무것도 하지 않아도 돼?"

거실 소파에 편하게 앉은 아마네는 앞치마를 두르고 아침부터 부엌에 서 있는 마히루의 뒷모습을 바라보고 있었다.

마히루가 아침부터 온 이유는 새해맞이 명절 요리를 만들기 위해서다.

둘이서 새해를 맞기로 해서, 당연히 요리도 2인분이 필요하다.

당연히 시중에서 파는 명절 요리를 살 줄 알았는데, 놀랍게도 손수 만든다고 했다. 주부에게도 힘든 작업을 꽃다운 나이의 여고생이 혼자 하는 거니까 놀랍기만 하다.

대단하다고 감탄만 했지만, 마히루의 말에 따르면.

"애초에 그런 요리는 사전 예약을 받으니까, 못 구해요."

이렇다고 한다.

그 말을 듣고 정말 그러겠다고 이해했지만, 그런데도 번거롭게 명절 요리를 만들려고 하는 마히루에게 탄복했다.

물론 간편하게 넘어갈 부분은 그러고 있어서, 검은콩은 삶을 때 시간이 오래 걸리고 가스레인지의 화구 하나를 차지한다는 이유로 시중에서 파는 것을 사 왔다.

"아마네 군, 아무것도 하지 않아도 되는지 불안해하는 것 같은데, 도울 일이 있긴 하나요?"

"없습니다."

"그렇겠죠. 방해하는 것보다는 얌전히 있는 게 더 나아요."

실로 냉혹한 관점에서 설득당해 얌전히 소파에 앉지만, 역시 아무것도 하지 않으려니 마음이 편안하지 않다.

아마네도 전혀 일하지 않은 것은 아니다.

대청소는 어제 끝냈고, 한동안 밖에 나가지 않아도 되게 명절 요리에 쓸 것을 포함한 대량의 식재료를 사 뒀다.

완전히 아무것도 하지 않은 것은 아니지만, 지금의 마히루와 비교하면 그다지 힘든 일은 아니었으리라.

"어제는 가구나 가전제품을 옮기고 구석구석까지 청소하느라 많이 피곤할 테니까 편하게 쉬고 있어요."

힘쓰는 일을 담당했던 아마네를 배려하듯 말한 마히루는 아마네를 돌아보지 않고 요리만 하고 있었다.

여담으로 마히루는 대청소를 이미 마쳤다고 한다. 애초에 정기적으로 잘 청소하고 있어서 손이 많이 가지 않는다나.

이게 평소 성실한 인간과 그렇지 않은 인간의 차이인가…… 하고, 새삼스럽게 그 격차를 통감했다.

"그래도 뭐랄까…… 미안해서……."

"요리하는 걸 좋아하니까 딱히 힘들지는 않아요."

"그래도 말이지……."

"괜찮아요. 즐거우니까요."

대수롭지 않다는 듯이 말하고 작업에 집중하기 시작한 마히루를 어쩌지도 못하고, 아마네는 머리를 붙잡고 끙끙댔다.

"마히루, 점심에 먹을 걸 사 왔어."

아무리 그래도 명절 요리를 준비하느라 바쁜 마히루에게 점심까지 차리게 하는 것은 너무하다 싶어서 편의점에 가서 적당히 먹을 것을 사 왔다. 마히루는 원래 많이 먹지 않으니까 샌드위치 한 개면 문제가 없으리라.

슬슬 좀 쉬려고 했는지 마히루도 앞치마를 잠시 벗은 상태라서 타이밍도 딱 좋았던 듯하다.

"고마워요. 점심은 챙기지 못해서 미안하네요."

"아니야. 명절 요리를 만들어 주는 시점에서 이미 압도적으로 내가 더 미안한 상황이지……. 이리 와, 같이 먹자."

휴식을 겸한 점심이고 해서 마히루는 순순히 거실로 돌아왔다.

"샌드위치와 카페오레인데, 괜찮겠어?"

"네, 고마워요."

마히루는 살짝 고개를 숙여서 점심거리를 받고, 아마네 옆에 앉았다.

"그나저나 얼마나 됐어?"

"어느 정도는 시중에 파는 걸로 때웠고, 종류도 줄였으니까 거의 다 끝났어요. 이제는 식혀서 담기만 하면 되는 것들이 대부분이에요. 아마네 군은 *다테마키를 좋아할 것 같아서 그건 직접 만들었어요."

"어떻게 알았어?"

"달걀을 쓴 요리를 좋아하잖아요. 다테마키도 예외는 아닐 것 같았거든요."

군이 오븐으로 구웠다고 한다. 오븐을 켜는 소리가 들려서 뭘 만드는지 궁금했는데, 그게 그거였던 모양이다.

"살짝 단맛이 나는 걸 좋아하죠?"

"잘 아시네."

"몇 달이나 됐으면 입맛을 기억하는 법이에요."

마히루는 참으로 기쁜 말을 해 주면서 양상추 햄 샌드위치를 입에 물었다.

아마네도 사 온 삼각김밥을 먹으면서 부엌 쪽을 보니 눈에 띄는 곳에 마히루가 가져온 작은 찬합이 놓여 있었다.

저 찬합에 담을 생각인 것 같았다.

설마 혼자 살면서 저런 찬합을 가져올 줄은 몰랐기 때문에 칠기에 금박까지 새겨진 고급스러운 찬합이 등장했을 때는 약간 놀랐다.

"정말 고맙다고 할까…… 그 뭐냐, 자취를 시작했을 때는 상상도 못할 만큼 올해 하반기는 식생활이 충실했는걸."

---

* 다테마키 : 일본의 새해맞이 명절 요리의 하나. 흰살 생선 등의 연육에 계란을 풀어서 오븐에 구워 롤케이크처럼 만드는 계란말이의 일종.

"저는 당신이 지금껏 용케도 살았다고 생각해요."

"너무하네. 의외로 편의점 도시락과 시중에 파는 것만 먹고 살아도 어떻게든 버틸 수 있거든?"

"건강에 좋진 않아요. 정말이지."

어이없다는 투로 마히루는 한숨을 쉬는데, 그 표정에는 어쩔 수 없다고 말하는 듯한 쓴웃음이 섞여 있었기 때문에 가슴이 조금 두근거렸다.

"제가 있는 한은 몸에 나쁜 식생활을 허용하지 않을 텐데요?"

"우리 어머니냐."

"아마네 군이 건강을 너무 소홀히 하니까 그래요. 내년에는 식생활을 더 멀쩡하게 할 테니까 그렇게 알아요."

미묘하게 의욕이 넘치는 마히루의 모습을 보고 완전히 내년에도 함께할 작정이구나 하고 생각하자, 이상하게 낯간지러운 느낌이 들어서 눈을 돌렸다.

하지만 그 태도를 나태하게 살고 싶다는 뜻으로 받아들인 마히루가 약간 불만스러운 표정으로 봐서, 아마네는 그게 아니라고 해명하는 데 시간을 약간 소비해야 했다.

해가 질 무렵에는 이미 모든 요리를 완성해 찬합에 담은 마히루는 다음으로 메밀국수를 준비하기 시작했다.

말은 그렇게 해도, 면은 삶기만 하면 되는 것을 샀으니까, 면을 삶고 고명을 준비하기만 하면 된다.

어묵은 명절 요리로 만든 게 많이 있으니까 그걸 쓰면 될 것이다. 시금치는 데치기만 하면 되고 파는 잘게 썰기만 하면 된다.

가장 만들기 어려운 것은 새우 튀김이지만, 마히루는 그 번거로운 것을 싫은 내색 하나 없이 튀기고 있다.

"그리고 호박이 남아서 호박도 같이 튀길게요."

"오…… 엄청 호화로운 메밀국수네."

"가끔은 이래도 좋겠죠."

그렇게 말한 마히루의 손에 완성된 국수는 친가에서 먹는 것보다도 호화로웠다.

커다란 새우 튀김은 한 사람당 두 개가 있고, 같이 만든 호박 튀김도 바삭바삭하게 잘 튀겼다. 시금치와 파는 듬뿍 얹었고, 어묵은 부채꼴 모양으로 잘려서 장식되어 있었다.

참고로 마히루는 튀김은 나중에 얹어서 바삭하게 먹는 성격인 듯 아마네의 몫도 직접 면 위에 얹지 않고 접시에 따로 담았는데, 그런 세세한 배려가 고맙게 느껴졌다.

"오오."

"자, 드세요."

아마네한테는 그것만으로 부족할 것 같다는 이유로, 남은 명절 요리도 작은 접시에 담아서 내놓았다.

마히루가 자리에 앉는 것을 보고 나서 손을 맞대고 "잘 먹겠습니다."라고 음식에 대고 감사를 표한 뒤, 국수를 먹어 보았다.

시중에서 파는 거라고 했지만, 비싼 면을 사 왔는지 면에서 메밀 향기가 확 퍼졌다.

국물도 너무 진하지도 연하지도 않았으며, 안도의 한숨이 저절로 나올 만큼 적당하게 간이 되어 있었다. 속이 훈훈해지는 것이 추운 날에 딱 맞는 맛이다.

"하아…… 이걸 먹으니 연말 느낌이 나네……."

국물을 마시고 숨을 내쉬면서 절절하게 중얼거렸다.

TV를 보면서 느긋이 메밀국수를 먹고 새해가 오기를 기다리는 것은 역시 기분이 좋았다.

친가에서도 매년 메밀국수를 먹고 연말 특집 방송이나 1년에 한 번 방송하는 가요 프로그램을 보면서 새해를 맞았기 때문에, 올해도 똑같이 보낼 수 있어서 다행이다.

옆에는 가족이 아니라 바지런한 타인이지만.

"연말에 메밀국수를 먹으면 한 해가 끝난다는 실감이 드네요."

"정말 그러네. ……올해는 이런저런 일이 있었지."

이런저런 일이라고 했지만, 대부분 마히루와의 교류가 차지하고 있다.

자취를 시작했을 때는 이런 미소녀가 밥을 차려 줄 것이라고, 눈곱만큼도 생각해 보지 않았다.

"아마네 군이 혼자 살기 시작한 해니까 말이죠. 많이 힘들었을 거예요."

"너는 무지 익숙하더라."

"뭐, 어지간한 것은 다 할 줄 아니까요. 아무것도 하지 못하면서 혼자 살려고 하는 아마네 군이 틀려먹은 건데요?"

"끅……. 그렇긴 한데 말이지."

"정말이지, 참 이상한 사람이에요."

질린 기색이 아니라 실소하듯 나무라는 마히루의 표정은 부드
럽다.

 아마네를 돌보는 것이 힘들지 않은지, 참 푸근한 표정이었다.

 "……올해는 참 신세를 많이 졌어."

 크리스마스에도 했던 감사의 마음을 다시 전하자, 마히루는
"그러게 말이에요."라며 살짝 웃었다.

 완전히 긍정하면 가슴이 뜨끔하지만, 마히루가 싫은 내색이
아니니까 그나마 다행이다.

 "……내년에도 잘 부탁해."

 "알아요. 제가 없으면 아마네 군은 금방 불균형 불규칙 생활
을 시작할 테니까요"

 "부정할 수 없어."

 "……알면 조심해야죠?"

 "새해 목표로 삼을게."

 아마 마음먹더라도 마히루에게 계속 신세를 지다 보면 결심이
날아갈 것 같지만, 본인에게는 말하지 말고 속에만 담아두자.

 물론 주변 정리정돈 정도는 하겠지만―― 마히루가 만들어
주는 식사에 의존하는 것은 거의 확정이겠지.

 완전히 사로잡혔음을 알면서도, 이제는 어쩔 도리가 없다.

 개선하겠다고 선언했는데도 마히루가 웃어서 아마네는 얼굴
을 굳히고 못마땅한 표정을 지었지만, 마히루는 즐겁게 슬쩍 웃
음만 띠었다.

"슬슬 해가 넘어가겠네요."

"그러네."

메밀국수를 다 먹고 소파에 앉아서 가요 프로그램을 보고 있었더니, 눈 깜짝할 사이에 시간이 지나면서 어느새 날짜가 바뀌기 직전이 되어 있었다.

TV를 잘 보지 않는지 요즘 노래는 잘 모르는 눈치인 마히루가 조용히, 그러면서 즐거운 표정으로 가요 프로그램을 보는 모습을 구경하고 있었더니, 생각보다 시간이 빨리 지나갔다.

제야의 종을 치는 풍경으로 방송 화면이 바뀌고야 비로소 올해가 다 지나갔음을 실감한다.

옆에 앉은 마히루는 눈을 내리뜨고 조용히 제야의 종소리를 듣고 있었다.

이윽고 107번째 종소리가 들리고——.

"새해 복 많이 받으세요."

날짜가 바뀐 순간, 자신을 보면서 자세를 반듯하게 세운 뒤에 고개를 숙이는 마히루를 보면서 아마네도 덩달아 자세를 바로 잡고 새해 인사를 했다.

"새해 복 많이 받아. ……왠지 기분이 이상하네, 둘이서 새해를 맞이하니까."

"후후, 그러네요. ……올해도 잘 부탁해요."

"나야말로…… 오히려 내가 잘 부탁해야 하는데."

"그건 부정할 수 없겠네요."

슬며시 웃는 마히루를 보면서 쓴웃음을 지었을 때 아마네는 무릎 위 스마트폰이 진동하고 있다는 걸 깨달았다.

아무래도 이츠키와 치토세가 새해 인사를 보낸 모양이다. 앱 아이콘에 숫자가 표시되어 있었다.

마히루도 마찬가지라서, 그 스마트폰도 진동하고 있다. 하지만 이제 막 아는 사이가 된 치토세에겐 아직 ID를 가르쳐 주지 않았다고 하니까 아마네가 모르는 친구겠지.

요새는 메시지를 보내기만 해도 새해 인사를 할 수 있으니까, 세상이 정말 편해졌다.

"잠시 답장을 보낼게요."

"나도 보내야겠네."

아마도 마히루에겐 인사 메시지가 많이 왔겠지. 남자에겐 연락처를 가르쳐 주지 않았을 것 같다는 생각도 들지만.

능숙하게 손가락을 놀려 십자 입력 방식으로 답문을 쓰는 마히루를 보고 '이런 모습은 여고생답네.' 라고 감탄하면서 자신도 이츠키와 치토세에게 답장을 보냈다.

메시지에는 평범하게 '새해 복 많이 받아' 말고도 '시이나와는 사이좋게 새해를 맞았어?' 라는 쓸데없는 질문이 있어서, 정곡을 찔렸지만 일단 부정하는 내용으로 답장을 보냈다.

바로 이츠키가 '자꾸 숨기긴' 하고 놀리듯 답장했기 때문에 한동안은 얼버무리거나 부정하는 등의 내용을 주고받으면서 대화를 즐기고 있었는데…… 갑자기 슥 하고 아마네의 팔뚝에 무게가 느껴졌다.

그리고 달콤한 향기가 화악 풍겼다.

갑작스러운 접촉에 자신도 모르게 몸이 떨리고, 설마 하는 심정으로 조심스럽게 옆을 보니…… 눈을 감은 마히루가 아마네에게 기대고 있는 것이 아닌가.

(——잠깐, 잠깐, 잠깐.)

소리를 내지 않았지만, 아마네는 상당히 당황하고 있었다.

꾸벅꾸벅 조는 일은 예전에도 있었지만 설마 옆에서, 그것도 자신에게 기대서 자는 걸 누가 상상할 수 있었을까.

왜 마히루가 잠들었는지는 생각해 보지 않아도 알 수 있었다.

현재 시각은 자정을 30분 정도 넘겼다.

규칙적으로 생활한다고 하는 마히루가 밤늦게 깨어 있는 일은 별로 없을 것이며, 무엇보다 오늘은 명절 요리를 만드느라 바빴으니 겉으로 드러내지는 않아도 많이 피곤할 것이다.

잠기운에 저항할 체력이 남아 있을 리가 없었다.

이유는 안다.

알지만, 하필이면 이런 타이밍에 잠들 줄이야.

아마네에게 기대어 잠든 마히루는 아마네의 혼란과 당혹도 알 바 아니라는 듯 실로 편안하게 잠든 얼굴을 보여주고 있었다.

긴 속눈썹과 반듯한 콧등, 분홍색 입술도 무방비한 모습을 보이고 있었다.

잠든 얼굴을 처음 보는 건 아니지만, 이렇게나 가까이서 본 적은 없기 때문에 몸이 긴장됐다.

"마히루, 일어나."

조심스럽게 불러봤지만 반응이 없다.

어지간히 피곤했는지 잠기운에 취해 깊게 잠든 것 같았다. 불러 봐도, 어깨를 흔들어서 살짝 흔들어 봐도 깨어날 기미는 보이지 않았다.

가볍게 어깨를 두들겨도, 아마네의 몸에 닿은 몸을 흔들어 봐도 일어나지 않았다.

그러다가 보니 자신에게 기댄 부분이 미끄러지면서 몸이 앞으로 기울어지는 바람에 아마네는 허둥지둥 마히루를 붙잡고 끌어당기고…… 그건 좋았지만, 의도하지 않게 끌어안은 자세가 되는 바람에 더욱 당황하고 말았다.

(……엄청 좋은 냄새가 나.)

마히루는 식사 후에 잠시 집에 돌아가서 목욕 등의 볼일을 마치고 왔기 때문에 그렇기도 하겠지만, 샴푸의 꽃향기는 물론이고 본인의 냄새인 것 같은 약간 달콤한 냄새까지 같이 나는지라 도저히 마음이 편하지 않았다.

게다가 뭔가 부드러운 것이 닿는 느낌도 들어서 제정신을 차릴 수가 없었다.

깨우려고 해도 푹 잠들어서 그러기 미안하고, 애초에 요란하게 깨우지 않으면 일어나지 않을 것 같았다.

(어쩌면 좋지?)

새해 초부터 이런 해프닝이 일어나는 바람에 아마네는 머리를 감싸 쥐었다.

터무니없는 사태에 직면한 아마네는 완전히 긴장한 표정으로 자신의 품에 있는 마히루를 봤다.

정말로 깊이 잠들어 있었다.

　아마네는 안심할 수 있는 인간이라고 생각한 걸까. 조금도 경계하지 않고 잠에 빠진 마히루를 보면서 아마네는 애가 타는 심정과 부끄러운 감정과 약해져 가는 이성 때문에 자신의 머리를 벽에 박고 싶은 마음이 절실했다.

　의식하고 싶지 않은데도 어쩔 수 없이 마히루의 감촉에 의식을 집중하고 만다.

　가녀린 몸은 탄탄하면서도 부드러움이 남아 있어서, 어디를 보더라도 여성스러운 유연함이 있다.

　더군다나 자신의 몸에 닿은 마히루의 몸에서 겉보기보다 질량감이 있는 특정 부분을 느끼는 바람에 아마네의 이성은 팍팍 무너지고 있었다.

　(──이걸 어쩐다.)

　전혀 예상하지 못한 사태인 것은 물론이고, 지금까지 맛본 적이 없는 부드러운 감촉에 눌리면서 아마네는 심각하게 혼란에 빠졌다.

　여자애는 이렇게 말랑말랑하고 좋은 냄새가 나는구나…….

처음 안 사실에 묘한 감회를 느끼다가, 곧바로 불순한 상상은 해선 안 된다며 이성을 꽉 붙잡았다.

　생각하면 안 된다고 생각할수록 품에서 느껴지는 부드러운 감촉을 의식하는 바람에 머릿속은 엉망진창이 됐다.

　그래도 겨우 어떻게든 해 보려고 머리를 굴렸지만, 이 사태를 무난하게 수습하기는 어려울 것 같았다.

일단 대응할 방법으로는 세 가지 정도를 생각할 수 있다.

1. 마히루를 억지로 깨운다.

2. 마히루를 집으로 옮긴다.

3. 아마네의 침대에 재우고 자신은 소파에서 잔다.

첫 번째는 이렇게 지쳐서 깊이 잠든 마히루를 억지로 깨운다는 것이 꺼림칙하다. 피로의 원인 제공자는 자신이니까, 가능하면 그냥 재우고 싶다.

두 번째는 얼핏 보면 제일 무난한 방법인 것 같지만, 마히루의 옷을 뒤져서 열쇠를 찾아내고 여자 집에 무단으로 들어가야 한다는 난관이 있었다. 아무리 마히루라도 나중에 알면 좋게 받아들이지 않을 것 같았다.

그렇다면 세 번째, 아마네의 침대에 재우는 선택지가 무난하고 실행하기도 쉽겠지만…… 그건 그것대로 정신적으로 사망할 자신이 있었다.

아무리 평소 곁에 있다고 해도, 누구든 반할 것처럼 천진난만하고 사랑스러운 표정을 보이며 자고 있는 마히루를 자신의 침대에 눕혔다간 이성이고 뭐고 무너질 것 같았다.

여자애가 자기 침대에서 잔다는 상황. 그것만으로도 남자는 버티기 힘든데, 더구나 상대는 자신에게 헌신적인 미소녀.

온갖 상념이 드는 것도 어쩔 수 없다.

그러나 이것이 아마네에게 가장 무난한, 최선의 타협이다.

마음을 굳게 먹고, 자신에게 기대고 있는 아마네의 등과 무릎 뒤에 살며시 손을 대고 천천히 들어 올렸다.

자고 있기도 해서 솜털처럼 가볍다고 할 수는 없지만, 그래도 역시 마히루는 가벼웠다.

쉽게 깰 것 같지는 않지만, 일단은 최대한 흔들리지 않게 조심하면서 아마네의 방으로 신중하게 옮겼다. 옆으로 안고 있어서 문을 열기가 너무 힘들었지만, 그 문제만 돌파하고 나면 침대에 눕히기만 하면 된다.

가녀린 몸을 침대에 눕혔다.

그 몸에 모포와 이불을 덮어서 수면 태세를 완성했다.

깰 낌새는 없고, 규칙적인 숨소리만 들린다.

앳된 티가 남은 단정한 미모는 여전히 아름다우면서도, 천진난만하게 잠든 얼굴로 아마네의 심장을 뛰게 한다.

조심스럽게 마히루를 눕히고, 침대 옆에 웅크리고 앉았다.

(……힘들어.)

뭐가 힘드냐면, 마히루가 자신의 침대에 누워 있다는 시추에이션도, 부드러운 감촉도, 무방비하고 귀엽게 잠든 얼굴도, 신뢰를 바탕으로 남자 집에서 잠드는 무방비함도, 뭐든지 전부.

물론 자신을 신뢰하는 것은 기쁘지만, 남자로 전혀 의식하지 않는 듯한 기분이 든다.

마히루의 머릿속에서 아마네는 '너무 부족해서 보살펴 줘야만 하는 안전, 안심, 무해표 남자'로 인식되고 있을 것이다.

마히루를 힐끗 보니, 아마네의 갈등도 전혀 모르고, 실로 편안하게 잠든 얼굴을 보여주고 있었다.

(사람 마음도 모르고.)

너무 무방비해서 '이대로 같이 침대에 누워버릴까……' 하고 한순간 생각했지만, 사귀는 사이도 아닌데 같이 자는 건 역시 안 될 일이라는 생각에 그 생각을 물리쳤다.

그런 짓을 저질렀다간 마히루는 일어난 그 순간부터 말도 하려고 들지 않을 것 같다. '무슨 생각을 했죠?'라고 차가운 눈으로 볼 것 같으니까, 실행에 옮기지 않는 게 상책일 것이다.

그 대신 조금쯤은 만져도 천벌을 받진 않겠지. 그렇게 생각하면서 마히루의 머리에 손을 뻗었다.

살랑살랑, 매끌매끌, 반들반들, 그런 말이 잘 어울릴 것처럼 큐티클이 완벽한 머리카락은 손가락 사이에서 엉키는 일 없이 부드럽게 빠져나갔다.

이것도 열심히 관리하기 때문이겠지. 여자의 노력에 감탄하고 전율하면서, 천천히 손끝을 마히루의 볼로 옮겼다.

생기 있고 부드러운 백자색 피부는 체온이 그다지 높지 않아서인지 아마네의 손과 비교하면 약간 차가웠다.

손끝으로 살짝 매만지자, 그때까지 한없이 평화롭게 잠들어 있던 마히루가 약간 찡그린 미소를 지었다.

"잘 자."

내일…… 정확하게 말하자면 오늘 아침에 일어나면 깜짝 놀라겠구나 싶었지만, 자신을 이렇게나 안절부절못하게 했으니까 그 정도는 허용되겠지.

어쩔 수 없는 녀석이라니까. 슬쩍 쓴웃음을 짓고, 아마네는 다시 마히루의 부드러운 볼을 살살 쓰다듬었다.

제2화　　무방비한 천사님과 새해 첫날

　아침, 아마네가 일어나도 사람들의 생활 소리는 안 들렸다.

　창문에서 새가 지저귀는 소리가 들리는 게 고작이고, 아마네의 방에서 잠들었던 마히루도 일어날 기미가 없다.

　시간으로 봐서 일출 때는 이미 지났지만, 어제 어지간히 피곤했는지 푹 잠들어 있는 듯하다.

　참고로 아마네도 잠은 잤지만, 자신의 침대에 마히루가 누워 있다는 생각에 좀처럼 잠들지 못해서, 결국 선잠을 자다가 지금 시간에 일어나고 말았다.

　딱히 컨디션이 나쁜 것은 아니니까 상관없지만, 다른 의미에서 힘들다.

　여자애를 집에서 재우고 자신의 침대에 눕히는 경험은 처음이라서, 동요하지 않을 수가 없었던 것이다.

　(……너무 무방비해서 힘들어.)

　안전, 안심, 무해한 남자라고 믿으니까 잠든 거겠지만, 일단 아마네도 남자니까 조금은 경계했으면 좋겠다.

　깨워서 집에 돌려보낼 걸 그랬다고 몹시 후회했지만, 이제 와서 한들 소용없는 짓이다.

한숨을 푹 쉬면서 소파에서 자느라 굳어진 몸을 풀듯이 기지개를 켠 뒤에 천천히 일어났다.

좌우지간 마히루가 어떤지 살펴보자. 갈아입을 옷을 가지러 가는 것이 주된 목적이지만, 가는 김에 마히루도 어떤지 볼 생각이었다.

방문을 살며시 열었다.

실내는 조용하고, 침대에서 잠든 마히루도 그대로 있다.

달라진 점이라고 하면, 자면서 몇 번인가 몸을 뒤척였는지 옆으로 돌린 머리에서 머리카락이 흘러내리는 것을 들 수 있겠지.

새근새근. 정말이지 귀엽게 숨소리를 내면서 자는 마히루를 웅크리고 앉아서 바라봤다.

정말이지 잘 때는 청순한 느낌이 강하다.

평소에는 정신을 바짝 차리고 있는 건지 쿨한 표정일 때가 많지만…… 잠든 얼굴에서는 긴장이 다 풀려서 표정이 귀엽다.

굳이 말하자면 손으로 만져 보고 싶어지는 귀여움이었다.

(……자고 있을 때는 정말 귀엽단 말이지.)

물론 깨어나 있을 때도 미소녀니까 귀엽지만, 이건 애완동물을 볼 때 느끼는 감정에 가깝다.

이 살랑살랑한 머리카락을 만지고 싶다. 말랑말랑한 볼을 콕콕 찌르고 싶다.

평소 착실하고 빈틈이 없는 만큼, 이렇게 무방비한 상태일 때는 건드려 보고 싶어진다.

자신도 모르게 부드러워 보이는 볼에 손을 뻗어서 만졌다.

매끈한 볼에서 어제처럼 부드러운 촉감이 손가락을 타고 전해졌다. 계속 만지고 싶어지는 토실토실한 촉감에 아마네는 그만 손가락의 안쪽 면으로 볼을 눌러보고 말았다.

살짝 건드리려고 했지만, 그래도 부드러운 감촉이 기분이 좋아서 장난치듯 만졌더니, 조용히 자고 있던 마히루한테서 "으응…."하는 나지막하면서도 달콤한 목소리가 흘러나왔다.

그리고 손을 뗄 틈도 없이, 닫혔던 눈이 천천히 떠졌다.

초점이 잡히지 않은 촉촉한 캐러멜색 눈이 아마네…… 정확하게는 아마네가 있는 쪽을 봤다.

늘어진 듯한 표정에는 어리게 보이던 잠든 얼굴의 흔적이 있어서 청순한 느낌이 강했다. 오히려 의식이 있는데도 정신이 멍한 듯 눈에 초점이 풀린 지금이 더 어리게 보였다.

완전히 풀어진, 조금도 경계하지 않는 표정을 드러낸 마히루는 잠시 후 눈썹을 늘어트리면서 다시 눈을 감았다.

얼굴에 닿은 손가락을 거두려 하자 그 손가락에 볼을 문지르면서 애교를 부리듯이 목에서 가냘픈 소리를 낸다.

가지 말라고 말하는 듯이 볼을 문지르는 행위.

"……으."

잠이 덜 깼다는 것은 잘 알았다.

마히루가 이렇게까지 아마네에게 응석을 부릴 리가 없고, 평소라면 이렇게 긴장이 풀린 표정과 태도를 보이지 않는다.

그런데—— 지금은 애교를 부리는 새끼 고양이 같은 모습을 보이면서 아마네의 심장과 이성을 시험하고 있었다.

손을 떼야 할까. 마음 내키는 대로 볼을 쓰다듬으면서 귀여워
해 주는 게 좋을까.

솔직히 마음은 후자로 기울고 있었다.

이토록 부드러워진 마히루를 볼 기회는 거의 없고, 얼마나 응
석을 부릴지 흥미가 생긴다.

그러나 실행으로 옮겼다간 마히루가 제정신을 차리면, 다시
는 상대해 주지 않을 것 같았다. 수치심에 몸부림칠 것이 뻔했
기 때문에, 어쩌면 좋을지 모르겠다.

아무튼 귀여우니까 잠에서 덜 깬 마히루를 관찰하기만 했다.

의식은 거의 돌아온 것 같은데 아직 뇌가 완전히 각성하지 못
한 것인지, 아니면 아마네의 손이란 걸 깨닫지 못한 것인지, 계
속 손가락에 볼을 대고 멍하니 있다.

상황을 보고 갈아입을 옷만 챙길 작정이었는데, 어쩌다가 이
렇게 접촉하는 바람에 아마네는 표현하기 힘든 쑥스러움 탓에
볼이 뜨거워지는 것을 느꼈다.

"응, 으응…….”

시간이 좀 지난 뒤에야 잠에서 깼는지 다시 마히루가 눈꺼풀
의 커튼을 걷고…….

"……어?”

눈이 딱 마주쳤다.

이어서 시선이 가까이에 있는 아마네와 볼에 닿은 손가락으로
이동하고, 경직했다.

다음 순간, 마히루는 벌떡 일어났다.

"잘 잤어?"

"자, 잘 잤어, 요……?"

"네가 우리 집에서 잠들어서 여기서 재웠어. 다른 뜻은 없어. 아무 짓도 하지 않은 내게 고마워하라고 말하고 싶을 정도야."

선수를 쳐서 아마네의 침대에 누워 있던 이유를 설명했더니, 마히루도 소란을 피우지 않고 얌전히 굴었다.

하지만 남자 침대에서 잤다는 사실에 볼이 점점 **빨개져서**, 이불을 확 잡아당겨 입가를 감추고 있었다.

그 동작이 묘하게 귀여워서 그만 눈길을 돌리고 말았다.

(이게 무슨 상황이람.)

일단 잘 곳을 마련해 준 셈인데, 왠지 자신이 잘못한 것 같다.

그야 허락 없이 볼을 만진 것은 잘못이겠지만, 아주 잠깐 그랬을 뿐이고, 딱히 무슨 짓을 할 생각은 없었다.

마히루의 귀여움에 가슴이 벌렁거리고, 죄책감에 따끔거리고, 아주 정신이 없는 와중에도 마히루를 보니, 볼이 빨개진 채로 약간 불쾌한…… 수준은 아니지만, 뭔가 할 말이 있다는 눈으로 보고 있었다.

"……아마네 군은 볼을 만지는 걸 좋아하나요?"

"뭐?"

"크리스마스 때도, 어제 자기 전에도 볼을 만졌잖아요."

"……잠든 게 아니었어?"

어제 만졌을 때는 마히루가 푹 잠들었을 터라서, 본인의 의식은 없었을 텐데.

그런데도 만진 사실을 안다면, 마히루는 그때 잠들지 않았던 것이다.

"그, 그건…… 침대에 눕힐 때 잠깐 깼다고 할까…… 그런 상황에선 자는 척할 수밖에 없잖아요."

"내가 뭔가 할지도 모른다는 생각은 안 했어?"

"아마네 군은 그러지 않을 거라고 생각했고…… 그걸 확인하려고 자는 척한, 거기도, 하거든요."

듣자니 정말로 믿어도 될지 가늠해 보려고 한 모양이다.

결과적으로 신뢰해 준 것 같아서 다행이지만, 앞으로는 남자 앞에서 잠드는 무방비한 짓은 하지 않았으면 좋겠다.

아마네도 다음에 또 보면 볼을 찌르는 것만으로 그치지 않을 것 같다. 조금 더 경계해 주지 않으면 아마네가 곤란하다.

"……믿어서 그랬다면 상관없지만, 다음에는 그러지 마. 나도 남자니까."

"으으. 그, 그건 저도 알아요. 알지만……."

"아니면 뭔가 해 주길 원했어?"

"그럴 리가 없잖아요!"

새빨개져서 강하게 부정한 마히루가 이불 속으로 다시 숨어서, 거긴 내 침대라고 지적하고 싶은 충동을 참았다.

수치심이 진정될 때까지, 몸을 웅크리고 바들바들 떠는 마히루를 가만히 내버려 둘 수밖에 없었다.

수치심에서 회복한 마히루는 잠시 집에 돌아가서 옷을 갈아입고 돌아왔다.

하지만 아직 부끄러운지 눈이 마주칠 때마다 미묘하게 시선을 피했기 때문에 아마네도 기분이 어색할 수밖에 없었다.

소파 옆에 앉기는 했지만, 영 거북하다.

"……용서해 줘."

왠지 너무 거북해서 무심코 사과하자, 마히루가 아마네를 힐끗 보고 한숨을 쉬었다.

민망함이 많이 가셨는지 일단은 평소 표정으로 돌아와 있다.

"화난 게 아니에요. 아마네 군이 사과할 필요는 없어요."

"아니, 그래도 말이지……."

"전 그저 자신의 멍청함을 후회하는 거예요. 그토록 한심하고 추한 얼굴을 보이고 말았으니까요."

"추한 얼굴이라니…… 그냥 귀여웠는데."

천사님 별명이 부끄럽지 않게 그야말로 천사 같은 얼굴로 잤고, 일어난 뒤에 아직 잠이 덜 깬 눈도, 완전히 풀린 청순한 얼굴도 너무 귀여웠다.

잠이 덜 깼을 때는 평소 냉정하고 차분한 표정에서 어린 티가 강하게 나는 표정으로 확 바뀐다는 것은 새로운 발견이었다.

오히려 더 보고 싶을 만큼 좋았지만, 마히루 자신은 그렇게 방심한 표정은 보여주고 싶지 않겠지.

한심하거나 추하다고 생각한 적이 없어서 그 부분만은 단호히 부정하자, 마히루는 입술을 꼭 물고 어째서인지 안고 있던 쿠션으로 아마네를 탁탁 때리기 시작했다.

아프지는 않고 마히루도 진심으로 때린 게 아니겠지만, 갑자기 때리는 이유를 이해할 수 없다.

"왜 그래?"

"……아마네 군의 그런 점이 문제예요."

"뭐가 말이야……? 어떻게 고치라는 건데?"

"그런 말은 가볍게 하는 게 아니라고요."

"딱히 다른 사람에게 말한 것도 아닌데……."

아마네의 주위에 여자란 마히루나 치토세밖에 없다.

치토세는 확실히 귀여운 부류에 속하지만, 아마네에겐 귀찮다는 생각이 먼저 들고 면전에서 칭찬할 필요도 없는지라 마히루 말고는 칭찬할 상대가 없었다.

마히루가 멈춘 것을 이상하게 여기면서 어깨를 으쓱했다.

"너도 그런 말은 자주 들어서 익숙하지? 이제 와서 뭘."

애초에 귀엽다고 인식한 것을 몇 번이고 마히루에게 전한 바가 있으니까, 이제 와서 따지고 들 줄은 몰랐다.

마히루 자신도 자신이 얼마나 예쁜지 정확하게 파악하고 있을 테니 칭찬을 받는 일에도 익숙할 것이다.

아마네 한 사람이 뭐라 한다고 쑥스러울 일은 아닐 텐데.

그런데 마히루는 무슨 이유인지 떨떠름해 보이는 표정을 짓고 있었다.

"아까부터 정말 왜 그러는 거야?"

"……아무것도 아니에요."

마지막으로 탁 하고 쿠션으로 물리공격을 가한 마히루는 고개를 휙 돌리면서 "떡국을 차릴게요."라는 말만 남기고 앞치마를 두르고 부엌으로 가버렸다.

자신에게 떠넘긴 쿠션을 잡고, 아마네는 갑자기 살짝 기분이 상한 마히루의 뒷모습을 바라볼 수밖에 없었다.

떡국을 다 먹었을 때는 마히루가 평소 표정으로 돌아왔다.

먹기 시작한 시점에선 왠지 이상하게 긴장한 기색이 있었지만, 떡국과 다른 명절 요리도 맛있어서 정신없이 먹다 보니 어느새 마히루의 기분이 풀린 모양이다.

식탁에서 이동하여 둘이 함께 소파에 다시 앉았을 때는 완전히 평소 분위기로 돌아와 있었다.

"그러고 보니 마히루는 새해 참배를 하러 갈 거야?"

"새해 참배요? 딱히 갈 생각은 없는데요……. 사람이 많은 곳은 내키질 않는단 말이죠. 괜히 쳐다보는 사람만 많고."

"그건 네가……."

엄청난 미인이라서 그렇다고 말하려 했지만, 아까 마히루의 기분을 상하게 했기 때문에 말을 아끼면서 "어쩔 수 없지."라고만 대꾸했다.

"아마네 군은 참배하러 갈 건가요?"

"친가에 있을 때는 부모님과 함께 가곤 했지만, 오늘은 어떻게 할지 고민 중이야. 사실 일부러 새해 첫날부터 힘들게 갈 필요는 없지 않겠느냐는 생각은 들어."

"동감이에요."

"치토세와 이츠키는 치토세 집에서 사이좋게 새해를 보내는 것 같고, 요즘 아이들은 새해 참배를 가지 않는단 말이지. 나중에 가도 문제없을 거야."

듣기로는 옛날에 비하면…… 특히 10대, 20대 젊은이들은 새해 참배를 하러 가는 사람의 비율이 줄어들었다고 하니, 아마네와 마히루가 딱히 이상한 것도 아니다.

딱히 가기 싫은 것은 아니지만, 사람이 너무 많으면 제대로 움직이지도 못하고 피곤하기만 하다는 걸 알기에, 사람이 줄어들었을 때 가면 된다고 생각한다.

"그리고 말이지, 새해의 첫 사흘 동안은 마음 편하게 지내고 싶거든. 나는 럭키박스 같은 것을 사는 데도 딱히 관심이 없으니까."

"저는 약간 관심이 있긴 하지만요."

"쇼핑몰에라도 다녀오겠어?"

"……그 엄청난 인파 속으로 돌격할 용기가 없네요."

"동감이야."

아까 마히루가 아마네에게 했던 대답을 아마네도 똑같이 돌려주면서 소파에 몸을 기댔다.

딱히 정월 초하루라고 해서 어딘가에 갈 필요도 없을 것이다.

기본적으로 귀찮은 일은 피하고 싶은 아마네는 이렇게 느긋하게 지내기만 해도 만족한다. 마히루도 식사 때문에 정초에는 아마네의 집에서 지내겠다고 하니까, 대화할 상대도 충분하고 식사도 문제가 없다.

분수에 넘치는 새해 첫날이라고 생각하면서, 아마네는 옆에
있는 마히루를 몰래 바라보며 나지막이 웃었다.

『내일 너희 집에 가도 되겠니?』

그런 메시지를 아버지가 보낸 것은 1월 3일 오후 10시. 저녁 식사와 단란한 시간을 보내고 마히루가 돌아간 후였다.

『네가 집에 오지 않는 것은 좋지만, 역시 나도 얼굴을 한 번쯤은 봐야겠으니 말이다. 그리고 두 사람에게 이야기를 들었지만, 이웃 사람에게도 인사할 필요가 있을 것 같고.』

아마네가 마히루에게 얼마나 신세를 많이 지고 있는지 아는 아버지——슈토가 부모로서 인사하고 싶다는 뜻이다.

이게 만약 시호코가 마히루를 모르는 상태였다면 온 힘을 다해 거부했겠지만, 다 알려진 사실이고 마히루 본인이 이미 시호코와 연락을 주고받고 있으므로 거절해도 소용없을 것 같다.

일단 숨길 게 없어진 지금, 부모님이 귀성하지 않은 자식을 시찰하러 오는 것 자체에는 거부감이 없다.

슈토가 시호코와 함께 온다면 툭하면 폭주하는 시호코를 잘 붙잡아 줄 것이다.

아니, 말리지 않으면 똑같은 전철을 밟아 아마네와 마히루의 진이 빠질 테니까, 슈토가 열심히 움직여 줘야 한다.

어차피 거절해도 시호코가 억지로 마히루를 보러 올 것 같아서, 아마네는 먼저 연락해 준 아버지에게 알았다고 답장한 뒤 마히루에게 메시지를 보냈다.

"어, 저기, 제가 가족끼리 사이좋게 지내는 자리에 있어도 될까요? 방해되지 않을까요?"

다음 날, 아침부터 아마네의 집에 찾아온 마히루는 약간 긴장한 기색이었다.

그야 당연한 걱정이다. 갑자기 돌보는 남자……라는 표현은 어폐가 있지만, 함께 생활하는 남자의 부모가 마히루를 보고 싶다고 말한 거니까.

시호코와는 아마도 자주 연락을 주고받고 있어서…… 아니, 정확하게 말하자면 시호코가 자주 연락하는 듯해서 많이 익숙해진 것 같았다.

따라서 시호코만 오면 괜찮겠지만, 이번에는 아버지도 같이 오는지라 아마네가 긴장하는 것도 어쩔 수 없는 일이다.

"아니, 아버지는 너한테 인사하러 오는 거고, 어머니도 마음에 든 눈치니까 있어 주면 고맙겠어. 오히려 네가 없으면 안돼."

"그, 그렇게 말해도……."

"뭐, 내키진 않겠지만 조금만 참아 주면 좋겠어."

부모님에게 인사를 시킨다는 괴상한 사태가 벌어졌지만, 상대방이 이미 만날 작정이니 어쩔 수가 없다.

마히루의 시간을 빼앗는 건 미안하지만, 아버지의 성격상 마히루에게 인사하지 않으면 직성이 풀리지 않을 테니까 잠깐만 참고 동석해 주면 좋겠다.

　"……시호코 씨는 저를 어떻게 설명했을까요?"

　"안심해. 아버지한테는 어디까지나 은인이라고 말했으니까. 어머니의 신바람 망상에 있는 사람은 절대로 아니라고 전했어."

　시호코는 이미 며느리, 귀여운 딸로 인식하고 있다고 해서, 온 힘을 다해서 부정했다.

　슈토도 쓴웃음을 지은 뒤에 '시호코의 이상한 버릇이 또 발동했구나.' 라고 납득했으니까 오해할 일은 없을 것이다.

　안도의 한숨을 쉬면서 가슴을 쓸어내리는 마히루에게 "미안해."라고 말한 뒤에 쓴웃음을 지으면서 기다리고 있자니, 딱 좋은 타이밍에 인터폰이 울렸다.

　건물 공동 현관은 여벌 열쇠로 돌파할 테니까 여기까지 직통으로 올 것은 예상하고 있었다.

　마히루가 몸을 흠칫거리는 것을 살짝 웃고 달래면서, 현관으로 가서 체인을 빼고 잠금을 풀었다.

　문을 열자 아마네에겐 익숙한 부모님의 모습이 보였다.

　"반년 만에 보는구나, 아마네."

　"오랜만이야, 아버지."

　온화한 웃음을 띤 슈토를 보고, 아마네도 약간 안도하면서 비슷한 표정으로 미소를 지었다.

　푸근한 느낌이 나는 슈토는 같이 있으면 마음이 편안해지는 사람이라서, 아마네도 얼굴을 볼 때 저절로 긴장이 풀린다.

"엄마한테는 안 그러면서……."

"어머니는 갑자기 쳐들어오니까 그렇지. 미리 알려주기만 하면 평범하게 대응할걸."

그때는 마히루가 같이 있었기 때문에 그랬던 거고, 아마네 혼자였다면 조금은 더 친절하게 대응할 수 있었을 것이다.

"아무튼, 들어와. ……그 짐은 뭐야?"

"좀 챙겨왔단다. 뭐, 이건 나중에 보고, 마히루는 어디 있니?"

"안에."

짧게 대답한 뒤, 신발을 벗고 들어온 부모님과 함께 거실로 돌아오니, 조금 불안한 듯이 있던 마히루가 이쪽을 보고── 눈을 휘둥그레 떴다.

마히루가 놀라는 것도 당연하다.

슈토는 30대 후반으로는 보이지 않을 만큼 젊고 활기차다. 아들인 아마네가 후하게 본다고 쳐도, 객관적으로 봐서 30세 전후의 외모를 유지하고 있었다.

동안이라고 해도 될 만한 젊고 단정한 용모라서, 아버지의 피를 조금 더 짙게 물려받았으면 얼마나 좋았을까 하는 생각을 몇 번이나 했는지 모르겠다.

아마네와는 다르게 얼굴이 부드럽고 착해 보이는 청년(실제 나이는 중년에 가깝지만)이라서, 정말로 아버지와 아들 사이가 맞는지 의심을 종종 받았다. 그래도 나란히 걸어가면 나이 차이가 나는 형제처럼 보인다고 하지만.

"마히루, 오랜만이구나."

"오랜만이라니, 한 달도 안 됐잖아."

"나한테는 오랜만이야."

마히루에게 달려가서 활짝 웃는 시호코에게, 마히루도 자세를 바로잡은 뒤 "오랜만에 뵙습니다."라고 인사하며 약간은 대외용에 가까운 미소를 짓고 있었다.

하지만 시선은 불안한 듯 슈토를 보고 있어서, 그 시선을 알아차린 슈토도 온화한 웃음을 지으면서 시호코 옆에 섰다.

"만나서 반갑습니다. 아마네의 아버지인 슈토라고 합니다. 시이나 양의 이야기는 시호코에게 많이 들었습니다. 우리 아들이 신세를 많이 지고 있습니다."

"뵙게 되어서 반갑습니다. 시이나 마히루라고 합니다. 저야말로 아마네 군에겐 신세를 지고 있습니다."

바르게 인사한 슈토에 맞춰, 마히루도 공손하게 인사했다.

마히루는 슈토가 시호코 같은 타입일지도 모른다고 걱정했던 것 같지만, 슈토는 온후한 인품과 상식을 갖춘 사람이므로 그 점에선 부디 안심했으면 좋겠다.

시호코에게 제동을 걸 수 있는 사람은 슈토뿐이며, 시호코도 슈토에겐 약했다. 홀딱 반했다는 이유도 있지만.

"어머나, 그렇게 겸손하지 않아도 된단다. 누가 봐도 우리 아마네는 칠칠치 못하니까 말이지."

"칠칠치 못해서 미안하네."

"시호코, 그런 말을 하면 안 되지. ……아마네, 평소 신세를 지니까 잘 챙겨 주고 있겠지?"

"최선을 다하고 있어."

"그럼 됐다."

여자를 소중히 여기라고 가르치는 슈토는 아들인 아마네가 마히루를 잘 챙기고 있는지 걱정한 모양이다.

아무리 그래도 일방적으로 대접만 받으면서 자신만 편하게 사는 것은 아마네도 심정적으로 참을 수 없으니까, 당연히 마히루를 최대한 배려하려고 했다.

아마네의 대답을 듣고 안심한 표정을 지은 슈토는 다시 마히루 쪽으로 시선을 돌렸다.

"……정말로 뭐라고 감사해야 좋을지 모르겠구나. 평소 요리를 만들어 주면서, 명절 요리까지 만들어 줬다고 하니……."

"늘 감사히 여기고 있고, 마히루를 최대한 챙기고 있어."

"네. ……아마네 군은 의외로 배려해 주거든요."

"의외는 또 뭐야?"

"그야……."

이어서 "대충대충 사는 것 같으면서도 섬세하게 볼 줄 아니까요."라는 말을 들었고, 대충대충 산다는 말에 반론할 수 없어서 할 말을 잃었더니, 슈토가 슬며시 미소를 짓고 있었다.

"사이가 좋은 것 같아서 정말 다행이구나. 아마네, 너도 시이나 양에게 너무 많은 폐를 끼치지 않게 하렴."

"……알고 있어."

"시이나 양도, 아마네가 잘못한 게 있으면 단호하게 말해 주렴. 이 아이는 안 그런 것처럼 굴지만 의외로 말을 잘 들으니까. 나쁜 점은 금방 고칠 거야."

"아마네 군은 자상하니까 나쁜 점은…… 조금……."

"있단 말이구나."

"나쁘다고 할까…… 한심한 점이에요."

우물쭈물. 조금 말하기 어려운 눈치인 마히루에게, 그렇게 말할 만큼 한심한 점이 대체 뭐냐……고 따지고 싶어졌다.

시호코는 왠지 모르겠지만 "아~항." 하고 짚이는 데가 있다는 듯 씩 웃고 봐서, 아마네는 대체 뭐냐는 눈빛으로 노려볼 수밖에 없었다.

"드세요."

부모님이라곤 해도 손님이므로 대접하는 것은 당연하지만, 마히루가 차를 내오겠다고 강하게 주장하는 바람에 그냥 맡기고 말았다.

마히루가 마시려고 가져온 티세트와 홍차가 설마 이런 식으로 도움이 될 줄은 몰랐으리라.

평소 아마네와 마히루 둘이서 앉는 소파에 앉은 부모님은 온화한 미소를 짓고 있었다.

"어머나. 고맙구나, 마히루. 완전히 익숙해졌구나."

"네……."

"원래는 아마네가 할 일 아니니?"

아마도 아마네가 끓였다간 홍차에서 쓴맛만 남을 것 같아서 마히루가 한 것이지만, 시호코는 약간 어이없다는 표정을 짓고 있었다.

"아뇨. 제가 하고 싶어서…….""

"뭐, 아마네가 하면 물 온도도 대충 맞추니까 어쩔 수 없어."

지당한 평가지만, 지적을 받으니 살짝 부아가 났다.

그러나 차마 반론할 수 없어서 얌전히 입을 다물고 있었더니, 시호코는 아마네를 보면서 방긋 웃었다.

"그러고 보니 아마네, 이제는 마히루를 이름으로 부르는구나."

갑작스럽게 지적을 받고 아마네와 마히루는 몸을 굳혔다.

자연스럽게 부르기 시작해서 몰랐지만, 예전에 어머니와 만났을 때 아마네는 마히루를 이름으로 부르지 않고, 마히루는 아마네의 이름을 어색하게 불렀다.

그랬는데 지금은 스스럼없이 자연스럽게 서로 이름을 부르고 있었으니까 시호코라면 당연히 눈치챌 만했다.

"……딱히 상관없잖아."

"좋은 일이라고 생각해. 사이좋게 지내는 건 좋은 일이니까."

굳이 괜한 추궁은 하지 않고, 그저 환하게 웃으면서 자신을 바라보는 시호코를 보니, 아마네는 볼이 살짝 떨리는 걸 느꼈다.

놀림을 받는 게 그나마 나았을지도 모르겠다. 지금 시호코는 자신들의 사이를 머릿속으로 날조하면서 즐기고 있을 것이다.

"시호코, 아마네를 너무 놀리진 마."

그때 슈토가 시호코를 말렸다.

"그건 시호코의 나쁜 버릇이야. 자꾸 들볶지 마."

"알았어요, 아쉽지만 어쩔 수 없죠."

시호코는 슈토의 말이라면 순순히 받아들이기 때문에, 휘둘리는 자식으로선 고마울 따름이다.

"하지만 역시 좋아. 아들이 귀여운 여자애랑 친하게 지내는 걸 보면."

"시호코의 안 좋은 버릇이 폭주하지 않을까 싶어서 나는 가슴을 졸이고 있지만 말이지."

"어머, 슈토 씨가 말려 줄 거잖아요?"

"본인이 알면 고치는 게 좋을 것 같지만, 나는 시호코의 그런 면도 좋아하니까 어쩔 수가 없군."

"어머…… 슈토 씨도 참……."

말려 주는 건 좋지만, 이번에는 부모끼리 미묘하게 자신들만의 세계를 만드니까 아마네는 한숨을 감추지 못했다.

기본적으로 슈토는 상식적인 사람이지만, 아내를 무의식적으로 귀여워하기 때문에 때때로 다른 사람이 끼어들지 못하는 분위기를 만들곤 한다.

다행히 그건 가족 앞에서만 보여주는 모습이고 밖에선 그런 노골적인 분위기는 풍기지 않는데, 이곳이 아마네의 집이라서 긴장을 풀고 있는 것인지도 모른다.

부부가 아무리 세월이 지나도 사이좋은 것은 자식에게 좋은 일이지만, 그걸 봐야 하는 자식도 생각해 줬으면 좋겠다.

저렇게 되면 아마네는 끼어들고 싶지 않기 때문에, 포기하고 식탁에서 가져온 의자에 앉아 재차 한숨을 쉬었다.

　마히루도 그 옆에 마련한 의자에 앉아서 아마네의 눈치를 슬쩍 살폈다.

　"……부모님께서 사이가 좋으시네요."

　"응. 뭐, 밖에서 저러지는 않지만 집에선 늘 저런 느낌이야."

　"그렇군요."

　쓴웃음을 지으면서 대꾸했더니, 마히루는 눈을 가늘게 뜨고 시호코와 슈토를 봤다.

　불쾌한 표정이 아니다. 오히려 눈부신 것을 보는 듯했다.

　동경과 선망의 감정이 담긴, 귀중한 것을 보는 듯한 눈이다.

　허망하다고 단언해도 될 만큼 희미한 미소를 지으면서 지켜보는 마히루의 모습을 보고, 저도 모르게 손을 뻗으려다가——.

　"어머, 아마네, 왜 그러니?"

　현실세계로 되돌아온 것 같은 시호코의 목소리를 듣고 곧바로 손을 거뒀다.

　"왜 그러긴. 둘만의 세계에 몰입하는 바람에 우리가 거북하다고."

　"어머, 부럽니?"

　"전혀, 조금도 부럽지 않거든. 그런 건 자기 집에서만 해달라는 생각이 들었을 뿐이야."

　보아하니 마히루의 손을 잡으려 했다는 건 눈치채지 못한 것 같다. 마히루도 마찬가지로 눈치채지 못했는지, 아마네의 말을 듣고 쓴웃음을 짓고 있었다.

왜 손을 뻗었는지는 모르겠다.

하지만 왠지 모르게…… 그런 마히루를 혼자 두기 싫다는 기분이 들었다.

이미 평소의 마히루로 돌아왔으니까, 아마네는 살짝 안도하면서 들키지 않게 언제나 그렇듯 무뚝뚝한 표정으로 돌아왔다.

"그래서 말인데. 다들 아들 얼굴을 보고 만족했어?"

"아마네보다 마히루를 보고 만족했는데……."

"이봐요."

"반은 농담이야. 아직 목적도 이루지 못했고 말이지."

"목적?"

새해 인사와 함께 마히루에게 고맙다는 뜻을 전하는 게 목적일 줄 알았는데, 시호코에겐 아직 다른 목적이 남아 있는 것 같았다.

"너희, 아직 새해 참배는 가지 않았지?"

"사람이 빠지면 갈 생각이었어."

"그랬구나. 마히루도 안 갔지? 메시지로 그랬으니까."

"네."

"그럴 줄 알고 기모노를 가지고 왔어—."

보아하니 시호코는 마히루와 함께 새해 참배를 하러 가고 싶었던 모양이다.

활짝 웃는 것을 보고, 뒤늦게 큰 짐을 가져온 이유를 이해한 아마네는 오늘 몇 번째인지 모를 한숨을 쉬었다.

시호코는 귀여운 걸 좋아하고, 사람을 치장하는 행위 자체를 좋아해서 이런 기회는 놓치고 싶지 않았을 것이다.

아마네가 기억하기로도 집에 기모노가 몇 벌 있었으니까, 그 중 하나를 가져왔나 보다.

"나는 딸아이한테 기모노를 입혀서 새해 참배에 가는 게 꿈이었거든……. 마히루라면 틀림없이 잘 어울릴 것 같아서."

"어머니는 그냥 인형놀이를 하고 싶은 것뿐이잖아."

"아니거든? 하지만 마히루에게 꼭 입혀 보고 싶은걸."

자신만만하게 "잘 어울릴 것 같으니까."라고 말하는 시호코의 의견은 타당했다.

애초에 마히루에게 어울리지 않는 옷이 별로 없을 것 같다.

아마네가 기억하기로도 보이시한 복장이나 귀한 집안 아가씨가 입을 법한 기품 있는 차림, 프릴이나 레이스를 주렁주렁 단 귀여운 소녀 의상도 몇 번 입은 적이 있는데, 모든 것이 잘 어울렸다. 미소녀란 옷을 가리지 않는 모양이다.

전통복도 필시 아주 잘 어울릴 것이다.

아마네의 집에는 아들 하나밖에 없으므로, 딸을 예쁘게 단장하고 싶었던 시호코가 이 기회를 놓칠 수 없었던 모양이다.

"……뭐, 마히루만 괜찮다면 입혀서 다녀와."

"왜 아마네 넌 가지 않을 것처럼 말하니?"

"아니, 마히루와 밖에 나갔다가 같은 학교 애들에게 들키면 곤란하니까."

부모님과 마히루만 간다면 새해 참배에 가더라도 한가족으로 볼 테니까 딱히 문제가 되진 않을 것이다.

그 자리에 아마네가 낄 때가 문제다.

딱 봐도 평범한 아마네가 마히루와 나란히 참배 중인 모습을 같은 학년 학생이 본다면, 개학 때 펼쳐질 아비규환의 지옥도를 예상할 수 있다.

역시 그런 위험부담을 지면서 새해 참배에 가고 싶진 않다.

"들키지 않으면 되는 거니?"

"그야 그렇지만 들킬 게 뻔…… 잠깐, 어머니, 설마…….'

"후후, 이런 때를 대비해서 다양하게 가져왔단다."

"이런 때가 어떤 때인데?!"

기모노에 전통 속저고리, 각종 소품, 기모노와 관련된 것을 가져온 것치고는 이상하게 짐이 많다 싶었는데, 아마네를 골탕 먹이려고 다른 짐을 더 가져왔다고 한다.

"슈토 씨도 찬성했단다."

"아버지…….'

"모처럼 생긴 기회니까 괜찮지 않겠니? 연례행사니까, 나로선 되도록 같이 가고 싶은데 말이다."

그렇게 말하면 거절하기 힘들다.

가족의 친목을 소중히 여기는 슈토의 의향도 반영하여 시호코가 그런 제안을 한 것이다. 그걸 매몰차게 거절하는 것도 왠지 미안하다.

"그래도…….'

"괜찮아, 엄마만 믿으렴. 반드시 원판 아마네와는 전혀 닮지 않은 멋진 남자로 만들어 줄게!"

"그건 원판이 별로라는 뜻이잖아."

"물론 슈토 씨를 닮아서 이목구비는 단정하지만 머리 모양이랑 분위기가 세련됨과는 거리가 멀단 말이지. 음침하다는 말이 맞으려나."

"시끄러워."

스스로도 촌스러운 것은 알지만, 좋아서 이런 차림인 거니까 일일이 지적받고 싶지 않다.

"다듬으면 훌륭할 텐데. 아마네도 참, 그런 걸 귀찮아하니까 말이지……."

"괜한 참견이야."

"아까워라. ……어때, 마히루? 마히루도 아마네가 깔끔하게 잘 다듬은 모습을 보고 싶지?"

"네?"

갑자기 자신에게 물어보는 바람에 마히루는 눈에 빤히 보일 정도로 당황하고 있었다.

마히루에게 억지로 떠넘기듯이 묻지 않으면 좋겠지만, 시호코는 거침없이 몰아붙였다.

"아마네가 잘 꾸미면 마히루도 다시 볼걸? 이렇게 보여도 아마네가 의외로 얼굴은 반반하단다. 성격도 솔직하진 않지만 슈토 씨를 닮아서 신사니까, 잘하면 정말 유망해질 거야."

"어, 저기…… 그, 그렇겠죠……?"

"같이 새해 참배하러 가고 싶지 않니?"

"그, 그건 저기, 가고 싶긴 한데, 요."

"이봐, 배신하지 마."

혹시 모르니까 기왕이면 기각해 주길 바랐지만, 마히루는 따지고 든 아마네를 힐끗 봤다.

"……아마네 군이 싫다면, 됐어요."

약간 시무룩해진 목소리로 말하면서 눈썹이 처지는 마히루를 보자 아마네는 숨이 턱 막혔다.

본인은 감추려는 것 같지만, 딱 봐도 아쉬워하고 있다. 일부러 보라고 그런 게 아니라 자연스럽게 드러난 듯하다.

긴 속눈썹이 살짝 흔들리면서 고개를 숙이는 모습을 보니 엄청난 죄책감이 솟구쳤다.

시호코한테선 '마히루를 슬프게 했구나'라고 책망하는 듯한 시선을, 슈토한테선 '포기하는 게 좋아'라는 시선을 받으면서 아마네는 나지막이 끙끙댔다.

이러면 자신이 마히루를 괴롭히는 것 같잖아.

"……알았어."

그런 얼굴을 보면, 아마네가 굽힐 수밖에 없었다.

"자, 다 됐어."

시호코에게 '이것도 아니다, 저것도 아니다'라며 온갖 잔소리를 들으면서 머리카락과 얼굴을 농락당하고 패션 코디도 세팅당한 끝에 간신히 해방됐을 때는 은근히 피곤했다.

패션에는 별로 관심이 없는 아마네에겐 고통스러운 시간이었지만, 거울로 확인해 보니 고생한 보람이 있었는지 평소 아마네와는 비교가 되지 않을 정도로 단정한 남자가 보였다.

시호코가 고른 것은 다크 그레이 체스터코트에 흰 터틀넥, 검은 슬랙스 조합. 심플하면서도 캐주얼한 분위기를 억제한 코디네이션이다.

새해 경축 행사에 가는 거니까 가벼운 차림이 되지 않도록 신경을 썼는지, 정장 같은 분위기도 살짝 풍기고 있었다.

아마네도 컬러풀한 옷은 좋아하지 않기 때문에 이렇게 모노톤에 차분한 차림은 취향과 일치했다.

머리 모양도 확인해봤는데, 약간 긴 앞머리는 머리에 쓰는 인두와 왁스, 시호코의 솜씨로 잘 넘어가 평소 앞머리에 가렸던 눈이 드러나 있었다.

눈을 확실하게 노출함으로써 인상이 제법 밝아졌는데, 그뿐만이 아니라 볼륨감을 잘 살려서 세팅한 앞머리가 세련된 분위기를 자아내고 있었다.

어머니나 이츠키에게 음침하다는 야유를 들었던 아마네는 어느새 사라지고, 이게 누구냐 싶을 정도로 산뜻하고 인상이 훤한 남자가 거울 앞에 있었다.

"조금만 만져도 이렇게 산뜻하고 인상이 좋은 사람이 되는데, 왜 그러질 않는 거람."

"취향이 아니야."

"너는 그런 구석이 있구나. 뭐, 표정이 딱딱하니까 웃지 않으면 호감을 줄 수 없지만."

얼굴이 딱딱하다는 말은 사족이지만, 사실이라서 부정할 수는 없다.

"그럼 나는 마히루를 다듬고 올 테니까 거실에서 기다리고 있으렴."

아마네는 이것저것 하고 있었으니까, 잠시 집으로 돌아가서 옷을 갈아입고 있을 마히루의 상황은 모른다.

혼자서 기모노를 입을 줄 안다고 해서 마히루는 자신의 집으로 일단 돌아가 옷을 갈아입고 오겠다고 했는데, 기모노 입는 방법을 안다는 점에서 마히루의 스펙이 얼마나 대단한지 짐작할 수 있었다.

방에서 먼저 나간 시호코를 보내고, 다시 거울 속 자신을 봤다.

오랫동안 이런 차림은 해 본 적이 없었기 때문에 아마네는 자기 자신이 아닌 것 같다는 생각이 들었다.

"……뭐, 나쁘지는 않네."

마히루의 옆에 서기에는 좀 초라한 것 같지만, 평소의 아마네보다는 몇 배나 더 나아 보였다.

시야를 가리지 않는 앞머리를 살짝 만지면서, 가끔은 이러고 다니는 것도 나쁘지 않겠다고 낮은 목소리로 중얼거렸다.

거실에서 슈토와 함께 수십 분을 기다린 끝에 현관문이 열리는 소리가 났다.

여자는 외출 준비를 하는 데 엄청난 노력과 시간이 걸린다는 이야기를 들었기 때문에 기다리는 것 자체에는 불만이 없었지만, 마히루가 시호코에게 성희롱 같은 짓을 당하지는 않을까 싶어서 걱정했다.

이제 끝났나 싶어서 앉아 있던 소파에서 슬쩍 일어나 현관을 본 타이밍에 마히루가 조용히 거실에 도착했다.

마히루의 모습을 처음 본 순간, 저도 모르게 멍해지고 말았다.

평소에 마히루는 전통복을 안 입고, 볼 기회도 없다.

그래서 그냥 잘 어울리겠지 하는 수준으로만 생각했는데——설마 이렇게 잘 어울릴 줄은 예상하지 못했다.

시호코의 말에 따르면 *후리소데를 입으면 사람이 많은 곳에선 움직이기 불편할 테니까 **코몬으로 입혔다고 하는데, 연분홍색 바탕에 매화무늬가 들어간 기모노를, 원래부터 있던 옷이 아닐까 싶을 만큼 잘 소화하고 있었다.

마히루는 평소 분홍색 옷을 잘 입지 않지만, 지금은 우아한 기품을 유지하면서도 여성스러운 향기를 풍기고 있었다.

색소가 옅은 긴 머리카락은 옆머리만 남기고 뒤로 모아서 비녀로 고정했다. 새하얀 목덜미와 찰랑이는 장식이 여성스러운 매력을 강조하는 바람에 참 고혹적이다.

원래의 아름다움을 끌어내도록 살짝 곁들인 화장의 효과까지 합쳐서 더없이 청초한 미인 분위기가 물씬 난다.

"어떠니? 꽤 귀엽게 완성했다고 보는데. 마히루는 원판이 좋아서 정말이지 꾸미는 보람이 있다니까."

---

* 후리소데 : 일본의 전통복 양식. 어깨에서 팔 부분 공간을 좁게. 또한 손이 나오는 부분을 좁게 만들어 팔 밑에 늘어지는 부분이 생기게 한 의상. 젊은 여성들이 성인식, 결혼식, 참배 때 예복으로 입는다.
** 코몬 : 일본의 전통복 양식. 전체적으로 작은 무늬가 들어간 옷을 가리키는 말. 후리소데에 비해 소매 부분이 짧고 늘어지지 않는 경향이 있다.

"응, 아주 잘 어울리는군."

자연스럽게 웃으며 칭찬하는 슈토의 말을 듣고 마히루도 약간 쑥스러운 듯이 시선을 내렸다. 그런 동작까지도 매혹적으로 보이니까, 미인이란 진짜 무시무시하다.

"자, 아마네, 너도 감상을 말해야지."

"어울리는 것 같아."

아무래도 부모님 앞에서 절찬할 수는 없어서 무난하게 칭찬하고 넘어갔지만, 시호코는 매우 못마땅한 눈치다.

"……그런 점이 문제라는 거 아니?"

"됐네요."

시호코한테서 박한 평가를 받았지만, 아마네는 부모님 앞에서 더 칭찬할 마음이 없으므로 고개를 돌렸다.

시호코는 그런 아마네가 어처구니없는 눈치였지만, 그 성격을 잘 아는지 한숨만 쉬고 넘어가 주는 것 같았다.

"얘도 참…… 얘기가 나와서 말인데, 마히루는 어때? 아마네, 이러니까 분위기가 전혀 다르지?"

"네, 네. 평소와는 완전히……."

"평소에도 이렇게 입고 다니면 인기가 있을 텐데, 그렇게 안 한단 말이지. 정말 손해만 보면서 산다니까."

아마네에겐 괜한 참견이지만, 시호코는 진심으로 아쉽다는 듯이 한숨을 쉬고 있었다.

"기왕 슈토 씨를 닮았는데, 그걸 살리지 않는 애는 정말 실망이야. 아까워 죽겠어—."

"자자, 이제 그만해, 시호코. 아마네도 여러모로 복잡한 시기인 거겠지."

"그 또래면 여자들 관심을 받고 싶지 않나?"

"아마네는 굳이 말하자면 한 명으로 만족하는 성격 같은데. 더 있어도 복잡해서 싫어하지 않을까?"

"어머머."

아마네를 두둔하는 말이 오히려 시호코의 망상에 불을 지폈다.

그야 아마네는 불특정 다수에게 호감을 사는 것보다 한 명만 있으면 된다고 생각을…… 아니, 슈토에게 그렇게 배웠고 실제로도 그게 더 좋다고 생각하지만, 지금 상황에선 그 상대가 마치 마히루라고 말하는 것처럼 들리는 게 아닌가.

환하게 웃는 시호코를 보고 얼굴을 실룩거리면서 고개를 돌렸다.

왜 자꾸 이상한 추측을 하는지 모르겠지만, 실제로 제삼자의 눈에는 그렇게 보이리란 것도 잘 알고 있었다.

적어도 아마네에게 마히루는 특별하다고 단언할 만큼은.

그건 사실이지만——.

마히루 몰래 힐끗 보고, 슬쩍 한숨을 쉬었다.

(좋아하냐고 묻는다면야, 좋아하지만…….)

호감이 간다고는 생각했다.

하지만 연애 감정이라고 단정하려면, 뭔가 아니다.

"어머니가 이상하게 상상하는 그런 일은 하나도 없거든. 시시한 소리는 그만 하고 운전할 준비나 하지그래?"

"매정한 아이라니까…… 진짜. 아무렴 어때. 슈토 씨, 우리는 차를 가지러 가요."

"그러지."

보아하니 화제를 돌리는 데 성공한 것 같다. 부모님 모두 외출 준비로 넘어간다.

어느 신사에 갈지는 부모님에게 맡기고, 먼저 주차장에 가려고 집을 나서는 부모님을 배웅했다.

"……나는 가방에 필요한 걸 넣어둬서 더 준비할 건 없는데, 마히루는 어때?"

"아, 이 가방에 있으니까 괜찮아요."

"그래?"

갑자기 둘만 남는 바람에 조금 어색함을 느끼면서, 아마네는 창문을 닫거나 쓸 일이 없는 가전제품의 콘센트를 뽑았다.

거실 불을 끄고 나서, 다시 마히루를 봤다.

역시 자세히 보질 않아도 미인이다. 이만큼 기모노가 잘 어울리는 소녀는 흔하지 않을 것이다.

부모님 앞인지라 너무 노골적으로 칭찬할 수 없었지만, 누가 봐도 전통복 미인인 마히루는 보기만 해도 행복했다.

"무슨 일 있나요, 아마네 군?"

"응? 아니, 잘 어울린다 싶어서. 청초한 전통복 미인 느낌이 딱 들어. 귀엽고 예쁘다고 생각해."

슈토에게 여자가 꾸몄을 때 칭찬하라고 배웠으니 원래는 처음에 그래야 했지만, 부모님 면전에서 칭찬하는 것은 부끄러웠다.

솔직한 감상을 말하자 마히루는 몇 차례 눈을 크게 깜박였고, 그런 뒤에 살짝 볼을 붉히면서 입술을 꼭 물었다.

전에 그런 반응을 보인 때를 떠올리고, 아마네는 슬쩍 쓴웃음을 지었다.

"아아, 칭찬하면 싫던가? 미안해."

"그, 그렇지 않아요. 하지만…… 아마네 군은, 의외로……."

"의외로?"

"……아무것도 아니에요."

고개를 홱 돌리는 마히루를 보면서 왜 그러는지 궁금했지만, 물어볼 분위기가 아닌지라 얌전히 포기하고 마히루와 함께 현관으로 이동했다.

신발은 걷는 것을 감안하여 정통 나막신이 아니라 부츠를 신는 절충 스타일 같은데, 그건 그것대로 귀여운 모습을 볼 수 있을 것 같다.

비녀 장식을 찰랑찰랑 흔들면서 겨우 부츠를 신은 마히루는 먼저 밖에 나와서 문을 잡고 있던 아마네에게 살며시 다가갔다.

생각했던 것보다 거리가 가까웠다. 웬일로 마히루가 먼저 다가와서 슬쩍 발돋움을 하고 있었다.

귀를 좀 빌려달라는 뜻일까. 그렇게 생각하면서 현관문을 잠근 뒤에 허리를 숙이자, 마히루가 입가를 손으로 동그랗게 살짝 가리면서 귓가에 갖다 댔다.

"아마네 군."

"응?"

"저기…… 아마네 군도, 오늘, 멋지거든요?"

작은 목소리로 그렇게만 속삭인 뒤에 옆을 빠져나가 엘리베이터 홀로 빠르게 걸어가는 마히루를 보면서, 아마네는 그대로 문에다 이마를 쿵 박았다.

"치사하게 그런 말을 하다니……."

앙갚음처럼 속삭인 말을 듣고, 아마네의 심장 고동은 경종이 울리듯 쿵쾅거리고 있었다.

마히루 때문에 확 달아오른 볼을 식히는 데 시간이 걸려서, 먼저 주차장에 가서 기다리고 있던 부모님은 그런 아마네를 수상한 눈으로 봤다.

아마네가 사는 지역에서 차로 약 한 시간 걸리는 지역에 있는 유명 신사에 도착하니, 아니나 다를까. 사람들이 TV에서 봤을 때보다는 많이 줄었지만, 그래도 한산해 보이지는 않았다.

"사람이 많이 줄긴 했지만, 그래도 역시 많이 있네요."

"그렇군."

"마히루, 흩어지지 않게 조심하렴. 우리도 조심할 테고 스마트폰도 있으니까 다시 모이는 건 쉽겠지만, 그래도 역시 참배는 함께하고 싶으니까."

"네."

기모노를 입은 마히루가 가장 움직이기 불편할 것이고 걸음도 느리다. 신발은 부츠를 신었다고 해도 기모노는 보폭이 제한되니까 걷는 속도는 다른 사람들에 비하면 느릴 것이다.

©Hanekoto

인파를 헤치고 가야 할 수준까지는 아니지만, 역시 어깨가 자주 부딪칠 만큼은 사람들이 많아서 아마네 일행도 조심해서 걸어가야 했다.

"그럼 가 볼까."

앞장선 시호코를 따라서 인파 속으로 들어갔다. 우선은 손을 씻는 곳에 가서 손과 입을 정갈히 씻으려고 했는데, 역시 마히루에게 시선을 빼앗기는 사람들이 많았다.

기모노 차림인 사람도 적잖이 있으니 기모노를 입은 마히루가 그렇게 눈에 띌 리가…… 없지는 않았다.

애초에 수수한 교복만 입어도 사람들 눈길을 끌었던 마히루다. 청초한 분위기의 정통파 미소녀가 전통복을 입었으니 눈에 띄지 않을 리가 없었다.

입을 씻는 몸짓조차도 아름다웠기 때문에 시선을 모으고 있다.

"……왜 그러나요?"

"아무것도 아니야."

뭔가 달갑지 않다. 그렇게 생각하면서도 입 밖으로 내지는 않고서, 아마네도 부모님과 마찬가지로 손과 입을 씻은 뒤에 앞서 가는 부모님의 뒤를 따라갔다.

일단 마히루의 속도에 맞춰서 걷고는 있었지만, 평상복이라면 또 모를까 역시 전통복은 옷자락이 흐트러지지 않게 걷기가 어려운 듯, 사람들이 붐비는 탓도 있어서 평소보다 이동하는 속도가 느렸다.

"마히루, 괜찮아?"

"네, 이 정도는…… 꺅."

다른 참배객과 어깨가 부딪치면서 중심을 잃고 넘어질 뻔했기 때문에 아마네가 팔을 잡아 줬다.

"괜찮아 보이질 않는데."

"……죄송해요."

"자, 손을 이리 줘."

역시 익숙하지 않은 옷을 입히고 걷게 하는 거니까, 신경을 쓰지 않을 수가 없다.

소매 밖으로 살짝 드러난 작은 손바닥에 손을 뻗자, 마히루가 아마네를 쳐다봤다.

싫은 건가 싶어서 손을 다시 거두려고 했더니 황급히 손바닥을 포개면서 다시 아마네를 빤히 쳐다보는지라, 아마네는 영문도 모른 채 마히루를 바라보고 말았다.

가만히 보고 있었더니, 마히루가 먼저 시선을 돌리고 아마네의 손을 꼭 쥐었다.

대체 뭘까? 머리를 갸웃거릴 틈도 없이 인파에 밀려서 이제 곧 새전함 앞까지 도착할 것 같았기 때문에 아마네는 맞잡은 손의 감촉을 확실하게 느끼면서 작은 의문을 가슴에 도로 넣었다.

"꽤 오래 기도하는 것 같던데, 무슨 소원을 빌었어?"

참배를 마치고 줄에서 조금 벗어났을 때가 되어서야 조용히 기도했던 마히루에게 물어봤다.

이게 바로 견본이라는 듯이 우아하게 참배를 마친 마히루는 아마네의 곱절은 될 정도로 오랫동안 눈을 감고 합장한 채 서 있었다. 그 후에 고개를 숙이는 우아한 모습에 정신이 팔릴 뻔했지만, 뭔가 소원을 빌었음을 깨닫고 물어본 것이었다.

"무병장수라고 할까요."

"엄청 무난한 소원이네."

마히루답긴 했다.

본인은 욕심이 별로 없어서 뭘 빌었는지 궁금했는데, 예상했던 범위에서 벗어나지 않아서 약간 맥이 빠졌다고 할까.

"그리고."

"그리고?"

"……이대로 평화롭게 살게 해달라고 빌었어요."

그것도 참 마히루다운 소원이었다.

자극이나 변화를 별로 좋아하지 않는 마히루가 바랄 일이며, 평화와 평온을 선호하는 마히루다운 소원이리라.

"우리 어머니가 있으면 평화롭지 않겠지만 말이지."

"그건 그것대로 즐거울 수 있어요."

그런가…… 싶었지만, 본인이 즐겁다고 하니 참견하지 않고, 표정을 부드럽게 풀고 마히루의 손을 잡았다.

아직 복잡한 인파에서 완전히 벗어난 것도 아니다. 그리고 먼저 참배를 마치고 조금 떨어진 곳에서 기다리고 있는 부모님 곁에 가기 전에 넘어지기라도 하면 큰일이다.

그런 의미로 손을 잡았는데, 마히루는 잠깐 눈을 깜박이다가 조금 부끄러운 듯이 고개를 숙이면서 아마네의 손을 맞잡았다.

©Hanekoto

"애들아, 여기야―."

시호코의 목소리는 밝고 시원시원해서 알기 쉽다.

부르는 목소리를 따라 둘이서 부모님에게 가 보니 시호코가 눈을 동그랗게 뜨고, 그런 뒤에 입을 손으로 가리면서 흐뭇한 표정으로 아마네와 마히루를 바라보기 시작했다.

"어머머."

"왜?"

"자연스럽게 손을 잡고 있구나 싶어서."

그 말을 듣고, 시호코 앞에서 손을 잡은 것은 실수였다고 뒤늦게 깨달았다.

이런 모습을 보이면 마히루가 아마네에게 특별하다고 말하는 것이나 다름없지 않은가. 이상하게 착각한 시호코가 실실 쪼개는 모습을 봐야 한다니, 웃기지도 않다.

"……떨어지지 않으려고 잡은 거잖아. 그리고 기모노를 입고 있으면 넘어지기도 쉽고."

"그래. 기모노를 입으면 걷기 힘드니까 에스코트해 줘야지. 나도 시호코한테는 그렇게 하니까."

슈토는 이해가 되는지 마히루의 손을 잡은 것을 어색하게 느끼지 않는 것 같았다. 마찬가지로 자연스럽게 시호코의 손을 잡고 있었다.

아버지처럼 저렇게 눈치껏 손을 내밀어서 잡을 수 있다면 고생하지 않겠지만, 성격상 어렵다고 생각했기에 마히루가 순순히 손을 잡아 줘서 고마웠다.

시호코의 관심이 슈토에게 넘어간 것에 안도하면서 살며시 손을 놓으려 했는데, 마히루는 여전히 손에 힘을 주고 있었다.

세지 않게 꼬옥 잡고 있지만, 손을 놓을 생각이 없다는 걸 알아차렸다. 왜 그러냐고 목소리를 낮춰 물어봐도 마히루는 대답하지 않았다. 그저 가녀린 손가락이 아마네를 붙잡고 있을 뿐이다.

"마히루, 마히루, 따뜻한 음료수를 사 올까 하는데 묽은 단팥죽과 감주 중에서 뭐가 좋니?"

"그럼 단팥죽으로 부탁드릴게요."

시호코가 끼어들어서 물어보거나 손을 놓을 타이밍도 놓치는 바람에 그대로 계속 가녀린 손을 잡고 있었다.

"너는?"

"……나는 감주."

"그래, 알았어."

마히루만 싫지 않다면 괜찮지 않을까. 그렇게 가슴속에서 일어난 작은 동요를 억지로 가라앉히고, 시호코에게 희망사항을 전하면서 마히루의 손을 다시 잡았다.

잠시 후 노점에서 돌아온 시호코가 각각 부탁받은 것을 줬는데, 이때는 아무래도 손을 놓을 수밖에 없으니까 일단 손을 떼고 한숨을 돌렸다.

부모님은 함께 감주를 마시면서 사이좋게 웃고 있었다.

두 사람만의 세계라고 할 정도는 아니어도 화기애애한 분위기라서, 말을 걸 생각도 없는 아마네도 받은 감주를 홀짝였다.

감주는 마시는 링거라고 불릴 정도로 영양도 풍부하지만, 그 전에 쌀의 단맛과 걸쭉한 식감이 온몸에 따끈하게 퍼지는지라 자신도 모르게 감탄과 안도가 섞인 한숨이 흘러나왔다.

아마네는 단것을 별로 좋아하지 않아도 단팥은 의외로 좋아하기 때문에 단팥죽이라는 선택지도 포기하기 아까웠다. 그저 새해라는 이유만으로 분위기상 이쪽을 고른 건데, 개인적으로는 정답인 것 같다.

마히루를 슬쩍 보니 온화한 표정으로 종이컵에 담긴 단팥죽을 조금씩 마시고 있었다.

그렇게 맛있게 먹고 있는 모습을 보고 있자면 단팥죽에 미련이 커지니까 참 난감하다.

(한입 얻어먹을 수 없을까.)

부탁하면 주지 않을까 싶어서 보고 있었더니, 그 시선을 알아차린 마히루가 고개를 살짝 갸우뚱했다. 그때 덩달아 찰랑거리면서 흔들린 비녀가 뭐라 말할 수 없는 청초함을 풍겼다.

"맛있어?"

"맛있어요."

"한입 먹어도 돼?"

단팥죽을 맛보고 싶어서 물어봤더니, 마히루는 우스꽝스러울 정도로 깔끔하게 딱 정지하고 말았다.

"어, 되, 되는데요⋯⋯."

허락한다는 듯이 대답하면서도 당혹을 감추지 못한다. 주저하는 느낌으로 아마네의 눈치를 살피고 있다.

"싫으면 됐어."

"시, 싫다뇨. 그건 아니지만…… 그게…….”

"그게?"

"아, 아뇨, 됐어요. 여기요. 저도 감주를 주세요.”

"으, 응."

무슨 이유인지 약간 발끈한 마히루에게 감주 컵을 강탈당해서, 아마네도 마히루에게 컵을 받았다.

내용물은 색만 봐도 팥을 연상케 하는 걸죽한 액체.

은은하게 풍기는 팥 특유의 향기를 맡으면서 입에 대고 마시자 역시나 달고 진한 맛이 입안에 퍼졌다. 단맛이 조금 강하게 느껴지는 것은 아마네가 단것을 좋아하는 체질이 아니기 때문일 것이다.

그래도 맛있지만, 역시 단팥은 차와 궁합이 좋다고 통감했다.

여담으로 마히루는 단것도 그럭저럭 좋아한다고 하니, 이 정도가 딱 알맞을지도 모른다.

마히루를 힐끗 보니 감주를 한 모금 마셨는지 볼이 살짝 상기된 채 어질어질한 표정을 짓고 있었다.

"혹시 입에 안 맞았어?"

"아니에요. ……아마네 군, 케이크 때는 바로 알아차렸으면서, 왜 이건 모르는 건가요?"

"……아."

그제야 마히루가 왜 그런 반응을 보였는지 깨닫고, 아마네도 딱딱하게 굳었다.

(앙~은 아니지만. 이건 간접 키스네.)

단팥죽에 정신이 팔려서 몰랐지만, 아무렇지도 않게 간접 키스를 제안한 셈이다.

의식하지 않았다고는 하나, 마히루는 난처했을 것이다. 그래서 아까 그런 태도를 보인 거겠지.

"미, 미안해. 내가 경솔했어. 불쾌했지?"

"왜, 왜 그렇게 되는 거예요? 불쾌하진 않았고, 그러니까……부끄럽기만 해서."

"다, 다음부턴 조심할게. 미안해."

감정이 어떻든 간에 곤혹스럽게 한 것은 사실이므로 가볍게 머리를 숙이자, 이번에는 마히루가 허둥지둥 팔을 휘저었다.

"따, 딱히 마음에 두진 않았어요."

"그, 그래? 그래도 미안해. 그 녀석들 같은 식으로 행동하면 안 되는 거였는데."

이츠키랑 치토세는 그런 걸 마음에 두지 않는 타입인지라 '친구라면 괜찮다'고 주장하면서 아마네가 먹던 음료수나 음식을 종종 먹곤 했다.

이츠키는 같은 남자고 치토세는 여자로 전혀 의식하지 않기 때문에 딱히 그런 짓을 당해도 간접 키스로 느낀 적이 없다. 빼앗겼다고 분통해 하는 게 다였다.

그렇지만 역시 마히루에게 그러는 건 문제였다. 미처 깨닫지 못한 자신이 잘못한 거지만.

"아카자와 군과 치토세 양과는 평소에도 그러나요?"

"응. 뭐, 친구니까."

"그렇군요."

이해한 것 같기도 하고 불만스러워하는 것 같기도 한 미묘한 표정으로 고개를 끄덕인 마히루는 감주 쪽으로 시선을 떨구다가 한 번 더 입을 댔다.

"……저와 아마네 군도 친구니까 딱히 문제없어요."

"으, 응……. 네가 다 마셨네."

"얼마 남지 않았거든요."

알코올 성분이 없는데도 볼을 붉히고 있는 마히루가 고개를 돌리는 바람에 아마네는 마히루가 3분의 1쯤 남긴 단팥죽을 마셨다.

아까보다는 식었을 텐데도, 그 단팥죽은 뜨겁고 왠지 모르게 엄청 달았다.

"마히루는 요리를 참 잘하는구나."

새해 참배를 마치고 돌아와서 잠시 쉬었더니 벌써 저녁때라서, 마히루는 옷을 갈아입은 뒤 평소처럼 저녁 준비를 시작했는데…… 아마네 집에 하룻밤 묵기로 한 시호코가 마히루의 솜씨를 관찰하려는 목적으로 부엌에 있었다.

친가는 차로 몇 시간은 걸리는 곳이라서, 피곤하니까 처음부터 여기서 자고 갈 예정이었다고 한다. 집주인의 허락을 받았으면 좋겠지만, 원래 집주인은 슈토이므로 불평할 수 없다.

다행히 이불은 혹시라도 손님이 올 때를 대비해서 한 세트가 더 있으니까 둘이서 쓰면 되리라. 친가에서도 같이 자니까 크게 달라지는 것도 아니다.

"감사합니다."

"정말이지, 고등학생인데도 솜씨가 좋네. 내가 고등학생일 때는 이만큼 못 했는데."

"어머니는 지금도 마히루보다는 잘하지 못하잖아."

"뭐라고 했니?"

"아무 말도 안 했어."

부엌에서 한 옥타브 낮아진 목소리가 날아들었기 때문에 아마네는 시치미를 떼면서 소파 등받이에 몸을 기댔다.

옆에서 편한 자세로 앉아 있던 슈토가 "시호코를 너무 괴롭히지 말렴."이라고 타일렀지만, 평소에 괴롭힘을 당하고 있는, 아니 놀림을 당하고 있는 건 아마네이므로 이 정도 앙갚음은 허용되리라.

시치미를 뚝 떼고 있는 아마네에게 부엌에서 "정말 못된 아이라니까."라고 말하는 목소리가 들려오긴 했지만, 시호코는 바로 마히루에게 밝은 목소리로 말을 걸고 있었다.

마히루도 당황하지 않고 시호코가 거는 말에 차분히 대꾸하고 있었다. 시호코의 성격에 많이 익숙해졌는지 온화한 표정을 짓고 있다.

멀리서 두 사람이 사이좋게 조리 중인 모습을 바라보다가 아마네는 슬쩍 안도의 한숨을 쉬었다.

"시호코는 시이나 양이 정말 마음에 든 것 같구나."

마찬가지로 두 사람을 뒤에서 구경하던 슈토는 흐뭇한 표정을 짓고 있었다.

　"그야 예쁘고, 귀엽고, 성격도 좋으니까 어머니가 좋아할 줄은 알았어."

　"아마네 너는 어떤데?"

　"……별로. 그냥 착하고, 귀여운 애라고 생각해."

　"그렇구나."

　은근슬쩍 체크하나 싶었는데, 슈토는 딱히 파고드는 성격이 아니니까 그저 순수한 흥미일지도 모른다.

　아마네의 대답을 듣고 더 추궁하지 않았다.

　"아마네가 매일 먹고 싶어진다는 요리가 기대되는걸."

　"맛은 보증할게. 어머니가 이상한 짓만 안 한다면."

　"걱정하지 않아도 시호코는 시이나 양의 요리를 먹고 싶어 하니까 어디까지나 도와주는 선에서 그치겠지."

　"그렇다면 다행이지만."

　딱히 시호코가 요리를 못 하는 건 아니지만, 섬세하게 맛을 내는 마히루와는 달리 간을 대충 보는 일이 많았다.

　섬세한 맛은 슈토의 담당이며, 시호코는 양과 편리함을 우선시했다.

　물론 한창 먹을 자식을 둔 주부라면 당연히 그렇게 되기 쉽겠지만, 아마네는 마히루가 만드는 것처럼 철저하게 계산된 맛을 선호하는지라 마히루가 만든 요리의 매력이 손상되는 것이 싫었다.

다행히 시호코도 마히루를 도와주는 선에서 그치는 것 같아서, 안도의 한숨을 쉬고 두 사람의 요리 풍경을 바라봤다.

"응, 맛있네."

"감사합니다."

아무리 그래도 평소 두 사람이 쓰면 딱 맞는 식탁에서 네 사람이 먹을 수는 없어서, 다른 방에 보관하던 접이식 테이블을 꺼내 저녁을 먹었다.

슈토의 솔직한 감상에 안도한 마히루는 몸에서 긴장을 살짝 풀었다.

조리 실습 시간을 제외하면 직접 만든 요리를 아마네 말고 다른 사람에겐 대접해 본 일이 없었는지 약간 긴장했던 것 같지만…… 슈토의 부드러운 미소에 그제야 힘이 빠진 듯하다.

"정말 맛있는걸. 이 정도면 혼자 살든 결혼하든 문제가 없을 것 같아."

자신들을 보면서 의미심장하게 중얼거리는 시호코의 말을 듣고 얼굴이 실룩거릴 뻔했지만, 무표정을 유지하고 된장국을 홀짝였다.

육수로 끌어낸 그윽한 맛은 이미 익숙해졌다.

마히루의 맛에 완전히 친숙해지는 바람에 마히루의 요리 말고는 그다지 먹고 싶다는 생각이 들지 않는 것이 매일 직접 만든 요리를 먹을 때의 난점이었다.

"아마네, 감상을 안 말하니?"

"물론 맛있지. 늘 고마워."

시호코가 말하지 않아도 그럴 생각이었는데, 보채니까 말한 것처럼 들렸을 것 같다.

단둘이 있을 때는 매일 맛있다는 말을 빼먹지 않았지만, 지금은 부모님이 계셔서 자제하고 있었다. 결과적으로는 실패했지만.

이번에도 평소 하듯이 칭찬했지만, 마히루는 왠지 불안한 듯, 아니 뭔가 불편한 듯이 몸을 꼬면서 "……네."라고 작은 목소리로 대꾸했다.

볼이 살짝 발개진 것은 아마도 부모님이 같이 계시기 때문이겠지.

세 사람에게 연달아 칭찬을 받으면, 아무리 아마네의 감상을 듣는 데 익숙해진 마히루라도 낯부끄러울 것이다.

"정말 귀엽구나, 마히루는."

"시호코, 너무 놀리지는 마."

"놀리려는 게 아니에요. 정말로 요즘에는 보기 드물게 순진하고 착한 아이라고 생각했을 뿐인걸?"

"그, 그렇지는 않은데요……."

"아니, 그건 그래. 순진하다고 할까, 순수하다고 할까."

"아마네 군?!"

순진하다는 표현은 틀리지 않았다. 딱히 잘생기지도 않은 남자가 셔츠를 풀어 헤친 것만으로 얼굴을 붉힐 정도였으니, 순진무구하다고 말할 수 있을 것이다.

"어머머, 우리가 모르는 사이에 무슨 일이 있었던 거니?"

"딱히 아무 일도……."

"아무 일도 없었어요."

마히루한테서도 부정하는 말이 튀어나왔다.

순진하니 순수하니 하는 말은 딱히 흠을 잡는 게 아니지만, 계속해서 그런 말을 듣는 게 싫은지 마히루가 강하게 부정하는 바람에 아마네도 더는 말하지 않는다.

"뭐, 나는 아마네가 시이나 양에게 상처만 주지 않는다면 알아서들 해도 된다고 보지만 말이지. 놀리는 건 정도껏 하렴, 아마네."

"나도 알아."

"……보세요, 놀리는 거 맞잖아요."

"순진하다는 말은 진심으로 한 거야."

옆에 있으면서 테이블 밑에서 몰래 허벅지를 찰싹 때렸다.

볼을 붉히고 자신을 살짝 노려봐서 아마네가 "미안, 미안해."라고 사과하자 고운 얼굴에 뾰로통한 표정이 드러났다. 그런 모습이 묘하게 귀여워서 웃음이 나왔지만, 아마네는 마히루가 화내지 않게 꾹 참았다.

"……참 뭐랄까. 우리가 할 법한 짓을 눈앞에서 보여주면 좀."

"괜찮지 않을까. 아마네도 전에 없이 표정이 부드러우니까."

"뭐라고 했어?"

"아무 말 안 했어—."

기분 탓인지 이상한 추측을 하는 것 같아서 목소리를 낮게 깔고 물어보자 시치미를 뚝 뗐다.

"음, 미안해. 부모님 몫까지 음식을 만들게 해서."

저녁 식사를 마치고 두 시간 정도 웃고 떠들고 뒤에 자리를 파했다.

그렇다 해도 부모님은 거실에서 잘 예정이니 집에 돌아갈 사람은 마히루 혼자지만.

부모님이 먼저 목욕탕을 쓰게 양보했기 때문에 아마네만 혼자 마히루를 바래다주러 밖으로 나왔다.

배웅할 필요는 없었지만, 혹시나 하는 마음과 함께 오늘 시호코가 억지를 부린 것을 사과하려는 목적도 있었다.

"아니에요. 괜찮아요. 즐거웠으니까요."

"그래?"

기분이 상하지 않은 눈치여서 다행이다.

오히려 즐거운 눈치였다.

"그리고……."

"그리고……?"

"……조금은, 행복한 기분이 뭔지 알 수 있었으니까요."

가녀린 목소리로 한숨처럼 중얼거리며 말한 마히루는, 왠지 모르게 쓸쓸함을 동반한 것처럼 보이는 웃음을 지었다.

바람이 불면 꺼질 듯 연약한 미소. 눈에 희미한 동경이 섞여 있음을 안 것은 아마네가 마히루의 가정환경을 짐작하기 때문이리라.

왠지 그냥 내버려 둘 수가 없어서 아마네는 무심코 마히루의 머리에 손을 얹어 일부러 조금 거칠게 쓰다듬었다.

마히루는 싫은 표정을 짓지 않고 그저 놀란 듯 아마네를 쳐다봤다.

"왜, 왜 이러는 거예요?"

"의미는 없어."

"의미가 없다뇨……. 머리카락이 흐트러진다고요."

"어차피 목욕할 거잖아."

"그건 그렇지만요."

"……안 되는 거였어?"

"아, 안 되는 건 아니지만. ……적어도 미리 말은 해 줘요."

"쓰다듬었어."

"그건 사후 보고예요."

"미안해."

미리 말하면 얌전히 만지게 해 주는 거구나. 그런 생각이 들어도 꾹 참고 솔직하게 사과하자 마히루는 살짝 한숨을 쉬었다.

"아마네 군도 참…… 저니까 괜찮지만, 사실은 여자애의 머리를 가볍게 쓰다듬는 건 좋은 행동이 아니에요."

"아니, 너 말고는 안 하는걸……."

이성의 몸 일부를 만져도 되는 것은 기본적으로 친한 사람뿐임을 잘 알고 있다. 아마네는 성격이 털털한 사람처럼 마음 편하게 남의 몸에 손대지 않는다.

일단 아마네와 마히루는 친한 부류에 들어간다고 생각했으니까 마히루가 싫어하지 않는다는 걸 확인하면서 접촉했지만, 다른 사람에게 이런 생각은 없다.

애초에 접촉하려는 시도도 안 할 것이다. 기껏해야 못된 장난을 치는 치토세에게 벌을 줄 때가 다일 것이다.

"다른 사람을 만지거나 쓰다듬을 리가 없잖아."라고 덧붙이자 마히루는 머리에 얹힌 손을 치우지도 않고 얌전해졌다.

"……보면서 알았지만 아마네 군은 슈토 씨와 아주 많이 닮았어요. 안 지 얼마 안 되는 제가 봐도 알 수 있을 정도예요."

"어디가? 성격도 얼굴도 별로 닮지 않았는데."

"……판박이예요, 정말로."

이번에는 크게 한숨을 쉬는 마히루에게 조금 울컥한 나머지 한 번 더 머리를 쓰다듬었지만, 마히루는 싫어하지 않았다.

(……그렇게 닮았나?)

확실히 나란히 서면 남들이 나이 차이가 나는 형제로 종종 착각하지만, 아마네와 슈토는 분위기가 정반대다.

성격도, 정반대는 아니지만 닮지 않은 것은 분명하다.

그런데도 똑같다고 말하다니, 무슨 영문일까.

의문이 속속 떠오르지만, 마히루는 그 이상은 아무 말도 하지 않을 생각인지 눈을 가늘게 뜨고 아마네의 손길에 몸을 맡기고 있었다.

마음껏 쓰다듬은 뒤에 손을 떼자 마히루는 정신이 번쩍 들었는지 아마네를 쳐다보고 이상하게 허둥댔다.

"왜, 더 쓰다듬어 줬으면 했어?"

놀리는 투로 물어보자, 마히루가 희미하게 빨개진 얼굴로 "놀리지 말아요."라고 반론해서 그쯤에서 그만뒀다.

아무래도 기분이 상한 모양이다. 마히루는 뚱한 얼굴을 숨기지 않고서 자기 집 문을 열고는 그대로 쏙 들어가 버렸다.

좀 지나쳤나 싶어서 후회했는데, 곧바로 마히루가 문틈으로 얼굴을 내밀어 아마네를 봤다.

"아마네 군."

"왜?"

"……아마네 군, 바보."

마히루는 볼을 연홍색으로 물들이고 토라진 듯이, 그러면서도 약간은 투정을 부리는 듯한 말투로 말한 뒤 문을 닫았다.

(……누구더러 바보래.)

너 때문에 심장이 갑자기 터질 뻔했잖아.

슬쩍 한숨을 쉰 뒤에 아마네는 뜨거워진 몸을 식히기 위해서 한동안 복도 벽에 몸을 기댔고, 평소보다 하얗게 느껴지는 숨결을 내뱉었다.

마히루를 보내고 나서 집에 들어오고, 잠시 후 부모님이 목욕을 마치고 나왔다.

TV에서 눈을 떼고 슬리퍼 소리가 나는 쪽을 보니 잠옷으로 갈아입은 부모님의 모습이 보였다. 당연하다는 듯이 손을 잡고 있는 것은 부부 사이가 좋은 증거겠지.

애초에 같이 목욕할 정도이니 이제 와서 사이좋고 자시고 할 것도 없지만.

"우린 다 썼단다. 아마네도 목욕하렴."

"응. ……그나저나 용케도 둘이 들어갔네. 우리 집 욕조는 혼자라면 모를까 두 사람이 쓰려면 좁을 텐데."

혼자 살기에는 꽤 넓고 쾌적한 집이지만, 욕실은 별로 넓지 않다. 아무리 그래도 성인 남녀가 다리를 쭉 뻗고 들어갈 만큼 욕조가 크지는 않았다.

"어머, 괜찮은걸? 꼭 붙어서 들어가면 되니까."

몸을 기대고 "그렇죠? 슈토 씨?"라고 말하면서 웃는 시호코를 보면서 슈토도 온화하게 웃으며 고개를 끄덕였다.

벌써 결혼하고 20년이 다 되는데도 여전히 신혼처럼 사는 두 사람을 보니 아마네는 쓴웃음을 지을 수밖에 없다.

"여전히 뜨겁네."

"부럽니?"

"딱히. 혼자가 더 편하고, 애초에 그럴 상대도 없으니까."

"마히루는……."

"저기 말이야. 걔랑은 아무런 관계도 아니라고."

왜 시호코가 아마네와 마히루를 자꾸 이으려고 하는지 이해할 수가 없다.

아니지. 시호코는 마히루를 좋아하고 무슨 일이 있어도 며느리로 삼고 싶다는 헛소리를 들은 적이 있으니까, 이해하지 못할 정도는 아니지만. 마히루가 자신에게 느끼는 신뢰를 연애 감정으로 착각해서는 안 될 것이다.

"과연 그럴까?"

"자자, 시호코. 아마네도 민감할 때니까 너무 괴롭히지 마."

"괴롭히는 게 아니라, 진심인데⋯⋯."

"그래. 알았어."

시호코의 말을 적당히 흘리고 목욕 준비를 하려고 일어서자 "아마네."라고 슈토가 불렀다.

시호코를 타이를 때나 쓴웃음이 섞일 때와 다르게 진지한 목소리였기 때문에 무슨 일인가 싶어서 슈토를 보니 온화한 눈길로 자신을 보고 있었다.

"너는 여기 오길 잘했다고 생각하니?"

똑바로 자신을 바라보는 바람에 당황했지만, 부모님을 보고 미소를 지었다.

"⋯⋯그래. 많이 편해졌어."

분명 부모님은 걱정하고 있었을 것이다.

툭하면 아마네를 살피러 온 것도, 무슨 일이 있을 때마다 얼굴을 보려고 찾아온 것도.

전부 아마네가 마음 편안히 지내는지 확인하고 싶었던 것이다.

"그렇구나. 다행이다."

"걱정하지 않아도 돼. 정말로 믿을 사람은 있으니까."

이제는 예전과는 다르다는 말은 애써 참으면서 대꾸하자, 시호코가 "아아, 이츠키 군 말이구나."라고 밝게 웃으며 말했다.

"나는 직접 본 적은 없지만, 기왕이면 인사하고 싶었는데."

"그건 안 돼. 이상한 이야기를 할 거잖아."

"이상한 이야기가 아니야. 어릴 적 아마네가 얼마나 귀여웠는지를……."

"그게 이상한 이야기라고. 제발 그러지 마……."

이츠키에게 흘리면 치토세에게도 무조건 전해진다. 그것만큼은 어떻게든 피하고 싶다. 틀림없이 자신을 놀릴 것이고, 사진을 보여달라면서 조를 것 같아서 싫다.

어릴 적 자신은 스스로 생각해도 예쁘장한 여자애처럼 생겼기 때문에 틀림없이 웃을 것이다. 어머니가 여장 사진을 제공하면 몸부림칠 것이다.

"하지만 인사하고 싶은걸. 아마네와 친하게 지내 주니까."

"그건 그렇지만."

"아주 착한 아이겠지. 아마네가 인정할 정도니까."

"……좋은 녀석이야. 나에겐 아까울 만큼."

본인에게 직접 말한 적은 없지만, 이츠키에겐 감사하고 있다.

다른 사람과 엮이려 들지 않고 조용히 교실 구석에서 음악만 듣던 음침남에게 싹싹하게 말을 걸어 줬으니까.

"씻고 올게."

본인이 없다고는 하나 이츠키를 칭찬하는 것도 쑥스러워서 대충 둘러대듯 그렇게 말한 뒤에 아마네는 갈아입을 옷을 가지러 재빨리 자기 방으로 갔다.

뒤에서 자그마한 웃음소리가 들리는지라 아마네는 입술을 실룩여서 겸연쩍은 표정을 짓고 방으로 도망쳤다.

다음 날 아침, 일어나서 옷을 갈아입고 거실로 가니 이미 부모님은 일어나서 아침 식사 준비를 하고 있었다.

"잘 잤니? 아침 식사가 다 됐으니까 앉으렴."

의자에 걸쳐 두었던 아마네의 앞치마를 두르고 부엌에서 그렇게 말하는 슈토의 모습을 보고 쓴웃음을 지으면서 의자에 앉았다.

이 집에 막 와서 아직 낯설어야 할 부엌에 벌써 익숙해진 것은 슈토가 평소에도 요리하기 때문일 것이다.

친가에선 시호코와 슈토가 교대로 요리하므로 앞치마를 입은 모습도 눈에 익었기 때문에 어색하지 않았다.

시호코는 먼저 테이블에 앉은 채 안절부절못하고 있다. 아마 돕고 싶었는데 슈토가 '내가 혼자 할 수 있으니까 편히 있어.'라고 말한 모양이다.

역시 자신도 도와야겠다고 생각해서 슬쩍 일어났지만, 바로 슈토가 따끈따끈한 밥과 된장국을 쟁반에 얹어서 가져오는 바람에 자신의 시도는 허사로 끝났다.

"고마워, 아버지."

"천만에. 나는 별로 한 게 없단다. 시이나 양이 어제 먹고 남은 걸 밀폐용기에 담아 준 게 있어서 그걸 데우고, 밥과 된장국과 달걀말이를 만들었을 뿐이야."

아마네의 가족들은 아침을 챙기는 주의라서 아침 식사도 대충 넘어가지 않는다.

이번에는 마침 마히루가 만든 조림이 남아서 그걸 메뉴에 추가했겠지만, 그게 없었다면 슈토는 뭐든 찬거리를 하나 더 만들었을 것이다.

슈토는 쓴웃음을 지으면서 각자의 자리에 밥과 된장국을 놓았다.

오랜만에 봐서 반가운 슈토의 달걀말이에 시선을 빼앗기고 있자니, 어느새 상을 다 차린 슈토도 의자에 앉았다.

"그럼 슬슬 식사를 시작할까."

"그러죠. 잘 먹겠습니다."

"잘 먹겠습니다."

함께 식사에 감사를 표하고, 맨 먼저 육수로 간을 한 달걀말이를 젓가락으로 집었다.

슈토의 요리는 여름 방학 때 귀성해서 먹어 본 이후로 오랜만에 보는지라 반가운 기분을 느끼면서 한입 크기로 잘라 천천히 입에 넣었다.

입안에서 퍼지는 국물 맛도, 적절하게 단맛도, 잘 익힌 달걀도 반갑고——동시에 약간 부족하다는 생각이 들었다.

"왜 그러니?"

심각하게 먹는 아마네의 반응을 눈치챘는지, 슈토가 걱정스러운 표정으로 물었다.

"응…… 아니, 아무것도 아니야."

"혹시 간을 잘못 맞췄나?"

"아, 아니. 그건 아니야. 맛있긴 한데…… 역시 늘 먹던 마히루의 요리와는 맛이 다르다는 생각이 들어서……."

"아, 그렇구나."

반년 가까이 먹지 않았다곤 하나 오래 먹어서 익숙한 아버지의 요리보다 늘 먹고 있는 마히루의 요리가 기준이 된 사실에 아마네 자신도 놀라고 있었다.

물론 슈토의 요리가 맛없다는 뜻이 아니라 마히루가 만든 것이 아마네의 입맛에 더 잘 맞는다는 뜻이지만, 그래도 만난 지 몇 개월밖에 안 된 마히루의 요리가 이렇게까지 아마네의 입맛을 길들였다는 사실이 왠지 낯간지럽다.

"완전히 시이나 양의 포로가 되고 말았구나."

"마히루가 아니라 요리겠지."

"어머나, 마히루 본인에겐 매력이 없다는 뜻이니?"

"그런 소리는 한 적도 없고요. 유도신문에 넘어갈 생각도 없거든."

시호코는 분명 그런 쪽으로 이야기를 끌고 가려 할 테니까 화제에 넘어갈 생각은 전혀 없다.

예상이 맞았는지 시호코가 아쉬운 듯 눈꼬리를 내리는 것을, 아마네는 콧방귀를 뀌고 무시했다.

부모님은 점심 전에 돌아가기로 했다.

그것도 두 분 다 내일은 일해야 하니까 일찍 집에 가서 쉬는 게 좋겠다고 아마네가 제안했기 때문이지만. 오랜 시간 운전해서 귀가하면 당연히 피곤할 테니까 얼른 가서 쉬어야 할 것이다.

"마히루 얼굴도 더 보고 싶고, 이츠키 군도 보고 싶었는데."

현관에서 맨션 복도로 나왔을 때 시호코가 불쑥 말했다.

"그건 다음 기회에……. 무엇보다 이츠키는 선약을 잡아야 해. 그 녀석도 시간이 남아돌지는 않으니까."

"그럼 아마네가 약속을 잡아 주렴."

"마음이 내키면 그럴게."

사실상 그럴 생각이 없다는 뜻으로 말하는 걸 듣고 시호코가 알아보기 쉽게 발끈했지만, 슈토가 "자, 이제 그만들 하렴."이라고 말하면서 달래 주자 약간 기분이 풀어졌다.

그런 두 사람을 바라보고 있으려니, 옆집 문이 소리를 내면서 열렸다.

황갈색 머리카락을 찰랑거리면서 문틈 사이로 얼굴을 살짝 내민 마히루의 모습이 보였다.

시호코의 목소리를 듣고 나온 모양이다. 좋은 의미에서도 나쁜 의미에서도 시호코의 목소리는 또렷하게 잘 들리니까.

"다행이다. 마침 인사하러 갈까 하던 중이었어—."

두 사람도 마히루가 나온 걸 알아차리고 마히루의 집 앞으로 이동했고, 시호코가 환하게 웃으면서 마히루에게 다가갔다.

신발을 신고 나온 마히루를 힘차게 와락 안으려 드는 바람에 마히루는 약간 당황했지만, 거절하는 낌새가 없는 걸 보면 싫어하는 것은 아닌 것 같았다.

"이제 돌아가시는 건가요?"

"어쩔 수가 없지 뭐니. 사실은 앞으로 이틀 정도는 더 있고 싶었지만 일이 있거든."

"조금 더 일찍 왔으면 스케줄이 바뀔 수도 있었겠지만…… 이것만큼은 어쩔 수가 없더구나."

아쉬워하는 부모님을 보고 마히루는 조용히 미소 지었다.

"뭐, 다음 기회에 또 보면 되지. 아, 다음에는 마히루가 우리를 찾아올 차례지만."

"알았어. 여름 방학에는 갈게."

시호코한테서 강한 시선이 느껴진 것은 다음에 반드시 귀성하라는 압력과 마히루를 데려오라는 무언의 압박 때문일 것이다.

아무리 그래도 데려가는 건 문제가 있지 않겠느냐고 생각하면서도, 마히루는 방학 때도 혼자 지낼 것 같으니까 그런 식으로 집 밖으로 데리고 나오는 것도 좋지 않겠느냐는 생각도 함께 들었다. 본인이 싫어하지만 않는다면.

"정말 귀여운 구석이 없다니까. 그렇지? 마히루?"

"네? 저, 저한테 물어보셔도……."

"여보, 시호코. 난처한 질문은 하지 말래도. ……뭐, 어릴 적에 비하면 솔직하게 굴지 않게 됐지만."

보아하니 아마네 편은 없는 것 같아서 말없이 무시하기로 마음먹자, 슈토가 아마네를 보면서 시호코와는 다른 온화한 웃음을 지었다.

"보다시피 우리 아마네는 겉으로는 솔직하게 굴지 않지만, 잘 살펴보면 알아보기 쉬우면서 다정한 아이란다. 앞으로도 사이좋게 지내 주면 좋겠구나."

"그런 소리는 본인 앞에서 하지 말라고. 엄청 민망하거든."

칭찬을 듣긴 했지만, 정신적으로는 편들어 준 게 아니라 적에게 도발당한 기분이 들었다.

무엇보다 다정하다고 칭찬하다니, 자신이 그런 소리를 들었다고 생각하니 창피해 죽겠다.

자신은 딱히 다정한 게 아니다. 가까운 사람을 마땅한 경의와 친애로 대하는 거니까, 그걸 다정하다고 평가받으면 괜히 부끄럽다.

고개를 돌리고 싶을 만큼 멋쩍어서 마히루를 슬쩍 보니, 눈을 몇 번 깜박인 뒤에 살포시 미소를 지었다.

"……아마네 군이 성실하고 다정한 건 항상 느끼고 있어요. 사이좋게 지내는 건 오히려 제가 바라는 바예요."

"그럼 다행이야. 여러모로 안심되네."

여러모로 안심된다는 말에 딴지를 걸고 싶었지만, 그보다 마히루의 말에 동요하는 바람에 미처 그럴 겨를이 없었다.

마히루가 그렇게 생각한다고 아니까 괜히 화끈거려서, 본인의 얼굴을 똑바로 볼 수가 없었다.

그런 아마네를 보고 시호코가 웃었지만, 그것조차도 제대로 반응하지 못한 채 아마네는 마치 입술을 깨물듯 꾹 다물고 말았다.

"듣기 좋으라고 빈말하지 않아도 돼."

부모님이 아마네의 집을 떠난 뒤에 복도에 서 있는 마히루에게 나지막이 말했다.

아마네는 미묘하게 어색해진 분위기를 풀려고 그런 소리를 했지만, 마히루는 무슨 이유인지 눈썹을 살짝 치켜뜨면서 아마네를 쳐다봤다.

그 표정은 조용하면서도 약간 위압감이 느껴지는지라 아마네는 기가 죽고 말았다.

"제가 마음에도 없는 말을 할 사람으로 보이나요?"

"나에겐 말하지 않겠지만, 부모님한테는 또 모르잖아."

아무래도 빈말이라고 평가한 것이 못마땅한 듯하다.

무심코 변명하자, 마히루는 발끈한 표정을 지은 뒤에 어이없다는 듯이 한숨을 쉬었다.

"……있잖아요, 저는 아마네 군의 인품을 좋게 생각하니까 신뢰하는 거고, 이렇게 함께 지내는 것을 달갑게 여기고 있는 거라고요. 빈말을 할 생각은 전혀 없었어요."

"으, 응……."

뭔가 너무 듣기 부끄러운 말을 당당하게 하는 것 같아서 자연스럽게 얼굴이 뜨거워졌지만, 다행히 마히루는 알아차린 것 같지 않았다.

순순히 고개를 끄덕인 아마네를 보고 조금 만족스러운 기색이다.

"알면 됐어요. 자, 점심 준비를 할까요?"

보아하니 정초 사흘에 이어서 오늘도 점심을 차려 줄 생각인 듯하다.

당연하다는 듯이 그렇게 말하고 아마네의 집 문고리를 잡은 마히루를 보고, 아마네는 쑥스러움과 기쁨을 동시에 느끼면서 마히루의 머리를 내려다봤다.

(……신뢰한단 말인가.)

신뢰할 수 있는 상대라는 것은 자신이 할 말이다.

아마네가 마히루를 천사로 보지 않았던 것처럼 마히루도 아마네를 단순한 옆집 사람으로 봐 주고 있었다. 그뿐만 아니라 자신을 신뢰해 줬다. 그게 무엇보다 고마운 일이었다.

"이리로 오길 잘했네."

나지막이 중얼거리자 목소리만 들렸는지 마히루가 "뭐라고 했나요?"라고 물어보며 돌아봤고, 아마네는 얼버무리듯이 웃으면서 "아니, 아무것도 아니야."라고 대답하고는 마히루와 함께 자신의 집으로 들어갔다.

제4화 **신학기**

신학기가 시작됐지만, 딱히 이렇다 싶을 정도로 달라진 것은 없었다.

각자 나름대로 겨울 방학을 보람차게 보낸 것 같지만, 여름 방학이 끝난 뒤 같은 변화는 있을 리가 없었다. 누군가가 큰맘 먹고 이미지를 바꾸는 일도 없이, 다들 변함없는 모습이었다.

평소 반 분위기보다 훨씬 더 소란스럽게 떠드는 반 아이들을 바라보면서 조용히 자리에 앉아 있던 아마네의 얼굴에 누군가의 그림자가 졌다.

"안녕, 아마네. 잘 지냈나 보네."

"응, 덕분에."

아마네보다 늦게 교실에 들어온 이츠키도 바뀐 것은 없어 보인다.

크리스마스 이후로는 만나지 못했는데, 여전히 실없어 보이는 웃음을 짓고 있었다.

"어때, 연말은 잘 보냈어?"

"뭐, 그럭저럭……."

"왜 말끝을 흐리는데? 뭔가 진전이라도 있었어?"

"너도 참. 진전은 무슨……. 그런 게 아니라니까. 아무 일도 없었어."

사실 아무 일이 없었던 건 아니었다. 서로 의도한 것은 아니지만, 마히루가 자신의 집에서 잤다는 말은 할 수가 없었다.

말했다간 치토세에게 바로 전해지고, 둘이서 놀리려 들 것임을 어렵지 않게 상상할 수 있었다.

그 이외에는 부모님이 찾아와서 새해 참배에 같이 간 것이 다니까 딱히 아무 일도 없었다는 범주에는 충분히 들 만했다.

"……흐응?"

"딱히 아무 일도 없었어."

"뭐, 그렇다면 그렇게 치고 넘어갈게."

유달리 히죽거리는 것을 보니 살짝 부아가 치밀었지만, 따져봤자 귀찮기만 하니까 그냥 넘어갔다.

이야기를 돌리기 위해서라도 뭔가 다른 화제를……. 그렇게 생각하면서 반 전체를 둘러봤지만, 별다른 일은 없었다.

여학생들이 같은 반 왕자, 그러니까 카도와키 유타 곁에 모여 있는 것도 여전했다. 둘러싸여 있는 본인은 약간 난처한 표정을 짓고 있는 것도, 주위 남자들이 은근히 질투하는 눈으로 보는 것도 바뀌지 않았다.

"저긴 여전하네."

"뭐, 유타답다고 할까, 늘 보던 광경이긴 하지."

어차피 자신과는 관계없다고 생각하면서 바라보는 아마네와 여친이 있어서 다른 여자에게 관심이 없는 이츠키는 인기가 폭발하는 유타를 보고 쓴웃음을 지으면서 뭔가 다른 일은 없는지 확인해 보려고 주위로 시선을 돌렸다.

"그러고 보니 시이나에게 남친이 있는 게 아니냐고 들었어."

그때 마침 여자애들이 몇몇이 모여서 이야기하는 내용이 들려와서, 아마네는 자신도 모르게 긴장했다.

"아, 리사가 그랬지. 새해 참배하러 간 곳에서 남자와 손을 잡고 있는 걸 봤대."

"어어. 시이나는 아무한테도 마음을 쉽게 주지 않는 것 같았는데, 남친이 있어서 그랬던 걸까."

"꽤 잘생긴 사람이었는데, 학교에선 본 적이 없는 사람이었대. 다른 학교 아니겠냐고 하더라."

왠지 모르게 반 아이들의 시선이 이야기 중인 여자애들에게 집중되는 것 같았다. 그 유타마저 그쪽으로 시선을 돌려 대화에 귀를 기울이고 있는 것처럼 보였다.

이츠키의 시선만은 아마네를 향하고 있었지만.

"이봐, 아마네."

"나는 모르는 일이야."

"아직 아무 말도 하지 않았어."

"나하고는 관계없어."

"그렇군."

조용히 뿌리치듯 말하는 아마네를 보면서 이츠키는 쓴웃음을 지었고, 그런 뒤에 아마네의 앞머리를 살며시 들어 올렸다.

"뭐, 너는 눈에는 안 띄지만 얼굴이 괜찮단 말이지."

"네가 그러면 놀리는 소리로만 들려."

이츠키는 잘 까불지만, 분위기가 가벼워도 외모는 잘생긴 축에 속했다.

그런 미남이 얼굴이 괜찮다고 말해도, 놀리는 소리로 들린다.

자신의 외모가 평범한 수준임을 잘 아는 아마네는 굳이 외모 평가를 듣고 싶지 않았다.

앞머리를 쓸어 올린 이츠키의 손을 찰싹 쳐내면서 눈살을 찌푸리자, 쓴웃음을 짓는 이츠키가 눈에 들어왔다.

"넌 그런 녀석이었지."

"시끄러워."

"뭐, 너답다면 너답다."

무뚝뚝한 태도를 고수하는 아마네를 보면서, 이츠키는 화를 내기는커녕 그냥 웃었다.

"학교에서 소문이 돌더라고."

저녁을 먹은 후 식탁에 마주 보고 앉은 상태에서 그렇게 투덜대자, 마히루도 무슨 의미인지 이해했는지 표정이 딱딱해졌다.

가장 곤란한 사람은 마히루일 것이다.

소문으로는 일단 상대가 아마네라는 사실을 들키지 않은 것 같지만, 그래도 난데없이 주위 사람들이 남친이 있냐고 물어보면 피곤할 것이다.

그래서 오늘은 아마네의 집에 왔을 때부터 미묘하게 분위기가 어색하고, 걸음걸이도 무거웠던 거겠지.

"……아마네 군이라는 걸 들키지 않아서 다행이지만, 엄청 오해를 사는 바람에 그 오해를 푸는 게 힘들어요."

"손을 잡은 것 정도로 남친이 될 수 있나?"

"모르겠어요. 아무튼 아는 사람이라고 단호히 부정해 두긴 했어요. 이제는 소문이 잦아들기를 기다리기만 하면 될 거예요."

"응, 뭐, 그럴 수밖에 없겠지."

자신이 남친으로 오해받는 건 역시 불쌍하니까, 가능하면 빨리 소문으로 끝나면 좋겠다. 다른 사람들로부터 일일이 그 사람이 남친이냐는 질문을 계속 받다간 스트레스가 쌓일 것 같다.

아마네도 소문을 들을 때마다 미안함과 창피함 때문에 마음이 불안한지라, 소문이 후다닥 사라졌으면 한다.

아마네는 한숨을 훅 쉬었지만, 마히루는 시선만 조금 숙이고 있었다.

"……그렇게, 연인처럼 보였던 걸까요?"

"글쎄. 나로선 나 같은 인간이 마히루의 남친이면 말도 안 된다고 보지만. 더 유능하고 잘생긴 남자를 고를 테니까, 같이 있어도 지인으로 볼 텐데."

"그렇지 않아요."

"어?"

예상외로 강하게 대꾸하는 바람에 무심코 마히루를 다시 보니, 마히루는 아까처럼 걱정하는 표정이 아니라 왠지 모르게 약간…… 화난 것처럼 보이면서도 강한 의지를 그대로 드러내는 표정을 짓고 있었다.

"아마네 군은 자신을 너무 낮게 평가하지만, 그렇지 않아요. 아마네 군은 참한 사람이라고 봐요. 다정하고, 배려를 잘하고, 신사적이고, 그러니까, 인품은 아주, 훌륭하다고 생각해요. ……옷을 잘 입었을 때는 아주, 멋있다고 생각, 했고요."

자신한테 하는 말인지 의심될 정도로 칭찬이 계속되어서, 아마네도 저절로 얼굴이 빨개졌다.

설마 마히루가 이토록 좋게 평가할 줄은 몰랐고, 너무 진지하게 말하는지라 칭찬받는 입장에선 쑥스러워질 수밖에 없다.

마히루도 서서히 자신이 한 말이 부끄러워졌는지, 중간에 점점 더듬거리면서 주저하는 모습을 보이고 있었다.

그래도 진심임을 확실히 전하려는 듯이 아마네의 눈을 보면서 말하니까, 더욱 부끄럽다.

"그, 그래……? 저기, 고마워."

"그, 그러니까, 저기, 너…… 너무 비하하진 말아요."

"그, 그래……."

이렇게 대놓고 칭찬하면 차마 아니라고 부정할 수 없다. 겸손조차 허용되지 않을 듯한 분위기.

살짝 얼굴을 붉힌 마히루가 고개를 숙여서 부끄러움을 참지 못하고 떨기 시작하자, 아마네도 속에서 솟구치는 애틋함과 부끄러움을 어떻게 해야 좋을지 몰라서 그냥 나지막이 중얼거렸다.

"……저기, 설거지하고 올게."

"그, 그래요."

좌우지간 아마네는 그 자리의 분위기를 얼버무리면서 도망칠 수밖에 없다.

전술적 후퇴라고 할 수도 있다. 부끄러움을 참지 못하고 몸을 떠는 마히루를 계속 시야에 담는 건 심장에 너무 해로웠다.

흐읍, 하아. 심호흡한 뒤에 일어나서 식기를 모아 싱크대로 옮기는 동안 마히루는 거실 소파에 앉아서 쿠션에 얼굴을 파묻고 있었다. 마히루 역시 익숙하지 않은 칭찬을 한 것이 부끄러워서 끙끙대는 눈치였다.

그 모습을 보면서 아마네는 작은 목소리로 "그렇게 부끄럽다면 말을 하지 말지."라고 투덜댔지만, 마히루가 그렇게 말해 준 덕분에 아주 조금은 가슴속이 후련해진 것 같았다.

자신을 긍정해 줬다는 사실에 적잖이 안도한 거겠지.

그 사실을 알면서도 역시 부끄러운 것은 어쩔 수 없는 법이라서, 아마네는 겨울인데도 찬물로 묵묵히 설거지를 했다.

『아마네, 아마네, 천사님 좀 빌려가도 돼?』

치토세로부터 전화가 온 것은 신학기가 시작되고 3일이 지났을 무렵, 저녁 식사를 끝낸 뒤였다.

평소에는 앱으로 메시지를 주고받는데, 왜 굳이 전화로 아마네에게 마히루에 관해서 양해를 구하는지 이해할 수 없었다.

빌려가도 되고 자시고, 아마네의 소유물도 아닌데. 시간이 되는지를 물으려면 본인에게 물어야 하지 않을까.

"나한테 묻지 마. 시이나한테 물어봐."

『지금 아마네 옆에 있지 않아?』

"……있긴 한데."

『그럼 내일 방과 후에 같이 놀지 않겠느냐고 물어봐 줘.』

"네가 직접 물어봐."

애한테는 연락처를 가르쳐 주지 않았나 싶었는데, 크리스마스 때 치토세는 마히루에게 시종일관 일방적으로 질문을 퍼부었으니 그럴 겨를이 없었다는 것을 뒤늦게 떠올렸다.

그래서 연락처를 알고 자주 곁에 있는 아마네에게 연락해 본 것 같다.

치토세의 생각은 이해됐지만, 자신은 전서구가 아니라는 말을 해 주고 싶었다.

일단 본인과 이야기해 보는 게 좋을 것 같아서 옆에서 마히루에게 스마트폰을 건네고 "치토세가 할 이야기가 있대."라고 알려준 뒤에 소파 등받이에 기댔다.

마히루는 곤혹스러운 눈치였지만, 순순히 받아서 스마트폰에 귀를 댔다.

"전화 바꿨습니다. ……네, 내일이요? 네, 딱히 이렇다 할 예정은 없는데요……."

아마도 치토세의 머신건 토크에 밀리고 있는 것 같다. 마히루가 난처해하는 모습을 보면서 쓴웃음을 지었다.

싫어하는 눈치는 아니다. 단지 갑작스럽게 제안을 받고 놀란 나머지 어쩔 줄 모르고 안절부절못하는 것으로 보였다.

아마네를 힐끔 보기에 "나는 네 판단에 맡길게. 내가 아니라

너와 놀고 싶은 거니까."라고만 말해 뒀다.

일단 마히루도 가끔 친구들과 놀러 가는 것 같지만, 몇 시간도 안 되어서 돌아와 식사 준비를 우선하는 모습을 보였다.

그러므로 잠시 숨을 돌릴 필요가 있다고 생각했다. 치토세의 제안이 숨을 돌릴 계기가 될 수 있는지는 모르겠지만.

"네, 네. ……저기, 그렇다면 그 제안을 받아들일까 하는데 요……."

아마네의 말을 듣고 결심했는지, 전화 상대인 치토세에게 그렇게 말하자 "야호—!"라고 외치는 목소리가 여기까지 들릴 정도로 컸기 때문에 마히루는 반사적으로 스마트폰을 귀에서 떼고 말았다.

너무 신났잖아. 어이가 없어서 웃다가 마히루와도 시선이 마주쳤다.

난처하면서도 약간은 안도와 기쁨의 감정이 보이는 미소를 살며시 짓고 있었다.

마히루는 목소리가 줄어들기를 기다렸다가 다시 스마트폰을 귀에 대고 대화를 재개했다.

그 모습이 참 보기 좋아서, 아마네는 슬쩍 웃으면서 지켜봤다.

"고마워요. 이거 돌려줄게요."

통화가 끝나고 스마트폰을 공손히 돌려받았다.

듣자니 이야기는 잘 마무리가 된 듯, 내일 치토세를 따라 어딘가로 간다고 한다.

"너무 갑작스러웠지? 치토세는 늘 그래."

"뭐, 뭐어, 놀라긴 했지만요."

"나쁜 애는 아니야. 그냥 조금 막무가내인 거지."

조금 수준이 아닌 것 같지만, 최대한 좋게 평가했다. 나쁜 사람은 결코 아닌데 추진력이 좀 지나치게 강하다.

마히루도 그건 아는지 쓴웃음을 짓고 있었지만, 싫은 눈치는 아니라서 다행이라고 생각했다. 자신의 절친이라고 해도 무방한 남자의 여친과 마음이 안 맞는 일은 흔할 테지만, 그래도 약간은 슬플 것 같았다.

"내일은 내 걱정 말고 즐겁게 지내다 와."

"네."

"……아, 그렇지."

"네?"

즐거웠으면 하지만, 한 가지 주의해야 할 사항이 있다.

"장난을 심하게 치면 눈치 보지 말고 때려도 돼. 걔는 우리 어머니랑 비슷해서 귀엽거나 예쁜 걸 좋아하니까, 너 같은 미인은 엄청 만지려고 들 거야."

예전에는 말렸지만, 치토세는 정말 귀여운 것을 좋아한다.

마히루의 생일에는 그 지혜의 도움을 받았지만, 마히루와 단둘이 있게 두는 것은 약간 불안했다.

마히루는 완전 미소녀처럼 생겼다. 거리를 걷기만 해도 사람들의 눈길을 끌 만큼은 귀엽고 예쁘다.

남자들의 헌팅 시도에도 주의했으면 좋겠지만, 치토세의 마수도 조심할 필요가 있다.

"뭐, 싫어하는 반응을 보이면 그러지 않을 테지만, 어중간하게 거절했다간 오히려 신나서 더 만지려 들 테니까 조심하는 게 좋…… 왜 그래?"

"……아무것도 아니에요."

입술을 꼭 다문 모습을 보이는 바람에 고개를 갸웃했지만, 마히루는 무슨 생각을 하는지 말하지 않고 조용히 시선을 피했다.

마히루가 치토세와 놀러 가기로 한 날에는 아마네도 얼른 집으로 돌아와 조용한 시간을 보내고 있었다.

요새는 마히루가 자주 곁에 있었기 때문에 이렇게 혼자 지내는 시간은 휴일 정도가 다였다.

그럴 때도 마히루가 점심을 차려 준다고 하면 순순히 받아들이니까, 혼자서 지내는 날이 적었다.

물론 그게 싫지는 않고…… 오히려 마음이 편하지만, 가끔은 이렇게 혼자만의 공간이 있는 것도 나쁘지는 않았다.

아주 조금, 옆자리가 허전한 기분이 들지만.

(이러니저러니 해도 마히루는 이제 우리 집에 완전히 익숙한 존재가 되었구나.)

이제는 있는 게 당연한 느낌이지만, 실제로는 관계를 시작한 지 몇 달밖에 안 지났다.

그런데도 몇 년이나 함께 산 듯한 거리감을 느끼니까, 어지간히 상성이 좋은 것이리라.

지나치게 간섭하지 않으면서 같은 분위기를 느끼는 수준의 거리감이 아마네를 편하게 했다.

난감하게도, 놓치기 싫을 정도로.

(나도 참 단순하다니까.)

명확하게 호감이라고 단언하기에는 열기가 부족하고, 그렇다고 단순한 옆집 사람 겸 친구라고 말하기에는 독점욕이 지나치게 강했다.

친구 이상의 호감은 있으나, 연애 대상으로는 감정의 불이 호롱불 수준이다. 그 사실을 잘 아니까, 뭐라 표현하기 어렵게 답답했다.

이 이상 마히루 쪽으로 호감의 저울이 기울어지면 되돌리지 못할 것이다.

그래서 아마네는 살짝 불이 붙은 열기를 가슴속에 가두고 덮었다.

호감을 드러내도 마히루만 곤란할 뿐이다.

마히루도 나름대로 호감을 보이고 있지만, 연애 감정에 따른 것은 아니라고 본다.

애초에 이렇게 보살펴야 하는 지뢰남을 좋아할 리가 있을까.

마히루는 아마네를 긍정해 줬지만, 그래도 좋아할 일은 없으리라 생각하니까, 방향성이 서로 다른 감정을 드러내 봤자 관계가 삐걱거리기만 할 뿐이다.

가슴속에서 답답해 꿈틀거리는 감정을 꾹 누르고, 아마네는 창밖을 슬쩍 봤다.

겨울에는 해가 빨리 져서, 하늘에는 완전히 어둠이 깔렸다.

아직 오후 6시를 약간 넘긴 시각이지만, 느낌상으로는 밤이라고 해도 좋으리라.

치토세라면 밤늦게까지 데리고 돌아다니진 않겠지만, 그래도 이렇게 어두운 시간에 예쁘장한 여고생 두 명이 돌아다니게 놔두는 건 은근히 불안했다.

『언제 끝나?』

스마트폰을 몸에서 떼놓지 않고 다니는 치토세에게 메시지를 보내자 곧바로 『이제 곧 헤어질 거야』라는 답장이 왔다.

치토세도 방과 후에 오래 놀 생각은 아니었구나 싶어서 안도하고, 추가로 언제 역에 도착할 예정인지 물어본 뒤에 아마네는 소파에서 일어나 화장실로 갔다.

(얼마 전에 썼던 그 왁스가 아직 남아 있었지.)

별로 내키지는 않았지만, 마히루와 밖에서 만날 생각이라면 어쩔 수가 없다.

기본적으로 스스로 꾸미고 싶진 않지만, 자신의 매력을 보여주는 방법은 부모님에게 하나부터 열까지 단단히 배웠다. 그때의 머리 모양 정도는 재현할 수 있을 것이다.

거울을 보니 음침해 보이는 자기 자신이 비치고 있었다.

그 촌스럽고 세련되지 못한 자신을 스스로 바꾸고자, 아마네는 왁스를 집어 들었다.

한겨울이라고 할 수 있는 지금 이 계절, 그것도 해가 사라진 밤은 기온이 낮다.

방한과 디자인을 생각해서 밝은 회색 스웨터에 네이비 컬러 피코트, 안에 털이 달린 검은 스키니를 갖춰서 입었는데도 은근히 추운 날씨이니 교복을 입은 마히루는 얼마나 추울까.

마히루는 겨울에 두꺼운 타이츠를 입고 다니기는 하지만, 여고생답게 교칙 위반으로 걸리거나 품위 없게 보이지는 않을 정도로 길이를 갖춘 스커트는 보고 있으면 엄청 추울 것 같았다. 안에 학교 체육복을 입히고 싶어진다.

가끔 지나치는 여고생도 쓸데없이 짧은 스커트를 살랑거리니까, 아름다움에 집착하는 여고생의 노력은 무시무시하다고 통감했다.

그런 생각을 하면서 마히루가 준 머플러로 입을 가리고 가장 가까운 역으로 빠르게 이동했다.

듣자니 대형 상업시설로 놀러 간 듯, 전철을 탄 것 같았다. 가까운 역에서 집까지는 걸어서 갈 거리이며, 치토세의 정보에 따르면 이제 곧 전철이 도착할 테니 딱 좋은 타이밍이리라.

걷다 보니 바람 때문에 세팅한 머리카락이 살짝 흔들렸지만 망가질 수준까지는 아니었다.

머리 모양이 망가지면 다시 손봐야 하니까 귀찮다. 늘 멋을 부리고 다니는 사람이 존경스러웠다.

그런 생각을 하면서 묵묵히 걸었더니 역이 보이기 시작했다.

맨션으로 가는 방향을 생각하면 이 출입구로 나올 테니까, 근처에서 기다리고 있으면 거의 확실하게 마히루와 만날 수 있을 것이다.

출입구 벽에 기댄 채 시간을 확인하면서 마히루를 기다리고 있으니, 머지않아 낯익은 황갈색 스트레이트 헤어의 소녀가 역에서 나왔다.

"마히루."

이름을 부르자, 귀에 익숙한 목소리여서 그런지 경계하는 기색 없이 돌아봤고── 그리고 아마네가 시야에 들어온 것으로 보이는 그 순간 굳고 말았다.

"어…… 어라? 왜, 왜?"

왜 이런 차림이냐 물은 거겠지.

마중하러 나온다는 이야기는 치토세에게 들었겠지만, 새해 참배 때 모습으로 올 줄은 예상하지 못했던 모양이다.

아무리 아마네라도 평소처럼 대충 입고 똑같은 머리 모양으로 올 생각은 없었다.

혹시라도 주위 사람들이 보고 정체불명의 남자=아마네라고 생각해도 곤란하고, 마히루의 옆에서 걸을 때 어느 정도 갖춰 입지 않으면 마히루까지 업신여김을 받을 것이다.

변장하려는 목적도 있긴 했지만, 역시 마히루 옆에 나란히 설 수 있을 정도로는 꾸며야 할 것이다.

"혼자서는 못할 줄 알았어? 아무리 그래도 평상복 차림으로 마중하러 올 수는 없잖아."

"……그렇긴 하네요."

"어울리지 않아? 일단 거울로 확인하긴 했는데 이상한가?"

평범하고 무난한 코디에 맞춰서 머리 모양은 얼마 전 새해 참배를 하러 갔을 때와 썩 다르지 않으니까 이상하지는 않겠지만, 미적 센스가 좋은 사람이 보면 영 아닐지도 모르겠다.

가끔 힐끔힐끔 보는 시선을 느낀 것은 어쩌면 자신의 모습이 이상해서 그랬을 가능성도 있다.

나름대로 차려입었는데도 촌스러웠나 싶어서 약간 충격을 받을 뻔했지만, 마히루가 황급히 고개를 저으면서 "잘 어울려요."라고 긍정해 준 덕분에 안도의 한숨을 쉬었다.

"그럼 됐어. 왜, 벌써 날이 어둡잖아. 혼자 다니면 위험하고."

"그, 그건 알지만……."

"그게 아니면 내가 마중하러 오는 게 싫었어? 나란히 걸어가는 게 싫으면 뒤따라오면 돼. 나는 조금 앞서 걸어갈게."

"시, 싫다고, 하진 않았어요. 저기…… 고마, 워요."

"응."

싫은 눈치는 아니어서 안심하고 주머니에서 손을 빼서 내밀자, 마히루가 조심스럽게 그 손을 잡았다.

추위 탓인지 생각했던 것보다 훨씬 차가웠다.

"손이 차네. 장갑은 어떡했어?"

"오늘 빨았거든요. 아마네 군이야말로 어쨌나요……?"

"나는 주머니에 손을 넣고 왔거든."

주머니에 손을 넣고 착한 아이는 따라 하지 말았으면 하는 방법으로 왔으니까 으스댈 처지는 아니다.

그 이상은 아무 말도 하지 않고, 그저 차갑고 가냘픈 손을 감싸듯이 쥐었다.

마히루의 손은 정말로 가늘고 섬세해서 불안했다.

너무 쉽게 아마네의 손안에 쏙 들어오고 말았다.

"……따뜻해."

나지막이 중얼거리는 말과 함께 마히루가 싱긋 웃듯이 눈을 희미하게 떴다.

그 순진무구한 표정에 심장이 벌렁 뛰었지만, 겉으로 드러내지 않고 그저 쥐고 있는 손을 의식하는 것만으로 꾹 참았다.

손을 잡은 김에 마히루가 치토세와 돌아다니면서 산 물건이 담긴 것으로 보이는 쇼핑백과 가방을 자연스럽게 자신의 손으로 슬쩍 옮기고는 그대로 걷기 시작했다.

마히루가 힐끔 쳐다보는지라 "왜?"라고 되물었다.

아마네를 빤히 보던 마히루는 이윽고 시선을 홱 돌렸다.

귀와 볼이 약간 빨간 것은 추위 때문일까, 아니면 시선을 너무 오래 맞췄기 때문일까.

"자, 이제 가자. 도중에 편의점에 들를까? 지금 같은 계절에는 고기를 넣은 찐빵이 맛있어."

"……팥을 넣은 찐빵이 좋아요."

"넌 단걸 정말 좋아하는구나, ……저녁은 뭘 할 거야?"

"장조림 달걀과 차슈와 멘마를 준비했으니까 라멘을 만들 거예요."

"추운 날에는 라멘이 제격이지."

"그러네요."

냉장고를 보지 않아서 몰랐지만, 미리 준비해 둔 모양이다.

역시 국물과 면은 시중에 파는 걸 쓰겠지만, 손수 만든 고명, 두툼한 차슈와 맛이 잘 밴 반숙란을 상상했더니 자신도 모르게 침을 꼴깍 삼키고 말았다.

　분명 차갑게 식은 몸을 훈훈하게 데워줄 것이다.

　"……팥찐빵을 먹고 다 먹을 수 있을까요?"

　"그러면 반반씩 나눠 먹을까? 그러면 다 먹을 수 있겠지?"

　"……네."

　제안하니 생긋 웃으면서 대답했기에, 아마네도 슬쩍 웃고 맞잡은 손에 살짝 힘을 줬다.

　"시이나가 또 그 남자와 걷는 걸 목격했대."

　다음 날, 이츠키가 '소문이 꺼지기 전에 기름을 부어서 어쩌자는 거야'라는 눈으로 보는 바람에, 아마네는 내 알 바가 아니라고 고개를 돌렸다.

제5화

천사님의 컨디션 불량

곧 있으면 2월에 접어드는 금요일에 일어난 일이었다.

"······응?"

식사 후 뒷정리를 끝내고 거실로 돌아온 아마네는 문득 마히루의 얼굴을 보다가 볼이 붉다는 것을 깨달았다.

난방 온도를 너무 높게 설정했나 싶었지만 평소와 다르지 않았고, 마히루가 옷을 너무 많이 껴입은 것도 아니었다. 잘 보니 표정에 기운이 없었고 눈빛도 어딘가 멍하게 보였다. 평소보다 호흡도 거칠었다.

평소와 똑같은 것처럼 가장하고 있지만, 딱 봐도 이건 몸이 편찮은 것이다.

그러고 보니 요새는 날이 꽤 추웠고, 마히루는 우등생이라는 이유로 교사들에게 이런저런 부탁을 받아서 바빠 보였다. 그랬는데도 집안일을 하고 두 사람이 먹을 저녁을 계속 준비했다. 몸 상태가 나빠져도 이상할 게 없었다.

자신이 좀 더 신경을 써야 했다고, 빨리 알아챘어야 했다고 후회하면서 마히루의 안색을 살폈다.

"마히루, 얼굴이 붉어. 열이 있는 거 아니야?"

"아니에요."

걱정해서 물어봤지만, 단호한 목소리로 부정당했다.

아마네가 자신을 관찰하고 있다는 걸 알아차렸는지 마히루는 정색하면서 고개를 저었지만, 빨개진 볼까지는 감출 방법이 없었다.

이러면 본인의 말을 믿을 수 없으므로, 아마네는 미안하지만 마히루의 앞머리에 가린 이마에 손을 댔다.

예상대로 아마네의 손바닥보다 꽤 뜨거운 상태였다. 마히루는 아마네와 비교하면 체온이 딱히 높지 않으므로, 열이 났다는 것은 거의 확정으로 볼 수 있을 것이다.

"몸이 뜨겁잖아."

"……뜨겁지 않아요."

"그럼 열을 재서 확인해 볼까."

"열은 딱히 없어요. 괜한 참견이에요."

평소의 새침한 목소리에도 기운이 없었다.

"무슨 소리야. 딱 봐도 열이 있어 보이는데."

"잠깐 몸이 달아올랐을 뿐이에요."

"그럼 체온을 재서 증명해야겠군."

자리에서 일어나 거실 찬장에 둔 구급상자에서 체온계를 꺼내서 돌아왔지만, 마히루는 고개를 돌리고 있었다.

자신이 열이 났다는 것을 실감하고 싶지 않은 것일까, 아니면 허세를 부리는 걸까.

아마 양쪽 다일지도 모르지만, 일단 열을 재 보지 않으면 아마네도 대처할 방법이 없었다.

고개를 돌리고 있는 마히루의 정면에 서서 마히루의 손바닥에 체온계를 놓았다.

"마히루, 내가 옷을 잡고 늘려서 겨드랑이에 체온계를 끼우는 것과 스스로 재는 것…… 둘 중 뭐가 좋겠어?"

아주 진지하게 무게를 잡고 말하자 마히루는 "으……." 하고 신음하고, 그런 뒤에 소파 등받이에 몸을 기댔다.

체념했는지 체온계를 가동하는 소리가 들렸고 아마네도 만일의 경우를 대비해서 뒤돌아서 기다렸다. 그러자 다시 전자음이 들렸다.

바로 돌아보지 않고 마히루가 옷매무새를 가다듬는 걸 기다린 뒤에 돌아보니, 이미 케이스에 넣은 것으로 보이는 체온계를 든 마히루가 무표정한 얼굴로 아마네를 보고 있었다.

"……37.2도예요. 심한 열은 아니네요."

"흐—응."

"열이 높지도 않고 오늘은 아직 할 일이 남았으니까……."

아마네는 마히루의 손에서 체온계를 빼앗은 뒤에 한 번 더 케이스에서 꺼냈다.

아마네가 들고 있는 체온계는 바로 앞에 측정한 온도를 기록해두는 모델이다. 다시 가동해 보니── 마히루가 스스로 밝힌 것보다 1도 넘게 높은 숫자가 표시되어 있었다.

"호오, 내 눈에는 38.4도로 보이는데 말이지."

눈길을 돌려 버렸다.

"저기 말이야……. 나는 쉬게 해 놓고서 너 혼자 고생하면 어쩌자는 거야? 내일이랑 모레는 쉬는 날이니까 얌전히 있어."

아마네가 감기에 걸렸을 때는 아마네를 침대에 눕히고 옷을 갈아입히거나 죽을 끓여 주기도 했는데, 정작 자신이 걸렸을 때 아무런 조치도 취하지 않는 것은 문제가 아닐까.

아마네는 의외로 튼튼하기 때문에 자다 보니 바로 나았지만, 마히루가 쉬지 않고 움직인다면 나을 병도 낫지 않을 것이다.

그러나 마히루는 여전히 눈길을 돌리고 있었다. 쉬라는 말에 전혀 고개를 끄덕이려 하지 않았다.

(……고집을 부리는군.)

어쩔 수 없다고 생각한 아마네는 마히루를 향해 손을 뻗었다.

역시 예상한 대로 열 때문에 평소보다는 머리가 빨리 돌아가지 않는 것으로 보이는 마히루는 반응이 느렸다.

저항하지 않는다면 잘된 일이다. 그렇게 생각한 아마네는 마히루의 등과 무릎 뒤를 손으로 받치고는 그대로 들어 올렸다.

끌어안듯이 옆으로 안은 아마네는 마히루의 주머니에서 열쇠가 짤랑거리는 소리를 확인한 뒤에 현관으로 향했다.

"어, 아, 아마네 군……?"

그제야 자신을 안아 들었다는 것을 확인했는지, 마히루가 아마네의 품에서 당황한 목소리를 냈다.

아마네가 잠시 멈추고 마히루를 내려다보자, 마히루는 열 때문에 볼이 빨개진 상태에서 혼란에 빠진 눈으로 아마네를 쳐다보고 있었다.

"무리할 게 뻔하니까 잠들 때까지 지켜보고 있겠어."

"여, 여자애 방에 들어가겠다는 건가요?"

"그게 싫으면 내 방에 눕혀야 하는데."

"……그냥 내버려 둔다는 선택지는요?"

"처음에 순순히 쉬는 태도를 보였다면 그랬을 거야."

아마네도 어느 정도 친해진 상태라고 해도 여자애의 집, 그것도 당사자의 방에 들어가서 잘 때까지 지켜보는 짓은 실례라고 생각하고, 되도록 그런 짓은 안 하는 게 좋다는 것을 잘 알았다.

하지만 이렇게 군다면 마히루는 분명 집에 돌아간 뒤에도 쉬지 않고 무슨 일이든 할 것이다. 지금의 반응을 본다면 확실하다.

마히루도 예전에 아마네의 집에 억지로 들어온 적이 있으므로 이번만큼은 아마네도 마찬가지로 강행 수단을 쓸 수밖에 없다고 생각했다.

"자, 뭐가 좋아? 우리 집이야? 마히루 집이야?"

"……둘 다 싫다면요?"

"그때는 강제로 너희 집에 들어가서 침대에 내던질 거야."

"아마네 군의 방으로 할래요……."

아무래도 자신의 방에는 들이고 싶지 않았는지, 포기하고 아마네의 방에서 쉬는 쪽을 선택한 것 같았다.

여자가 남자를 자기 방에 들이고 싶지 않다는 마음은 이해가 되니까 그 선택에 이의를 제기하진 않겠지만, 그렇게까지 꺼릴 정도라면 처음부터 순순히 자기 집에서 자면 됐을 거라는 생각이 들었다.

©Hanekoto

한숨인지 아닌지 모를 숨을 내쉬고, 마히루를 침실로 데려갔다.

마히루가 이곳에 들어온 건 새해 첫날 이후로 처음이다.

일단 마히루를 침대에 눕히고 자신의 옷장을 뒤졌다. 아무리 그래도 지금 입은 옷 그대로 재울 수는 없으니까, 기왕이면 땀을 흘려도 되는 옷으로 갈아입는 게 좋을 것이다.

최대한 사이즈가 작은 셔츠와 스웨트팬츠를 골라서 마히루 옆에 놓았다.

"자, 이걸로 갈아입어."

"하지만……."

"내가 벗길 수도 있어."

"갈아입을게요……."

당연히 남이 벗기는 것은 단호하게 거절하고 싶은 마히루는 내키지 않는 손길로 갈아입을 옷을 집었다.

아마네도 자신이 갈아입히는 것은 죽을 만큼 부끄러운 데다가 마히루도 싫어할 테니까 실행으로 옮기고 싶지 않았다. 순순히 따라 줘서 안도하고 있었다.

아무리 그래도 옷을 갈아입는 모습을 보고 있을 수는 없는지라 아마네는 얼른 방에서 나와 상비하고 있는 스포츠드링크를 찬장에서 꺼내놓았다.

자신이 감기에 걸린 뒤로 즉석 죽과 스포츠드링크는 항상 구비하고 있었는데, 그게 이번에 큰 도움이 되었다.

사서 보관해 둔 해열 시트와 스포츠드링크, 수건과 약을 들고 방문을 노크하자 작은 목소리로 "다 갈아입었어요."라는 대답이 들렸다.

안으로 들어가니, 옷을 갈아입고 침대 위에서 상반신을 일으키고 있는 마히루가 아마네를 보고 있었다. 역시 사이즈가 작은 옷이라도 마히루에겐 컸는지 헐렁헐렁하다는 표현이 잘 어울릴 것 같은 모습이었다.

사이즈가 맞지 않는 옷을 입은 지금 모습은 귀여웠지만, 그런 생각은 애써 머릿속에서 몰아낸 뒤에 사이드테이블에 스포츠 드링크와 수건을 놓았다.

"약도 먹을래? 밖에서 흔히 파는 거지만."

"……네. 저희 집에도 그 약이 있으니까 괜찮을 거예요."

"응."

부엌으로 일단 돌아가서 컵에 물을 따르고, 나온 김에 냉동고에서 얼음베개를 꺼냈다. 유비무환이라는 사자성어를 떠올리고는, 그 말이 정말 옳다고 생각하면서 쓴웃음을 짓는다.

바로 방으로 돌아가서 마히루에게 물잔을 건네준 뒤에 약을 꺼내서 빈손에 놓아 줬다.

"그걸 먹고 나서 수분을 충분히 보충하고 자."

마히루가 약을 먹는 동안 얼음베개를 수건으로 싸서 머리맡에 세팅하고 있으려니, 마히루가 나지막한 목소리로 "……알아서 잘하네요."라고 중얼거렸다.

"네가 해 줬던 걸 따라 했을 뿐인데 말이지."

기본적으로는 마히루가 간병해 줬을 때의 기억을 떠올리면서

흉내만 내는 것이다. 자신은 지금 건강하니까 이 정도는 해 주는 게 당연할 것이다.

"그건 그렇고 왜 자꾸 무리하려는 거야?"

"······자기관리를 제대로 못했다는 뜻이니까요."

"자기관리를 잘해도 감기에 걸리는 사람은 걸려. 넌 늘 뭐든 열심히 하고 있으니까 몸에 피로도 많이 쌓였겠지. 뭐, 그게 나 때문인 것은 정말 미안하지만."

마히루가 저녁 식사를 만들어 주고 있으니, 어쩔 수 없이 마히루에게 부담이 갈 것이다. 마히루는 자신이 할 일도 있는데 아마네까지 돌보고 있으니까, 역시 미안하다는 생각이 들 수밖에 없었다.

몸에 피로가 쌓인 것도 열이 난 원인인 것 같아서 아픈 동안에는 되도록 배려하면서 쉬게 해 주고 싶었다.

"······아마네 군을 부담스럽게 여긴 적은 없어요."

"그래? ······그래도 좋은 기회라고 생각하고 푹 쉬어."

아마네와 함께 지내는 것이 부담스럽지 않다고 말해 준 것은 기쁘기도 했고, 괜한 마음을 쓰게 한 것이 아닐까 싶어서 미안하기도 했다.

그러므로 지금 아마네가 할 일은 마히루가 휴식을 취하도록 간병하는 것이라고 생각했다. 사실은 마히루의 집으로 돌려보내는 게 더 좋을지도 모르지만, 무슨 일이라도 생기면 안 되니까 곁에서 지켜보고 싶었다.

마히루는 주저하는 기색을 보이면서도 침대에 누웠다.

목까지 이불로 덮고 나서 마히루는 아마네를 쳐다봤다.

미묘하게 부끄러운 표정인 이유는 이제 자야 하는데 자신의 잠든 얼굴을 보여주고 싶지 않기 때문이겠지. 여자애가 잠든 얼굴은 함부로 보는 게 아니라고 생각해 마히루와 거리를 벌리려고 했지만, 뭔가가 옷소매를 붙잡았다.

뭔지 몰라서 소매로 시선을 내리니 마히루의 작은 손이 아마네의 옷소매를 붙잡고 있었다.

눈을 동그랗게 뜨고 마히루를 보니, 본인도 무의식중에 한 행동이었는지 자신의 손을 보고는 얼른 놓더니 황급하게 이불 속으로 숨겼다.

캐러멜색의 눈은 불안하게 흔들리고 있었지만, 그걸 숨기려는 듯이 이불을 얼굴까지 올려서 가렸다.

"……잘 자요."

가냘픈 목소리로 중얼거리면서 이불을 덮은 마히루를 보고, 아마네는 뭘 어떻게 하면 좋을지 고민하면서 볼을 긁었다.

(……몸이 아플 때는 마음도 불안해지겠지.)

과연 마히루가 허락할까. 그렇게 생각하면서 이불을 살짝 들춘 뒤에 마히루의 손을 찾아내서 잡아 줬다.

부드럽게 쥐자 마히루가 이불에서 얼굴을 내밀더니 난처한 표정을 지었다. 하지만 싫은 게 아니라 부끄러워서 그러는 것 같았다.

"……어린아이가 아니거든요."

"알아. 도망치지 않게 붙잡고 감시하는 거니까 신경 쓰지 마."

"……이제 와서 도망치진 않아요."

"글쎄, 그야 모르지. 잠들면 놓을 테니까 안심해. 자, 놓아 주길 바라면 얼른 자라고."

일부러 무뚝뚝하게 말하는 아마네의 말을 듣고, 마히루는 순순히 이불 속으로 다시 들어갔다.

잡고 있는 마히루의 손이 아마네를 놓지 않으려는 듯이 희미하게나마 힘을 주는 것을 느끼자 왠지 쑥스러웠다.

기쁘면서도 부끄럽고, 왠지 애가 탔다.

가슴을 손가락으로 간지럽히는 것처럼 근질거리는 감각을 느끼면서, 아마네는 마히루가 평화로운 표정으로 새근거리면서 잠들 때까지 가녀린 손을 계속 잡고 있었다.

다음 날 아침, 소파에서 눈을 뜬 아마네는 미묘하게 굳은 몸을 풀면서 시계를 봤다.

오전 8시를 넘은 시간이었다. 휴일이고 본격적으로 활동할 시간도 아니지만 마히루가 회복했는지 보고 싶었기 때문에 슬슬 움직이는 게 좋을 것이다. 일단 밤중에 잠깐 보러 갔다가 편안한 표정으로 잠든 얼굴을 보인 것은 확인하고 나왔지만, 그 뒤에 어떻게 되었는지는 아직 모른다.

기지개를 켜면서 일어나 조용히 자신의 방으로 가서 소리를 내지 않도록 조심스럽게 문을 열었다.

노크를 하지 않은 것은 아직 마히루가 자고 있을 거라 생각해서였지만, 문을 여니 마히루가 상반신을 일으킨 채 침대에 앉아 있었다.

아직 약간 볼이 붉긴 했지만 어제만큼 심하진 않은 것 같았다.

마히루는 왠지 모르게 멍하니 풀린 듯한 표정을 지은 상태에서도 아마네의 모습을 보고 눈을 가늘게 떴다.

"잘 잤어? 몸은 좀 어때? 거짓말은 하지 말고."

"……아직 나른해요."

"그래? 그럼 나는 편의점에 가서 아침밥과 마히루가 먹을 만한 걸 좀 사 올게."

일단 죽도 사놓은 게 있지만 환자에겐 젤리나 복숭아 통조림 같은 걸 먹인다는 이미지가 있고 부담 없이 먹을 수 있을 테니까 가서 사 올 생각이었다.

생각했던 것보다 기운을 차린 것 같아서 안도하면서, 갈아입을 옷을 옷장에서 꺼내 다시 침대에 놓았다.

"갈아입을 옷을 두고 갈게. 열도 재 봐. 땀을 닦고 싶으면 거기 있는 대야에 담은 물과 수건을 써."

밤중에 얼굴의 땀을 살짝 닦아 줄 때 담았던 물을 가리킨 뒤에 아마네는 방에서 나왔다.

지갑을 챙기고 집을 나선다.

일부러 천천히 걷는 것은 열 때문에 움직이는 속도가 느려졌을 마히루가 옷을 갈아입거나 땀을 닦을 충분한 시간을 마련해 주기 위해서였다. 편의점은 맨션에서 꽤 가까우니까 불과 몇 분 사이에 다녀올 수 있지만, 시간을 조금 들여서 물건을 샀다.

20분 정도 시간을 들여서 천천히 구매를 마치고 집에 돌아온 아마네가 냉장 보관이 필요한 것을 냉장고에 넣고 난 뒤에야 다시 마히루를 보러 가니, 마히루는 옷을 갈아입고 아마네를 기다리고 있었다.

정신도 완전히 차린 것 같아서, 어제보다 기운이 있어 보이는 마히루를 보면서 살짝 웃었다.

"열은 재 봤어?"

"37.5도예요."

"음, 아직 열이 좀 있네. ……너무 움직이진 마."

"저, 저도 알고 있어요."

"식욕은 있어? 죽은 집에 있고, 푸딩과 젤리를 사 왔는데."

속에 부담을 주는 것을 먹일 순 없는지라 양이 적고 부드럽게 넘길 수 있는 것을 사 왔지만, 마히루가 식욕이 있어야 먹을 수 있을 것이다.

"아, 괜한 신경을 쓰게 해서 미안……."

"사과하지 말라니까. 나도 간병을 받은 적이 있잖아. 자, 푸딩과 젤리 중에서 뭘 먹고 싶어?"

"……젤리요."

"알았어. 죽은 먹을 수 있겠어?"

"……네."

"데워올 테니까 기다려."

아직도 미안해하는 마히루의 반응에 한숨을 쉬면서, 아마네는 방에서 나와 즉석 죽 봉지를 뜨거운 물로 데운 뒤에 그릇에 담아서 가지고 왔다.

마히루가 간병해 준 은혜에 보답하려면 직접 만든 걸 먹여야 하겠지만, 아마네는 무사히 죽을 끓일 자신이 없었기에 무난한 즉석 죽에 의지할 수밖에 없었다.

직접 만든 요리보다는 못할지도 모르지만, 그래도 먹을 수 있는 음식이 훨씬 더 나을 것이다.

"자. 혼자서 먹을 수 있겠어?"

숟가락을 주고 나서 마히루가 죽 그릇을 받기를 기다리던 아마네가 반쯤 장난삼아 그렇게 물었더니, 마히루는 뾰로통하게 눈살을 찌푸렸다.

"저를 바보로 아는 건가요? 만약 직접 먹지 못한다면 대신 먹여 줄 건가요?"

"응? 그야 뭐……."

아마네가 "정 원한다면 먹여 줄 수도 있지만……."라고 덧붙이자, 마히루는 또 열이 난 것처럼 얼굴을 붉혔다.

"……제, 제가 알아서 먹을게요."

"으, 응."

마히루는 아마네한테서 그릇을 받고 조금씩 먹기 시작했지만, 결국 다 먹을 때까지 붉은 기운은 가시지 않았다.

죽을 다 먹은 뒤에도 아직 식욕이 있는지 젤리를 꺼내서 다 먹는 걸 본 뒤에야 한숨을 놓았다.

일단 몸 상태는 많이 좋아진 것 같으니까, 이제는 쉬면서 체력을 회복하면 되겠지. 마히루도 비교적 기운을 차린 얼굴이어서 아마네도 안심했다.

"그리고 달리 해 줬으면 하는 건 있어?"

"……지금은, 없어요."

"그래? 알았어."

그러면 한숨 더 자는 게 좋겠다고 말하고는 방에서 나오려고 일어났을 때 마히루가 천천히 고개를 들었다.

일렁이던 눈이 똑바로, 뭔가를 바라는 것처럼 아마네를 바라봤다.

그 캐러멜색의 눈에 또 불안과도 같은 감정이 한껏 담긴 듯해서, 아마네는 그만 그 자리에 다시 앉고 말았다.

"……아마네 군?"

"아무것도 아니야."

네가 쓸쓸해 보여서 그랬다고 솔직하게 말했다간, 마히루는 그렇지 않다고 부정하면서 아마네를 쫓아낼 것이다.

그래서 아마네는 말없이 침대 옆에 앉아서 상반신을 일으킨 채 침대에 앉아 있는 마히루를 쳐다봤다.

"어차피 할 일도 없잖아. 다시 잠들 때까지 이야기나 할까?"

"……네."

침대에 기대면서 웃어 보이자, 마히루도 안도한 듯한 표정으로 흐릿하게 미소를 지었다.

"……전 누군가에게 간병을 받아본 게 처음이에요. ……코유키 씨도 퇴근 시간이 되면 그냥 돌아갔으니까요."

"코유키 씨?"

"친가에서 살았을 때 같이 지냈던 가사 도우미분이에요."

"아, 요리를 가르쳐 줬다는 사람 말이구나."

"아침과 밤에는 늘 혼자였거든요……."

"오늘은 내가 곁에 있을게. 빨리 기운을 못 차리면 내가 곤란해지니까."

"죄송해요. 침대를 점령해버렸네요. 식사도……."

"그런 뜻이 아니야. ……마음이 편하질 않잖아. 늘 함께 있는 사람이 아픈 걸 보면."

친해진 뒤로 그리 오랜 시간이 흐르진 않았다고는 해도, 앞으로도 한동안 같은 시간을 보낼 사람이 건강을 해치면 걱정이 되는 것도 당연하다.

신세를 지는 사람이든 아니든 친구를 걱정하지 않을 수가 없는 것이다.

"애초에 나는 다른 사람이 아픈 걸 기뻐하는 사람이 아니야."

"……아마네 군이 다정한 사람이라는 것쯤은 잘 알아요."

"그러시겠죠."

다정하다는 평가를 면전에서 들으면 괜히 낯간지럽고, 쑥스럽다.

"이제 슬슬 눈을 붙여. ……질릴 만큼 푹 자고 얼른 기운을 차리라고."

"……네."

"이번에도 잘 때까지 지켜보고 있을까?"

쑥스러움을 감추기 위해서 반쯤 장난삼아 말했더니 마히루가 눈을 깜박거렸다.

"……그럼 그렇게 해 주세요."

"뭐?"

"아마네 군이 먼저 말한 거예요."

"그건 그렇지만……."

설마 승낙할 줄은 몰랐다. 마히루가 얼굴을 새빨갛게 붉히면서 거부할 줄로만 알아서 자신도 모르게 눈을 휘둥그레 뜨자, 이번엔 마히루가 심술궂은 미소를 지었다.

"아니면 남자가 두말하겠다는 건가요?"

"……그건 아니야. 알았어."

내가 한 방 먹었군. 작게 신음하며 마히루의 손을 잡아 주자, 마히루는 몸을 눕히면서 이불 속으로 들어갔다.

그런 뒤에 아마네가 잡아 준 손을 보던 마히루의 눈길이 부드러워졌다.

"……따뜻해."

"열이 많이 내려간 모양이네. 따뜻해졌어. ……어서 자."

"네."

아마네의 손을 한 번 쥐고서 곁에 있다는 것을 확인하고 안심한 듯이 온화한 표정을 지으면서 눈을 감았다. 머지않아 마히루한테서 일정한 리듬에 맞춰서 새근거리는 숨소리가 들려왔다.

(……이 바보.)

또 하나의 손바닥으로 얼굴을 가리고 낮게 신음했다.

몸이 아프기 때문인지 자꾸 응석을 부리듯이 스킨십을 요구하는 바람에 아마네는 도저히 평정심을 유지할 수가 없었다. 심장은 시끄러울 정도로 소리를 내고, 얼굴은 마히루의 열이 옮은 것처럼 뜨거웠다.

지금 대체 누가 열을 내면서 앓아누운 건지 모를 정도로 아마네는 몸이 화끈 달아오르고 있었다.

(……정말이지, 내 심장을 위협하는 아이야.)

마히루의 얼굴을 살짝 들여다보니 아마네의 마음속 갈등 따위는 전혀 모르는 것처럼 마음을 푹 놓은 표정으로 자는 모습을 보여 주고 있었다.

거참……. 작은 목소리로 신음하듯 투덜대면서 아마네는 한 번 침대에 얼굴을 묻었다.

자신의 침대인데도, 아마네와는 아주 조금 다른 달콤한 냄새가 났다.

정신이 들어 보니 곁에 있던 온기가 느껴지지 않았다.

잡고 있었던 손도 안 보이고, 아마네 혼자 침대에 얼굴을 묻은 채 엎드려 있었다.

허겁지겁 고개를 들었지만, 침대에 있어야 할 마히루의 모습이 보이지 않았다.

사이드테이블의 시계를 보니 오후 2시를 가리키고 있었다. 그걸 보고 그 후에 깊이 잠들었다는 것을 깨달았다. 밤중에 마히루의 상태를 확인하기 위해 일어난 탓도 있겠지만, 설마 이렇게 깊이 잠들 줄은 몰랐기 때문에 아마네는 당황하면서 일어나 거실로 향했다.

후다닥 이동해 보니 거실 소파에 단정하게 앉은 마히루가 보였다. 잠들 때까지 봤던 아마네의 셔츠와 체육복 바지 차림이 아니라 마히루 자신의 사복 차림으로 앉아 있다는 것은 아마도 집에 한 번 돌아갔다는 뜻일 것이다.

"아마네 군. 잘 잤어요?"

"잘 잤어? 일어났더니 침대에 없어서 깜짝 놀랐어."

"미안해요. 샤워를 좀 하고 왔어요."

그래서 옷을 갈아입은 모양이다. 몸을 씻어도 될 만큼 회복한 것 같아서 안심하면서도 일단은 마히루의 이마에 손을 대 봤는데, 이제는 평소 체온으로 돌아와 있었다.

"응, 열도 없는 것 같네. 다행이야."

"……걱정을 끼치고 말았네요."

"그러게 말이지. 다음에도 순순히 말을 듣지 않으면 또 같은 짓을 할 거야."

마히루 옆에 앉으면서 그렇게 말하자, 마히루는 난감한 듯한 표정을 지으며 눈썹을 늘어뜨렸다.

"조심은 하겠지만…… 아마네 군, 또 폐를 끼쳐도 화내지 않을 건가요?"

"폐라니?"

"간병 같은 거나……."

"그렇게 생각할 리가 없잖아, 이 바보야. 내가 그렇게 매정한 사람으로 보여?"

"……그렇진 않아요. 단지 의지해도 괜찮을지 모르겠다는 생각이 들었을 뿐이에요."

"의지할 수 있을 거 같으면 일단 부탁해. 너는 뭐든 다 혼자 끌어안고 사는 성격으로 보이니까."

함께 몇 개월 지냈을 뿐이지만, 그래도 마히루의 기질을 잘 알았다.

마히루는 기본적으로 남에게 의지하지 않고 속에 담아둔 채 밖으로 드러내려 하지 않는다. 남이 들어오지 않도록 벽을 쌓고 타인과 자신을 격리하려 하기 때문이겠지.

"뭐, 내가 믿음이 가지 않는 사람이라면 의지하지 못하는 것도 이해는 가지만."

"그, 그렇진 않아요! 전 아마네 군을 믿고 있어요."

"응. 그럼 무리하지 말고 부탁해."

자신도 모르게 마히루의 머리를 마구 쓰다듬고 말았고, 굳어 버린 마히루를 보면서 뒤늦게 도가 지나쳤다는 걸 깨달았다.

"미안해. 불쾌했지?"

"……그런 건, 아니에요."

아마네의 손에서 벗어나려는 의도가 아니라 부정의 의사를 표현하기 위해서 천천히 고개를 저은 마히루는 그대로 아마네의 팔뚝에 이마를 갖다 댔다.

살짝 체중이 실리면서 기대는 감각이 느껴지자 아마네는 심장이 두근거렸다. 하지만 그런 내색은 전혀 하지 않고 다시 머리를 쓰다듬어 주자, 정말로 조그맣게 "……고마워요."라고 속삭이는 목소리가 들려왔다.

제6화 ## 밸런타인데이

2월에 들어서야 겨우 마히루의 '수상한 남자, 남친 의혹'도 가라앉기 시작했다.

마히루를 마중하러 나갔을 때 목격되면서 그만 기름을 붓고 말았지만, 일단 진화가 되긴 했다.

그래도 '연인은 아니지만 마히루와 친한 남자'라는 인식이 뿌리박히고 말았다고 하며, 마히루가 그 남자를 마음에 두고 있다는 사실무근의 소문이 돌기도 했지만…… 본인이 밝게, 그리고 추궁을 허용하지 않는 웃음을 지으면서 부정했다고. 그 덕분인지 그 소문도 겨우 잦아들고 있었다.

그 표정을 복도에서 목격했다는 치토세가 "모든 반론을 허용하지 않는 위압감이 느껴졌어."라고 했으니까, 소문이 도는 게 어지간히 싫었던 모양이다.

뭐, 그런 반응도 당연하긴 하겠지만. 그렇게까지 열심히 부정한다면 감정적으로는 약간 슬프다. 하지만 어쩔 수 없는 일이라는 생각도 들었다.

마히루는 연애 감정 없이 그저 친한 느낌인데 주위에서 억측하면 당연히 화가 날 법도 할 것이다.

아마네 입장에선 쓴웃음을 지을 수밖에 없었다.

"2월이라고 하면?"

"기말 시험."

"저기, 화사한 남자 고등학생이 왜 그런 빈티 나는 발상을 하는 거야?"

방과 후 아마네의 집을 방문한, 아니 다짜고짜 쳐들어온 치토세는 아마네의 대답을 듣고 어이가 없다는 표정을 감추지 않았다.

뭔가 의논할 게 있다면서 찾아왔지만, 기분 탓인지 마히루와 놀기 위해서 온 것 같다는 생각도 부정할 수가 없었다.

참고로 마히루는 부엌에서 차를 준비하고 있기 때문에 거실에는 아마네와 치토세밖에 없었다.

"남자 고등학생에게 무슨 화사함이 있는지는 모르겠지만, 학생이라면 당연한 발상이라고 생각하는데……."

"청춘을 만끽하는 남자 고등학생이라면 밸런타인데이라고 대답해야 하는 것 아닐까?"

"청춘을 만끽하지 않아서 모르겠어."

"또 그런다—."

소문이 진실이 아님을 알면서도 히죽대고 보니까, 아마네는 일단 째려봤다.

그랬는데도 치토세는 웃음을 그치질 않으니, 이제는 포기할 수밖에 없다.

"그나저나 상의하고 싶다는 게 뭐야?"

치토세가 일부러 아마네 집에 온 것은 이츠키가 없는 자리에서 아마네와 마히루에게 상의하고 싶다는 이유였다.

"음. 잇군에게 줄 초콜릿을 어쩔까 싶어서. 중학생 때는 평범하게 파는 초콜릿을 녹인 뒤에 모양만 바꿔서 줬는데 말이지, 역시 고등학생이 되었으니까 좀 더 정성을 담아서 만들고 싶거든."

"그거라면 시이나의 의견만 들어도 충분하잖아."

요리를 못 하는 아마네에게 초콜릿 이야기를 해도 모른다는 말밖에 할 수가 없다. 도움을 줄 수 있는 건 기껏해야 이츠키의 취향을 알려주는 거겠지만, 그런 쪽은 더 오래 알고 지낸 치토세가 더 자세히 알 것이다.

"마히룽한테도 물어봤는데 말이지, 아마네도 명색이 남자니까. 남자 의견을 한번 듣고 싶었어."

"명색이 아니라 엄연한 남자야."

"남자라면 여자랑 단둘이 있을 때 손댈 거야."

"이봐. 그런 건 교제 중에 합의하고 하는 거고, 애초에 우리는 그런 관계도 아니라니까."

"아마네는 그런 쪽으로 교육을 잘 받았다고 할까, 참 상식적이네."

상식적이라는 평가를 받았지만, 그게 평범한 견해라고 아마네는 생각했다.

확실히 남자는 좋아하지도 않는 여자와 그런 행위를 할 수 있지만, 할 수 있다는 것과 진짜로 하는 것은 별개의 문제다. 그것도 억지로 하는 것은 말도 안 되는 일이다.

마히루를 상대로 그런 욕구가 없다고 말할 수는 없다. 외모도 내면도 매력적인 여자가 곁에 있으면 당연히 남자 특유의 욕구가 어느 정도 생기는 것도 어쩔 수 없는 일이라고 본다.

그래도 해 보자는 멍청한 생각은 떠오르지 않았다.

마히루를 울리고 싶지 않다. 마히루에게 미움받고 싶지 않다. 마히루를 소중히 대하고 싶다. ──그런 감정이 맨 먼저 들었으니까.

그리고 무슨 짓을 했다간 사회적 위신에도 급소에도 큰 타격을 주겠다는 선언을 받았는데도 한순간의 충동만으로 손댈 만큼 어리석진 않다. 마히루라면 인정사정없이 대응하겠지.

"뭐, 그게 아마네의 좋은 점이자 마히룽의 신뢰를 받는 점이라고 하겠지."

마히루를 마히룽이라는 귀여운 별명으로 부르는 치토세.

부엌에서 듣고 있을 마히루가 부정하지 않는다는 것은 본인의 호불호와 상관없이 그 별명으로 부르는 것 자체는 받아들이고 있다는 뜻이다.

뭐, 마히루 본인에게도 면전에서 천사님이라고 불리는 것보다는 나은 모양이다.

"가끔 진짜 남자인지 의심이 가."

"남자라고 했잖아. 이렇게 뼈만 앙상하고 아무런 굴곡도 없는 여자가 어디 있어?"

"초식남인가……. 아마네는 좀 더 들이대도 될걸?"

"내 얼굴로 그러면 징그럽잖아."

"소문난 스타일로 꾸미면 되잖아. 사실은 나도 보고 싶어."

이츠키와 치토세에겐 소문의 상대가 아마네임을 진즉에 간파당했고, 게다가 얼마 전에 인정하고 말았기 때문에 이제는 숨기지도 않았다.

하지만 일부러 그 모습을 보일 생각은 들지도 않고, 귀찮다.

"그렇게 말하지 마. 아니, 무엇보다 내가 싫어."

"닮는 것도 아닌데."

"내 멘탈과 왁스가 닮아."

"구두쇠!"

볼을 부풀리고 "쩨쩨해—!"라고 하는 치토세를 무시했더니, 쓴웃음을 지은 마히루가 부엌에서 돌아왔다.

쟁반에는 치토세의 요청으로 밀크티가 담긴 컵이 놓여 있었다.

소파 앞 테이블에 세 사람 분의 밀크티를 놓았을 때 아마네는 소파에서 일어나 가까이 있던 쿠션과 함께 바닥에 앉았다.

마히루에게 '소파에 앉아'라고 눈짓으로 권유하자 약간 미안한 듯한 표정을 지으면서도 조금 전까지 아마네가 앉아 있던 자리에 다소곳이 앉았다.

"그런 소문이 돌 정도라면 학교에서 하고 다녀도 인기가 있을 텐데."

"싫어. 귀찮아질 게 뻔하고 애초에 인기를 얻고 싶지도 않아."

"에이, 모처럼 큰 이벤트인 밸런타인데이가 있는데? 아마네는 밸런타인데이에 초콜릿을 받고 싶지 않은 거야? 예를 들어서 인기가 많은 유짱은 엄청나게 많이 받을걸? 부럽지 않아?"

"뭐? 싫어. 당뇨병에 걸릴 것 같아."

유짱은 아마 유타를 말하는 거겠지. 다행히 아마네는 희생양이 되진 않았지만, 다른 사람에게 이상한 이름을 붙여 부르는 건 치토세의 특이한 버릇이다.

왕자님이라고 불리는 유타는 아마도 초콜릿을 대량으로 받겠지만, 그걸 전부 다 먹었다간 분명 몸에 군살이 붙을 것이다.

"무엇보다 답례를 생각하면 우울해질 것 같아. 카도와키라면 예의상 주는 거와 진심을 담아서 주는 걸 합치면 대충 두 자릿수에 가깝게 받을 것 같으니, 세 배로 돌려주다간 고등학생의 지갑으론 버티지 못할 것 같은데."

"착실하게 세 배로 돌려주는 걸 전제로 계산하다니 기특하네. 답례는 신경 쓰지 않아도 되니까 나도 줄게. 어떤 게 좋아?"

"단것은 딱히 좋아하지도 싫어하지도 않으니까…… 너무 달지 않은 게 좋겠어."

"알았어. 안에 다양하게 넣을게."

"이물질을 넣진 마."

"괜찮아. 먹을 수 있는 걸로 넣을게."

"야."

뭘 넣을 생각인진 모르겠지만, 무난하게 맛있는 것을 줄 생각은 없는 것 같았다.

"마히룽은 누구한테 줄 거야?"

"같은 반 여자애들에게요."

"남자애들한텐 안 줄 거야?"

"예의상 주는 거라도 큰일이 나니까……."

"아—."

흥분하는 남자들을 쉽게 상상할 수 있었다. 그랬다간 괜한 다툼이 생길 것도 상상하기 어렵지 않았다.

평범한 남자라면 천사님에게 받는 초콜릿은 신의 은총으로 생각할 수 있으므로, 줬다간 엄청난 소동이 벌어질 것이다.

진정 두려워해야 할 것은 마히루의 인기일까, 남자들의 망상력일까.

뭐, 주지 않는 게 무난하겠지. 쓴웃음을 지으면서 납득했다.

"치토세 양에게도 드릴게요."

"와아, 마히룽, 사랑해. 나도 줄게. 아마네에게 주는 거랑은 다르게 제대로 만든 걸로."

"야, 너."

환하게 웃으면서 마히루를 꼭 끌어안는 치토세.

성희롱으로 볼 스킨십은 아니라서 안심하면서도, 그냥 듣고 넘길 수 없는 말을 하는지라 도끼눈을 뜨고 강하게 노려보자, 치토세가 헤실헤실 싱겁게 웃었다.

"농담이야. 아마네에게도 제대로 먹을 수 있는 걸 줄게."

"먹으면 맛있다는 뜻은 아닌 것 같은데……."

딱 봐도 뭔가 이상한 것을 넣을 마음을 단단히 먹고 있는 치토세를 보자 두통이 생겨서 이마를 짚고 있으려니, 치토세는 유쾌한 표정을 감추려고도 하지 않은 채 "기대하고 있어."라고 말하면서 아마네를 향해 웃어 보였다.

밸런타인데이 당일은 상상했던 대로 학교 전체가 소란스럽고, 다들 들뜬 분위기를 띠고 있었다.

남자들은 초조하게 뭔가 기대하는 모습을 보이면서도 애써 관심이 없는 척하는 사람이 많았다.

오늘 초콜릿을 받을지 말지에 따라 남자의 랭크가 정해진다고 생각하는 남자가 많아서 이런 태도를 보이는 사람이 많은 거겠지.

"다들 한껏 들떴네."

랭크는 아무래도 좋은 아마네는 참 고생이 많다고 남 일처럼 생각하면서, 다른 의미로 관심이 없는 이츠키에게 시선을 돌렸다.

이츠키는 학급의 소란 상태를 느긋하게 구경하면서 아마네의 말에 "그러네."라고 태평하게 대꾸했다.

"여친이 있어서 여유로운 이츠키 선생, 올해 밸런타인데이에 관한 견해를 부탁드립니다."

"역시 남자라면 초콜릿을 받을지 어떨지가 미래를 좌우하다 보니 필사적이군요. 그리고 시이나 양의 초콜릿을 받을 수 있을지 눈치를 보는 남자가 60퍼센트는 됩니다."

"남자에겐 예의상으로도 초콜릿을 돌리지 않겠다고 하던데. 수습이 안 되니까."

"그렇겠지. ……그런데 아마네, 그 사람에게 받을 예정은?"

"몰라. 적어도 나는 그런 낌새를 못 느꼈어."

마히루는 여자는 줘도 남자에게는 안 준다고 했으니까, 아마네에게 준다는 건 기대할 수 없다. 못 받아도 딱히 아무렇지도 않다.

물론 주면 고맙겠지만, 주든 말든 아무래도 좋았다.

솔직히 아마네에게 밸런타인데이는 제과회사의 판촉 같은 거라서, 그다지 중요한 이벤트는 아니다.

딱 봐도 별로 관심이 없는 아마네에게 "무덤덤하긴." 이라고 쓴웃음을 흘린 이츠키는 시선을 돌려 반에서 유달리 시끄러운 쪽을 봤다.

"……그나저나 저건 진짜 굉장하네."

이츠키가 가리킨 그거란, 같은 반 여자들을 거의 흡수하고 있는 인기인을 뜻하는 것 같았다.

잘생긴 얼굴에 친숙한 미소를 지은 왕자가 집단 중앙에 있고, 여자들이 끝없이 찾아와서 초콜릿이 든 꾸러미를 전하고 있다.

아직 수업이 시작되기 전인데도 본인이 준비한 듯한 봉지에는 이미 선물이 꽉꽉 차 있어서, 엄청난 인기를 짐작할 만했다.

"역시 굉장하군."

"주변에서 엄청나게 이를 갈고 있네."

아직 아무한테도 받지 못한 것으로 보이는 남자들은 애써 외면하거나 질투하는 눈길로 유타를 보고 있었다.

랭크가 정해지기 전에 레벨의 차이를 보여주고 있으니까, 이제는 어쩔 도리가 없을 것이다.

아마네는 저렇게 초콜릿을 많이 받아서 가져가려면 힘들겠다는 감상과 함께 저걸 어떻게 처리할지 궁금했지만.

"인기남은 힘들겠어. 저걸 가져가서 먹으려면 힘들 텐데."

"그러네. 그런데도 살이 찌지 않는다니 정말 대단해. 중학생 때부터 저렇게 받고 있는데 체형이 거의 변하지 않았으니까."

"역시 육상부는 다르네. 뭐, 초콜릿 때문에 살찌는 건 우리와 상관없는 이야기지만."

"치이는 단단히 준비했어. 각오해."

"무슨 뜻이야? 각오라니."

"러시안 룰렛이야."

"제발 그러지 말라고 해. 뭘 넣은 건데?"

얼마 전 대화를 통해 평범한 과자를 만들 생각이 없음을 짐작했지만, 쓸데없는 것을 섞은 모양이다.

"그러니까 하바네로, 와사비, 산초가 삼위일체로 들어간 초콜릿 한 알, 매실초 농축 엑기스 젤리가 들어간 초콜릿 한 알, 나머지는 평범한 초콜릿이었어."

"걔는 뭘 만든 거야."

"아마네 너를 놀라게 하겠다던데."

어떤 의미로는 경악할지도 모르겠지만, 아마도 몸서리를 칠 정도로 놀라게 한다는 의미가 더 정확할 것 같다.

"……먹는 게 두려워지네."

"포기해. 맛을 본 나도 거쳐 간 길이니까."

"너는 반쯤 재미로 먹은 거잖아."

"그렇긴 하지. 치이가 만든 거라면 뭐든 먹을 거야."

"멍청한 닭살 커플."

이츠키는 치토세가 주는 거라면 뭐든지 먹겠지.

애초에 치토세는 딱히 요리를 못 하는 게 아니다. 그저 도전 정신이 지나치다는 것이 문제다. 평범하게 만들 때는 잘 만드는 것 같은데, 뭔가 아이디어가 떠오르면 이상하게 손을 댄다고 한다.

기본적으로 희생자는 이츠키지만, 아마네한테도 폭탄이 돌아올 줄은 몰랐다.

뭐, 이츠키의 반응을 보면 못 먹을 수준은 아닌 듯하니까 너무 두려워할 필요는 없겠지만, 울적할 수밖에 없다.

질겁하는 아마네를, 이츠키는 포기하라는 뜻을 담아서 이미 경험한 자 특유의 훈훈한 눈으로 봤다.

"자, 아마네, 이거 받아—!"

"고마워."

방과 후에 이츠키를 찾으러 온 김에 아마네에게 초콜릿을 주는 치토세에게, 아마네는 미묘하게 내키지 않는 표정을 지으면서 말했다.

초콜릿을 받으면 당연히 고맙다.

고맙지만, 솔직히 안에 독극물이 있다는 걸 뻔히 아는지라 순수하게 기뻐할 수 없다.

남기지 않고 다 먹을 생각이고 반드시 언젠가는 엄청 매운 초콜릿이나 엄청 신 초콜릿이 걸릴 테니까, 앞으로 며칠 동안은 전전긍긍하면서 먹어야 하리라.

"잇군한테 들어서 알 테지만, 맛을 기대해 줘!"

"난 매운 건 별로 안 좋아하는데……."

"먹을 수 있는 수준으로 조절해서 만들었거든? 나도 맛을 보고 확인했지만 그건 그것대로 맛있었어!"

"그건 네가 매운 걸 좋아하기 때문이잖아……. 정말이지."

아마네는 매운 것을 즐겨 먹지 않는지라 역시 마음이 내키지 않았다. 신 것도 별로 좋아하지 않으니까, 아마네가 부담스러워하는 맛을 일부러 노리고 넣은 것이다.

그것만 빼면 맛있게 만들었을 테니까 그나마 다행이다.

"아, 아주 단 것과 아주 쓴 것도 있어."

"미리 알려 줘서 고맙다."

대수롭지 않게 폭탄을 더 늘렸다는 치토세의 말을 들으니 머리를 감싸 쥐고 싶은 심정이었다.

아주 단 것은 연유, 아주 쓴 것은 아마 카카오 99퍼센트 초콜릿을 사용했겠지.

하지만 그 정도는 아직 먹을 만하다. 쓴맛은 싫어하지 않는다.

이츠키도 그 말은 처음 들었는지 "치이…… 너도 참……."이라고 중얼거리면서 미묘하게 표정이 딱딱했지만, 치토세는 여전히 웃고만 있었다.

"괜찮다니까. 입가심할 것도 있을 테니."

"입가심할 것?"

"그럼 우리는 갈게—. 바이바—이."

아마네의 의문에는 대답하지 않은 채, 이츠키의 손을 잡고 교실에서 나가려 했다. 오늘은 밸런타인데이 데이트란다.

"건투를 빌게."

이츠키의 위로와 격려를 들으면서, 아마네는 지친 표정으로 한숨을 쉬고 손을 흔들어 배웅했다.

두 사람의 모습이 사라지는 걸 지켜본 뒤에 아마네도 슬슬 집에 가고자 코트를 걸치고, 책상 옆에 걸어 둔 가방을 들었다.

혼자 남은 것은 딱히 아무렇지도 않지만, 여기 있어 봤자 충실한 삶을 사는 남녀들의 훈훈한 분위기에 방해만 될 것 같기에 빨리 퇴장해 줄 생각이었다.

그만 가 볼까. 그런 생각을 하면서 가방을 메다가 문득 같은 학년에서 가장 충실한 삶을 살고 있을 것 같은 남자를 봤다.

겨우 선물 공세가 진정된 것으로 보이는 유타가 책상 위에 쌓인, 남자라면 침을 흘릴 만한 물건들을 약간 초점이 나간 듯한 눈으로 바라보고 있었다. 책상 옆에 걸어둔 손가방에는 보물이 잔뜩 채워져 있었다.

무슨 생각을 하는 것인지 바로 알 수 있었기 때문에 아마네는 동정하면서 그에게 다가갔다.

"카도와키."

"응? 아, 후지미야구나. 나한테 무슨 볼일이라도 있어?"

1년 가까이 같은 반에서 지내다 보니 존재감이 별로 없는 아마네라도 이름은 기억하고 있었던 모양이다.

자신이 먼저 말을 거는 경우는 선생님의 말을 전할 때 정도 말고는 거의 없었기 때문에 의외의 상대를 보면서 유타도 의아해하고 있었다.

그런 반응을 보면서 아마네는 살짝 쓴웃음을 지었고, 가방 앞에 있는 작은 주머니의 지퍼를 열었다.

"딱히 용건이 있어 부른 건 아니고, 자."

주머니 안에서 슈퍼에서 쓸 비닐봉지를 삼각형으로 작게 접은 걸 몇 개 꺼내 카도와키에게 던져 줬다.

마히루가 "만약의 경우를 대비해서 몇 개 넣어두면 나중에 편리해요."라고 말한 것을 기억하고 넣어둔 것이었다. 나중에 에티켓 봉투나 쓰레기 봉지로 쓰일 수도 있을 것이라 생각했는데, 설마 청춘의 한 페이지를 도와주게 될 줄이야. 가방 안에 넣었을 때는 생각도 하지 못했다.

뭔지 몰라서 당황한 표정을 지으면서도 유타가 삼각형으로 접은 걸 펼치자 의외로 커다란 봉지가 나왔다.

아무래도 슈퍼의 비닐봉지는 두껍지 않으니까 역시 찢어질지도 모르지만, 그 문제는 어떻게 해 줄 수 없으니까, 그 정도는 본인이 알아서 하길 바란다.

"필요 없는데 괜히 줬어?"

"아, 아냐…… 고마워."

"그래? 뭐, 힘들겠지만 잘 들고 가."

아마 빵빵하게 부푼 비닐봉지를 안고 가는 유타가 금방 교내에서 목격되겠지.

인기남은 힘들겠구나. 속으로 그런 감상을 하면서 손을 흔들어 인사한 뒤에 교실에서 나갔다.

밸런타인데이라고 해도 집에서 그런 이벤트를 챙기는 분위기가 있을 리가 없으니, 실로 평소와 다를 바 없이 집에 돌아와서 휴식을 취했다.

저녁을 만들기에는 너무 이른 시간이라 옆에는 마히루가 앉아 있었지만, 들뜬 분위기는 전혀 없었으며 아마네에게 어떤 행동을 취할 것 같은 낌새도 없었다.

줄 거라고 기대하지 않았으니까 딱히 상관없지만, 남자의 긍지라는 측면에선 미묘하게 슬픈 기분이 들었다.

"오늘은 학교 전체에서 단내가 풍기더라."

"밸런타인데이였으니까요."

친구인 여자에게는 줬지만 남자에겐 예의상 주는 초콜릿조차도 주지 않았다고 하니 천사님에게 마음이 있던 남자들은 엄청 낙담하는 반응을 보였다.

딱히 특별한 관계인 것도 아닌데 어떻게 받을 거라고 생각할 수 있는 걸까……. 아마네는 의아하게 생각했지만, 그래도 역시 기대할 수밖에 없었던 모양이다.

"뭐, 밸런타인데이 같은 건 일부 꽃미남하고만 인연이 있는 이벤트라서 우리처럼 변변치 못한 남자와는 관계가 없지만 말이지."

"해탈한 것처럼 말하네요."

"자랑은 아니지만 진심을 담아서 주는 초콜릿은 받아본 적이 없거든. 치토세한테서 러시안 룰렛 같은 초콜릿을 받았을 뿐이니까."

"예의상 주는 러시안 룰렛 초콜릿이라고요?"

"일반적인 초콜릿 안에 자극적인 것이 들어간 초콜릿 몇 개가 섞여 있는 거래."

아무 매운 것, 아주 신 것, 아주 단 것, 아주 쓴 것. 그렇게 제각각 미각을 파괴할 듯한 내용물이 든 초콜릿이 섞여 있다고 했기 때문에 먹기가 너무 두려웠다.

"또 그런 엄청난 것을……."

"나중에 먹긴 하겠지만, 내가 몸부림쳐도 이해해 줘."

"다 먹겠단 말이군요."

"그래야지. 문제가 많아도 나를 주려고 준비해 준 것이니까. 먹을 거야. 독이 든 것도 아니고."

자극적이긴 해도 몸에 해로운 건 아니니까 애써 만들어 준 것을 감사히 여기며 먹을 생각이다.

일부러 시간을 들여서 만들어 줬으니까 받은 사람으로서 먹어 줘야 할 것이다. 자극적인 것이 있어서 진짜 내키지는 않지만.

"……그런가요?"

"뭐, 그것 말고는 받은 것도 없고, 나처럼 사교성이 없는 사람은 밸런타인데이와 아무 관계도 없으니까 말이지."

예의상 주는 초콜릿을 하나 받은 것만으로도 충분할 것이다.

답례를 어떻게 할까. 한 달 후에 자신이 갚아야 할 날을 생각하면서 고민하는 표정으로 눈썹을 늘어트린 아마네를, 마히루는 조용히 보고 있었다.

 저녁 식사 후, 치토세의 초콜릿을 먹다가 식탁에 엎어졌다.
 치토세한테 받은 상자는 일정 간격으로 칸이 있고, 그 안에는 송로 버섯처럼 생긴 초콜릿이 열두 개 정도 들어 있었다.
 꽝은 네 개. 즉 3분의 1 확률로 꽝을 뽑을 것이다.
 그중에서 가장 큰 꽝은 아주 매운 것인 하나뿐이니까 그것만 아니라면 대수롭지 않게 먹을 수 있으리라 생각하면서 집었는데── 이런 꼴이 되고 말았다.
 "당첨됐군요."
 "며칠 동안 나눠서 먹으려 했는데 이 지경이……."
 부엌에서 마실 것을 만들고 있던 것으로 보이는 마히루가 아마네의 반응을 보면서 약간의 동정심을 담은 목소리로 말했다.
 억지로 다 먹긴 했지만 입안은 매운맛을 넘어서 고통이 느껴지는 수준이었다. 매운맛이 미각이 아니라는 것은 잘 알지만, 지금은 그게 문제가 아니었다.
 죽도록 맵거나 정말로 못 먹을 정도가 아니라, 참을 수는 있지만 버거울 만큼만 들어 있었다.
 코를 찌르는 와사비 특유의 알싸한 자극을 느끼면서, 이런 휘발 성분을 초콜릿 안에 용케 담았다는 감탄과 함께 이렇게까지 공들일 필요는 없지 않냐고 생리적으로 나오는 눈물을 애써 참으며 투덜댔다.

코와 눈을 공격하고 있는 것은 와사비, 혀를 불타게 하는 것은 하바네로 가루와 산초. 강렬한 맛…… 아니, 고통 때문에 겨우 한 개의 초콜릿만으로 엉망진창이 되고 말았다.

"안됐네요. 생각하기에 따라선 미리 지옥을 보고 왔으니 이제 는 천국만 남았다고 할 수 있겠는데요."

그렇다고 해서 지금 이 고통이 해결되는 것은 아니다.

빨리 이 아픔이 사라지면 좋겠다고 속으로 비는 아마네에게 살며시 한숨 쉬는 소리가 들렸고, 달그락 하고 단단한 뭔가가 놓이는 소리가 옆에서 들려왔다.

"자요. 입가심으로 이거라도 마셔요."

고개를 드니 옆에 김과 함께 달달한 냄새를 풍기는 머그컵이 있었다.

그 안에는 짙은 갈색 액체가 담겨 있었다.

"코코아?"

"비슷한 거예요. 쇼콜라쇼…… 쉽게 말해서 핫초코예요. 단 맛은 줄였지만 입가심하기엔 충분할 거예요."

"고마워……."

지금은 일단 이 고통을 씻어내고 싶었다.

머그컵을 쥐고 핫초코를 입에 흘려 넣으니 진한 감칠맛이 입 안에 퍼졌다.

초콜릿의 단내는 났지만, 단맛이 심하게 느껴지진 않았다. 달 콤쌉쌀하다는 말이 어울리는 맛인데, 아주 마시기 편하면서 훈 훈한 기분과 함께 마음이 차분해지는 맛이었다.

"맛있어."

"다행이네요."

담담하게 대꾸하는 말을 들었지만, 별로 신경 쓰지 않고 입안의 고통을 완화시키기 위해서 핫초코를 천천히 맛봤다.

자극적인 성분이 대량으로 있지 않고, 어디까지나 가나슈에 섞여서 굳힌 것을 초콜릿으로 빈틈없이 코팅한 뒤에 슈거파우더를 뿌린 것이라 맨 처음에는 임팩트가 강했지만 시간이 흐르자 점점 가시기 시작했다.

핫초코를 다 마셨을 때는 겨우 평소와 같은 혀로 돌아왔지만 아직 얼얼했다.

"하―…… 정말로 전부 다 섞어 놨네, 그 녀석……."

"그렇게 매웠나요?"

"그야 고추, 와사비, 하바네로가 들어갔으니까. 정말이지…… 입가심할 게 있어서 다행이었지만, 이걸 밖에서 먹었다간 죽었을 거야."

"불행 중 다행이네요."

"그러게."

망할 치토세 녀석. 나지막이 투덜대지만, 본인은 나름대로 서프라이즈의 의미를 담아서 만든 것인지라 너무 심하게 책망할 순 없었다.

꽝인 초콜릿을 제외하면 나머지는 아마도 멀쩡하게 먹을 수 있는 것일 테니까 악의가 있었던 것도 아니다. 남에게 먹이는 것으로 끝난 게 아니라 본인도 맛을 봤다고 하니 아마네는 쓴웃음을 지을 수밖에 없었다.

"그런데 별일이네. 핫초코라니. 평소엔 핫밀크를 마셨잖아?"

"네…… 뭐 어쩌다 보니……."

"이거, 혹시 밸런타인데이라서 만들어 준 거야?"

기본적으로 마히루는 코코아보다는 핫밀크나 밀크티를 마시는데, 오늘은 웬일로 이런 음료를 만든 걸 보니 역시 약간의 기대를 품으면서 물어볼 수밖에 없었다.

"……그런 셈이에요."

"응, 땡큐. 덕분에 살았어."

살짝 고개를 끄덕이자, 아마네는 안도하고 슬쩍 한숨을 쉬었다.

부정당했다면 혼자 괜히 의식한 것 같아서 부끄럽겠지만, 다행히 자신의 예상이 맞았던 모양이다.

마히루는 '모처럼 밸런타인데이이니까'라는 마음으로 만들었겠지. 가볍게 이벤트에 참가한다는 기분으로 만들었을 테지만, 그래도 고마웠다.

한 번 더 "고마워."라고 말하자, 마히루는 왠지 불편한 듯한 기색으로 몸을 꼬물거렸다.

"왜 그래?"

"저기, 그게……."

"응?"

옆에 앉아서 보채면 말하기 어려울 테니까 최대한 자상한 말투를 의식하면서 되물었다.

어디까지나 천천히 물어보니, 마히루는 안고 있던 쿠션에 얼굴을 반쯤 묻으면서 아마네를 쳐다봤다.

몸을 약간 웅크리고, 언뜻 불안하게도 보일 만큼 시선만 슬쩍 위로 돌리는 그 모습이 귀여워서 그만 머리를 쓰다듬고 싶어졌다.

작은 동물 같은 몸짓을 보이는 마히루가 묘하게 귀엽고 미소를 자아내게 하는지라 조용히 기다리고 있었지만, 마히루는 몸을 떨기만 할 뿐 다음 말을 도저히 하지 않았다.

"……이, 이만 가 볼게요."

그러기는커녕 갑자기 일어나서 자신의 짐을 집었다.

무심코 "어?" 소리가 나왔을 때는 이미 타박타박 발소리를 내면서 거실을 나가고 있었다.

아마네가 굳어 있는 사이에 현관문이 열렸다 닫히는 소리, 문이 잠기는 소리가 들리더니, 눈 깜짝할 사이에 마히루가 사라지고 말았다.

너무 빠르게 사라지는 바람에 "어어……?" 하는 목소리만 흘러나오고 말았다.

(내가 뭘 했나……?)

설마 도망칠 줄은 몰라서 곤혹스러움과 혹시 자신이 불쾌한 짓을 한 게 아닐까…… 하는 불안이 반반씩 가슴속을 점령했다.

내일 만날 때도 기분이 언짢은 상태면 어떡하지. 그런 걱정을 하면서 일어나 마히루가 사라진 현관을 보러 나가려다가 문득 자기 방 문고리에 종이가방이 걸려 있다는 것을 알아차렸다.

떠날 때 마히루가 들고 있던 연분홍색 종이가방. 겉에는 메시지 카드가 스티커로 붙어 있었다.

『언제나 신세를 져서, 평소의 감사를 담았습니다.』

마히루의 이미지에 어울리게 약간 동글동글하면서도 단정한 느낌을 주는 글씨로 정성껏 적혀 있었고, 안을 보니 초콜릿색 리본으로 포장된 파스텔핑크색 상자가 들어 있었다.

왜 여기에? 그게 의문이었지만 곧바로 아까 걸어 두고 갔다는 것을 깨달았다.

아무래도 직접 주는 것이 부끄러웠던 모양이다. 남자에겐 주지 않겠다고 말하기도 했으니까 상당히 망설였던 것 같다.

(그냥 줘도 될 텐데.)

이럴 때만 참 소극적인 마히루의 모습에 쓴웃음을 지으면서 소파에 앉아서 안에 든 것을 꺼냈다.

귀엽게 포장된 상자는 마히루와 어울리게 여성스러운 분위기를 풍기고 있었다.

일단 받아도 되는 거겠지? 미묘하게 불안을 느끼면서도 천천히 포장을 풀고 상자를 열었다.

안에는 설탕에 절인 뒤에 초콜릿에 담근 오렌지 조각, 그러니까 오랑제프가 비닐로 개별 포장된 상태로 들어 있었다.

선명한 오렌지색과 광택이 있는 짙은 초콜릿 컬러의 대비가 눈부시고, 정말 맛있게 보였다.

코팅에 화이트초콜릿을 쓴 것과 오렌지 대신 레몬을 쓴 것도 함께 포장되어 있었기 때문에 먹다가 질릴 일은 없을 것 같다.

오랑제프와 함께 또 하나의 메시지가 첨부되어 있었다.

『단것을 별로 좋아하지 않는 것 같아서 먹기 쉬운 걸로 만들어 봤어요. 입맛에 맞으면 좋겠지만요.』

그렇게 적혀 있는 걸 보고 열흘 전에 있었던 일을 떠올렸다.

'어떤 게 좋아?'

"단것은 딱히 좋아하지도 싫어하지도 않으니까…… 너무 달지 않은 게 좋겠어."

치토세와 한 대화를 빠짐없이 기억해 뒀다가 자신의 취향에 맞춰서 만들어 준 모양이다.

마히루다운 섬세한 배려와 자신의 취향을 기억해 줬다는 사실, 무엇보다 마히루한테서 받았다는 사실이 그만 쑥스러움을 자아내서 볼이 약간 뜨거워지고 말았다.

먹기 쉽게 하나씩 포장된 노멀 버전 오랑제프를 가만히 보다가 하나 집었다.

윤기 있는 광택을 띠는 초콜릿과 선명한 오렌지의 대비가 아름다운 오랑제프를 천천히 한입 물었다.

입속에 퍼지는 것은 설탕에 절인 오렌지의 새콤한 맛과 비터 초콜릿의 너무 달지 않고 알맞게 쌉쌀한 맛.

양쪽이 각각의 맛을 적절하게 강조해 주면서 훌륭한 조화를 이루고 있었다.

(……맛있어.)

시중에서 파는 것보다 더 맛있게 느껴지는 것은 아마도 마히루가 직접 만든 것이기 때문이겠지.

그렇게 생각하면서 한입 더 깨물어 봤다.

마히루의 오랑제쁘는 새콤하면서 쌉쌀한 것이—— 무슨 이유인지 무척 달았다.

"후지미야, 어제는 네 덕분에 살았어."

다음 날 등교한 아마네에게 유타가 너무 자연스럽게 말을 걸었기에 아마네는 경직하지 않을 수가 없었다.

어제 작은 접점이 있었다곤 해도 일부러 이렇게까지 고맙다고 인사하러 올 줄은 몰랐다.

여자에게 둘러싸여 있을 때와는 또 다르게 친근하고 밝은 표정으로 웃는 유타를 보면서, 그가 말을 건 당사자인 아마네도 힐끔힐끔 훔쳐보는 주위의 시선이 집중되는 바람에 마치 가시방석에 앉은 기분이 들었다.

기본적으로 주목을 받는 것을 버겁게 여기는 성격인지라 이렇게 가벼운 흥미본위의 시선이라도 왠지 기가 죽는다.

"아니야. 그 정도를 가지고 뭘. 너야말로 많이 힘들었겠다."

"뭐, 그렇긴 했지……."

유타의 눈빛이 흐릿해지자, 아마네도 '역시 인기남은 힘들겠지'라고 생각하면서 동정했다.

유타 본인은 자신이 인기가 있음을 잘 알면서도 자랑하려 들지는 않았다. 그래서 주위 사람들이 좋아하는 것일 테고, 질투하는 남자들도 진심으로 싫어하지는 않는 거겠지.

그 정도 일로 일부러 고맙다고 말하러 올 만큼 예의가 바른 것도 호감을 사는 이유일지 모른다.

"어쨌든 덕분에 살았어. 고맙다고 전하고 싶었거든."

"괜찮아. 힘들 때는 서로 도와야지."

딱히 빚을 만들고 싶어서 친절하게 대한 것도 아니니까, 딱히 고맙다는 인사를 받을 일도 아니다.

마음에 두지 말라고 말하면서 가볍게 웃어 보이자 유타도 약간 안도한 듯한 표정으로 살짝 웃었다.

솔직한 그 미소에 주위 여자들이 술렁거리는 것을 보면서 그런 표정은 여자들에게 보여주라는 생각과 함께 아마네는 쓴웃음을 짓지 않을 수가 없었다.

"너, 유타한테 무슨 짓을 한 거야?"

유타가 돌아간 뒤에 방금 그 상황을 지켜보고 있었던 것으로 보이는 이츠키가 물었다.

"초콜릿이 너무 많아서 쩔쩔매던 카도와키에게 내가 가지고 있던 비닐봉지를 줬을 뿐인데."

"아. 예상보다 많았나 보네. 야무지지 못한 녀석이라니까."

그 많은 초콜릿과 여자들의 호의를 옆에서 보고 있던 이츠키도 아마네의 설명을 듣고 이해했는지, 동정하는 쓴웃음을 짓고 있었다.

그렇게 많으면 챙겨서 집에 가는 것도 힘들겠지. 두 사람은 그렇게 생각했기 때문에 아마네가 도와준 것도 딱히 신기한 일은 아니었다.

아마네로선 약간의 친절을 베풀어 준 게 다였으므로, 딱히 고맙다는 말을 들을 만한 일도 아니었지만.

"뭐, 단지 그것뿐이야. 딱히 대단한 일을 한 것도 아니고."

"너답다고 해야 하나. ⋯⋯그건 그렇고 슈퍼에서 주는 비닐 봉지를 휴대하고 다니다니⋯⋯ 너, 요즘 살림에 너무 찌든 것 아냐? 스마트폰으로 슈퍼 광고를 보고 있을 때는 무슨 살림하는 아줌마인 줄 알았어."

"난 남자야. 뭐, 누군가의 영향을 받긴 했겠지⋯⋯."

이게 다 마히루 탓이라고 할까. 아니면 덕분이라고 할까.

식비는 둘이서 반씩 부담하고 있으므로 되도록 싼 물건을 사는 게 좋겠다는 생각이 들어서 인터넷 광고를 체크하거나, 그 광고에 실린 값싼 식재료로 만들 수 있는 요리를 제안하기도 했다. 이츠키에겐 그게 한층 더 살림에 찌든 모습으로 보였던 모양이다.

일반 가정의 남편보다는 훨씬 더 주부처럼 살고 있을지도 모르겠다. 요리는 마히루에게 전적으로 맡기고 있지만.

"가정적인 파트너가 있어서 좋겠네요."

"파트너 아니야. ⋯⋯치토세는 어떤데?"

"치이? 음, 기발한 발상을 실행하지만 않는다면 뭐⋯⋯ 웬만큼은 할 수 있는 수준?"

"그 녀석이 황당한 짓을 하지 않을 때가 있긴 해?"

"⋯⋯그런 점도 귀엽잖아?"

"이봐, 눈을 피하지 마."

치토세는 군이 말하자면 자극을 즐기는 기분파다.

사고만 안 치면 보통 여고생 수준만큼은 문제없이 집안일을 할 수 있다지만, 장난기가 발동하거나 기분이 바뀌면 이것저것 사고를 치는 것이다.

"뭐, 결혼하면 성실하게 살겠다고 했으니까."

"아버지가 너희 사이를 인정하는 데 얼마나 걸리는 거야……."

요즘 시대에 맞지 않게 남녀 교제에 엄격한 이츠키의 아버지는 치토세를 좋게 보지 않아서, 결혼을 전제로 사귀고 있는 지금 상태를 탐탁지 않게 여긴다고 한다.

반대로 치토세의 부모님은 이츠키를 언제든 환영한다는데, 보통은 반응이 그 반대가 되어야 하지 않을까……. 약간 어이가 없기도 했다.

"뭐, 성인이 되면 차분히 설득할 거야. 손주 얼굴을 보고 싶지 않냐고."

이것만큼은 아버지의 말을 들을 수 없다고 말하며 장난스럽게 어깨를 으쓱하면서도 눈빛은 진지했고, 싸움도 마다하지 않을 기세였다.

그만큼 치토세를 사랑한다는 건 평소 모습만 봐도 알 수 있고 고등학생 나이에 벌써 결혼을 생각한다는 것이 대단하게 느껴지는지라 응원하기로 했다.

"……뭐, 너라면 분명 아버지가 포기할 때까지 마음이 꺾이지 않을 테니까, 잘해 봐."

"응. 너도 힘내."

"뭘?"

"그러니까 그 사람하고…… 알잖아?"

"난 딱히 그 아이랑 그런 사이가 아냐."

멋대로 착각하지 말라고 하면서 고개를 돌리자, 이츠키가 유쾌하게 한바탕 웃는 소리가 들려왔다.

부탁받은 식재료를 슈퍼에서 사서 돌아가니, 이미 마히루는 아마네의 집 소파에 앉아 기다리고 있었다.

꽤 자주 보는 광경이며 평소와 마찬가지인데, 다른 게 있다면 마히루가 쿠션을 끌어안은 채 소파 위에서 무릎을 모은 자세로 웅크리고 앉아 있다는 것이었다.

어린아이가 토라졌을 때 취하는 자세로 보였지만, 그것보다는 부끄러워하는 표정을 짓고 있었으며, 그 모습이 너무 귀여워서 아마네도 어디다 눈을 둬야 할지 몰라서 난감했다.

긴 스커트를 입은 게 다행이라고 생각하면서 아마네는 눈길을 슬쩍 돌린 뒤에 일단 냉장고에 식재료를 넣으러 갔는데, 거실로 돌아오니 아마네의 눈치를 살피는 마히루가 있었다.

옆에 앉으면서 고개를 돌렸더니 마히루가 미묘하게 시선을 피하고 있었다.

"마히루, 어제는 고마웠어. 맛있었어."

"……다행이네요."

아마도 어제 일을 의식하고 있을 마히루의 심정은 이해하면서도, 고맙다는 말은 해야 할 것 같아서 솔직하게 자신의 마음을 전했다. 그랬더니 마히루도 아마네를 보면서 쿠션에 얼굴을 반쯤 묻었다.

"답례로 뭘 받고 싶어?"

"딱히 답례를 바라고 준 건 아니에요."

"그건 알지만, 역시 성의는 성의로 갚아야 하지 않겠어? 받기만 하는 건 남자의 체면이 걸린 문제라고 할까."

받은 만큼 돌려준다는 신조인 아마네는 그렇게 맛있는 것을 일부러 만들어 줬다면 그에 상응하는 것으로 보답해야 한다고 생각하고, 그 뜻을 굽힐 생각도 없었다.

일단 다른 남자에게는 주지 않고 아마네의 취향에만 맞춰서 만든 것으로 보이니까 적잖게 힘들었을 것이다.

"……저는 아마네 군에게 받은 게 많으니까요."

"오히려 내가 일방적으로 받는 것 같은데. 늘 요리를 만들어 주는 것도 그렇고, 계속 나를 돌봐 주고 있잖아."

"그건 제가 좋아서 하는 일이니까요. ……아마네 군은 자신이 베풀고 있다는 자각이 없는 것 같네요. 그래도 저는 고맙게 받고 있으니까 괜찮아요."

아마네는 마히루에게 해 준 게 없다고 생각했다. 오히려 받기만 하고 있으니 어떻게든 돌려주고 싶은 심정이었지만 마히루가 느끼기에는 그렇지 않은 모양이다.

"하지만 그건 그거고 이건 이거야. 뭐, 네가 좋아할 만한 것을 생각해 볼게."

비록 아마네가 무의식중에 뭔가 주고 있더라도, 그것과 화이트데이 때의 답례는 또 다른 문제라고 할 수 있다.

밸런타인데이에 초콜릿을 받았으면 화이트데이에는 자신이 답례로 뭔가를 주는 것이 일종의 예의이니 그냥 넘어갈 순 없다.

이것만큼은 양보할 수 없다고 생각하면서 마히루를 보자 "네……."라고 대답하면서 미묘하게 시선이 흔들리면서도 고개를 끄덕여 주었다.

"일단 뭘 줄지 정하는 데 앞으로 한 달쯤 여유가 있으니까. 네가 좋아할 만한 것을 찾을 수 있으면 좋겠는데."

"……여유가 있나요? 다음 주부터 기말 시험 기간이고, 그게 끝나면 머지않아 종업식이 있는데요."

마히루는 약간 어이가 없다는 말투로 지적했지만, 그 말대로 다음 주부터 기말 시험이 시작될 것이다.

오늘은 학교 전체에 밸런타인데이의 여운이 남아 있었지만, 조만간 시험을 앞둔 팽팽한 긴장감으로 가득 찰 것이다.

아마네 입장에선 딱히 초조해할 필요도 없었지만.

"시험은 평소처럼 보면 문제없이 진급할 수 있을 테니까 이제 와서 조바심을 낼 필요도 없어. 마히루 너도 마찬가지잖아."

"그러네요. 여유 있게 대처하는 건 중요하죠."

아마네는 예습과 복습을 빠짐없이 하면서 성실하게 공부하고 있기 때문에 시험 때문에 어려움을 겪을 일은 거의 없었다.

벼락치기로 공부하지 않아도 평소 성적을 유지할 수 있다고 생각하고 있으며, 실제로 지금껏 그랬다. 시험 기간에는 기껏해야 평소보다 조금 더 책상에 오래 앉는 정도가 다였다.

마히루는 아예 개인적으로 수업 진도보다 미리 공부한다고 하며, 아마네와 마찬가지로 예습과 복습을 빼먹지 않는 타입이므로 초조해하는 기색을 전혀 보이지 않았다. 오히려 마히루의 기준에선 수업이 일찍 끝나는 시험 날이 더 편하지 않을까.

　"뭐, 너무 기대하지 말고 기다려 줘."

　"네. 아마네 군이 준 것은 전부 소중히 여기고 간직할게요."

　"굳이 그럴 필요는……."

　"곰 아저씨도 소중히 간직하고 있어요."

　듣자니 생일에 선물했던 곰 인형도 아껴 주는 모양이다.

　키 케이스는 마히루가 쓰고 있는 걸 본 적이 있는데, 깨끗하게 이용해 주고 있는 것 같았다. 곰 인형은 어떻게 되었을지 약간 불안하기도 했지만…… 마히루의 말을 들어 보니 꽤 마음에 들었던 모양이다.

　'곰 아저씨'라는 애칭으로 귀엽게 부른 마히루를 보다가 그만 입꼬리가 저절로 올라갈 뻔했지만, 그랬다간 눈을 흘길 것 같아서 꾹 참았다.

　올해도 이렇게 함께 지낸다면 다음 생일에는 뭘 선물하는 게 좋을까……. 벌써 기대된다.

　"그거 다행이네."라고 웃으면서 말해 주자, 문득 마히루가 아마네를 지그시 응시했다.

　"……그러고 보니 전 아마네 군의 생일을 모르네요."

　"아아, 내 생일 말이야? 내 생일은 11월 8일이야."

　그러고 보니 가르쳐 준 적이 없었다고 생각하며 생일을 알려

주자 마히루의 눈이 슥 가늘어졌다.

몇 개월 동안 같이 지내면서 안 사실인데, 이건 살짝 화가 났을 때에 보여주는 표정이다.

"……아마네 군."

"응?"

"그때는 우리가 이미 서로 알고 있었던 시기죠?"

"그런데?"

"왜 말해 주지 않았나요?"

"묻지 않았으니까. 너도 말하지 않았잖아. 학생증을 보고 알았으니까."

"으."

"애초에 그때는 지금처럼 친하지도 않았는걸. 생일이 언제라고 알려줘 봤자 '이 인간이 무슨 소리래.' 같은 생각밖에 들지 않았을 거고."

자신의 생일을 마히루에게 알려줘도 그때의 마히루는 "그런가요."라는 반응밖에 보이지 않았을 것이다.

아마네도 선물을 요구하는 것처럼 보일 수 있으니까 그런 짓은 질색이었고, 그 정도로 뻔뻔한 사람도 아니다.

말할 필요도 없거니와 말할 만큼 신뢰가 두터운 관계도 아니었으니까 말하지 않았던 것뿐이다.

"하지만……."

"딱히 마음에 두지 않아도 되는데?"

"……그럼 올해 생일은 빼먹지 않고 축하할게요."

마히루는 마음이 개운하지 않았는지, 돌아보면서 아마네의 옷소매를 꼭 붙잡고 선언했다.

받기만 하는 건 내키지 않는 모양이다. 자신의 생일보다 더 진지하게 축하하려는 의욕이 가득 찬 눈빛을 보면서 아마네는 완벽히 쓴웃음이 되지 못한 웃음을 지었다.

그렇게 말해 주는 것이 참을 수 없을 만큼 너무 기뻐서…… 그만, 평범하게 기뻐하는 웃음을 짓고 말았다.

결국, 마히루도 아마네처럼…… 앞으로도 계속 함께할 생각이라는 사실이 무엇보다 기뻤다.

"그때까지 함께 있겠다고 약속해 준 거네."

자신도 모르게 흘러나온 말에 마히루가 맑고 고운 캐러멜색의 눈을 동그랗게 뜨더니── 그런 뒤에 순식간에 얼굴을 붉히면서 손에 든 쿠션으로 조금 전까지 쥐고 있던 소매 근처를 툭 때렸다.

직접 얼굴을 보고 있는 자리에서 그런 말을 들은 것이 부끄러웠던 모양이다.

쑥스러움을 감추려는 의도가 명백한 화풀이성 쿠션 공격을 맞으면서, 아마네는 또 입꼬리가 올라갈 뻔했다.

"딱히, 아마네 군이, 싫은 것도 아니고…… 함께 있으면, 마음이 편해지니까, 저도 좋아요."

"그렇구나, 고마워."

"딱히, 다른 뜻은 없어요."

"나도 그 정도는 알고 있어."

신신당부하듯 말하는 걸 듣고 고개를 끄덕였더니, 무슨 이유인지 미묘하게 불만스러운 표정을 지었다.

원래부터 근면하게 공부하고 수업 태도는 성실함 그 자체인 아마네는 별 탈 없이 기말 시험을 마칠 수 있었다.

마히루와 함께 답안지를 채점해 봐도 늘 나오는 수준의 점수일 것 같았고, 학교에서의 생활 태도도 흠이 잡힐 만큼 문제가 있는 것도 아니므로 유급되는 일은 거의 없을 것이다.

이츠키도 적당한 점수를 얻었으며 치토세도 낙제는 면할 성적이라고 하니까, 아마네가 친하게 지내는 사람들 중에선 유급될 위기에 처한 사람은 없었다.

이제 남은 것은 딱히 친하지도 않은 3학년을 보내는 졸업식이며, 그 후에는 종업식이 기다리고 있지만…… 그 사이에 있는 하나의 이벤트가 문제였다.

"……답례로 뭘 주지."

그렇다. 밸런타인데이에서 승리한 자에게 찾아오는 답례의 날이 가까워지고 있었던 것이다.

아마네가 승리자인지는 모르겠지만, 마히루와 치토세에게 받은 게 있으니까 당연히 답례는 할 생각이다.

하지만 난처하게도 뭘 주면 좋을지 몰라서 고민하고 있었다.

치토세에게 줄 선물로는 무난하게 크리스마스에 케이크를 산 가게에서 파는 화이트데이 선물 세트와 본인이 모으고 있는 캐릭터 상품을 준비할 생각이다.

기본적으로 겉치레보다 실리를 더 중시하는 치토세라면 기뻐하면서 받아줄 것이다. 그 선물을 고른 이유만 말하지 않는다면.

문제는 마히루다.

마히루는 아마도 무엇이든 기뻐하며 받아줄 것 같았다.

아마네가 주는 것은 대부분 받아 주는 데다가, 마음을 더 중시하기 때문에 딱히 물건 자체에는 크게 연연하지 않을 것 같다. 원하는 것이 뭔지 물으면 부엌칼 연마용 숫돌을 맨 먼저 언급하는 소녀이므로, 솔직히 뭘 주면 좋을지 당최 감이 잡히지 않는 타입이었다.

취향을 기준으로 선택하려고 해도 여자라면 의외로 공통적이라 할 수 있는 좋아한다는 단것과 귀여운 것 말고는 아는 게 없어서 뭘 골라야 할지 고민했다.

아무리 그래도 전에 말했던 숫돌은 전혀 분위기에 맞지 않고 예산을 생각해도 버거워서 제외한다고 쳐도, 뭘 선물해야 좋을지 고를 수가 없어서 골치가 아팠다.

가능하다면 이번에는 실용품보다 기호품을 주고 싶었다.

그렇게 생각해서 일단 잡화점에서 화이트데이 특집 코너를 둘러보고 있었지만, 마히루가 정말로 기뻐하는 모습이 쉽게 상상이 되질 않았다.

기왕이면 곰 인형을 줬을 때처럼, 그런 반응을 보일 선물이 좋을 것 같다.

(그래도 또 곰 인형을 선물할 수는 없으니까 말이지.)

귀여운 곰 인형이라면 진열장에 잔뜩 있지만, 같은 선물을 하는 건 신선한 맛이 떨어질 것이다.

그렇지만 아마네의 빈곤한 상상력으로는 여자가 기뻐할 선물이 화장품이나 액세서리 정도밖에 떠오르지 않았다.

하지만 아마네는 화장품에 문외한이고, 디자인으로 고르는 액세서리도 그런 걸 선물할 사이냐고 묻는다면 바로 고개를 끄덕일 수 없었다.

아마 그냥 받아주긴 하겠지만, 받는 사람이 기뻐해 줄까.

일단 남녀로서는 사이가 좋다고는 생각하지만…… 과연 액세서리를 주면 기뻐할 것인가.

이츠키가 치토세에게 선물하는 경우라면 가장 확실한 선택이 되겠지만, 아마네가 마히루에게 선물해도 되는 걸까.

좀처럼 정하지 못한 채 고민하면서 특집 코너를 서성거리고 있으니까, 아마도 수상한 사람으로 보일 것이다.

일단 외출용 차림이지만, 남자가 귀여운 물건들 앞에서 헤매고 있으면 당연히 수상하게 보이겠지.

이것도 아니고 저것도 아니라고 끙끙대고 있자니, 뒤에서 "뭘 찾으시나요?"라고 묻는 목소리가 들려왔다.

돌아보니 점원용 앞치마를 한 묘령의 여성이 방긋 웃으며 서 있었다.

심각하게 고민하고 있는 아마네를 보다 못해 물어본 모양이다. 안 그러면 수상한 모습으로 갈팡질팡 우왕좌왕하고 있는 아마네에게 일부러 말을 걸지 않을 것이다.

　"아, 그게 말이죠……. 화이트데이에 답례할 선물을 고르지 못해서 고민 중인데요."

　"이쪽 코너에 마음에 드시는 것은 없었단 말이군요? 다른 코너에도 화이트데이 선물로 자주 찾으시는 게 있으니까 안내해 드릴게요."

　"아, 아뇨. 그런 게 아니라…… 뭐라고 확실히 말할 수 있는 사이는 아닌데 선물로 줘도 싫어하지 않을 만한 것으론 어떤 게 있는지 몰라서 말이죠."

　"그게 무슨 말씀인지?"

　"여친은 아니지만 친하다고 할까…… 예를 들자면 말이죠, 액세서리 같은 걸 좋아하지도 않는 상대한테 받아도 기뻐할까요?"

　상의하는 게 부끄러워서 두루뭉술하게 설명했더니, 여자 점원은 쿡하고 웃었다. 아마도 보기 참 좋다는 의미겠지.

　"남자분이 그런 이유로 고민하는 모습은 자주 본답니다."

　"참고로, 그 손님들은 어떤 결단을 내렸나요?"

　"고민하면서도 구입을 결정하신 분이 많았죠. 친한 사이라면 선물을 받아도 아마 싫어진 않을 거예요."

　싫어하진 않는다는 말을 듣고 약간 안도했지만, 그래도 그 마히루에게 액세서리를 선물하는 것은 역시 좀 망설여졌다.

마히루는 항상 단정하게 꾸미는데, 가끔 쓰는 액세서리도 질이 좋은 것뿐이었다.

센스가 좋은 마히루의 심미안에 인정받을 물건을 고를 자신이 없었다.

"괜찮으시다면 저쪽 코너에서 여자분들에게 인기 있는 품목을 몇 가지 소개해드릴까요?"

"……부탁드립니다."

반가운 제안을 듣고, 아마네는 자신도 모르게 자세를 바로잡아 고개를 끄덕였다.

"그래서 덜컥 샀다는 거구나."

일이 어떻게 됐는지 이츠키에게 이야기하자, 그 점원과 같은 눈길로 보면서 웃었다.

식당 구석 자리에서 오늘의 정식 메뉴를 둘이서 먹고 있다가 화이트데이가 화제가 되는 바람에 덜컥 말하고 만 것이다.

"말이 많네. 하지만 역시 사귀는 사이도 아닌데 액세서리를 선물로 주면 이상하게 볼 것 같단 말이지."

"왜 이렇게 겁이 많아? 남자라면 배짱으로 밀어붙여. 내 생각으로 그 사람이라면 아마네가 주는 거라면 뭐든 다 기뻐할 것 같은데?"

"……그래도 말이지."

마히루의 성격을 보면 딱히 가리는 것 없이 뭐든 기뻐하며 받아줄 것이다.

아마네는 정말로 기뻐하며 착용해 줄 것을 선물하고 싶었기 때문에 이걸 줘도 되는지 고민하고 있었다.

"결국 뭘 산 거야?"

"……꽃을 모티브로 디자인한 핑크골드색 팔찌."

마히루는 쿨한 분위기의 실버나 화려한 인상을 주는 골드보다 화사한 분위기를 풍기면서 귀여운 느낌을 주는 핑크골드가 어울릴 것이라고 생각했다.

학생 신분으로는 비싼 귀금속은 살 수가 없어서 어디까지나 색과 디자인만 보고 고를 수밖에 없었지만, 그런 색깔의 액세서리 중에서 마히루에게 가장 잘 어울릴 것처럼 섬세하게 디자인된 것을 골랐다.

"뭐야. 듣기만 해도 충분히 기뻐할 선물이잖아."

"……질색하지 않을까?"

"아니, 지나치게 걱정하는 거야. 왜 이럴 때는 비관적으로 구는 거람……."

"내가 멀쩡하게 여자에게 선물하는 건, 그 아이가 처음이란 말이야."

어머니는 일단 그런 대상이 아니며, 치토세는 해당이 안 된다. 애초에 치토세에게 줄 것은 본인의 희망에 따라서 과자류로 정했으며, 선물이라는 인식도 별로 없었다.

"넌 그런 데서만 자신감이 없더라……."

"아니, 오히려 어떻게 자신감을 가질 수 있겠어……? 그 아이에게 주는 건데."

"곰 인형은 기뻐했다면서?"

"그건 그렇지만."

"아마네, 마음이 중요한 거야, 마음이. 이미 어느 정도는 돈을 써서 골랐으니까, 남은 건 네 마음을 담는 것뿐이라고."

가볍게 말하는 이츠키에게 "그렇게 딱딱 생각할 수 있으면 이런 고생은 안 해."라고 푸념하면서, 아마네는 머리를 감싸 쥐었다.

화이트데이 때까지, 한동안 지금 이 결단이 과연 좋은 선택이었는지 계속 고민할 것 같다.

화이트데이 당일, 아마네는 묘하게 긴장한 표정으로 마히루의 방문을 기다리고 있었다.

학교의 분위기는 밸런타인데이보다 술렁이진 않았지만, 역시 승리자들은 답례하기 좋은 때를 살피고 있었으며 여자들은 답례를 기대하고 있는 분위기를 풍기고 있었다.

참고로 유타는 착실하게 똑같은 과자를 답례품으로 선물했는데, 그것만으로도 몇만 엔은 깨졌을 것 같은지라 보고 있기만 해도 정신이 아찔했다.

아마네는 학교에서 줄 수는 없었기 때문에 이렇게 마히루가 찾아오기를 기다리고 있었다.

오늘은 먼저 집에 와서 마음을 진정시키고 있었지만, 이런 선물을 하는 건 익숙하지 않아서 역시 자꾸만 긴장이 되었다.

일단 늘 입는 스웨트 소재의 옷이나 체육복 바지가 아니라 흰

셔츠 위에 회색 브이넥 니트를 걸친 레이어드 스타일에 치노팬츠를 갖춰 입고 있었다.

평소의 칠칠치 못한 모습으로는 보이지 않을 것 같지만, 어떻게 받아들일지는 모르겠다.

조마조마한 심정으로 마히루의 방문을 기다리고 있으려니, 현관에서 잠금장치가 열리는 소리가 들렸다.

반사적으로 자세를 반듯하게 바로잡은 것은 긴장했기 때문일 것이다.

늘 그러듯이 여벌 열쇠로 문을 열고 들어온 마히루는 거실에 모습을 보였고, 그런 후에 아마네를 보고 경직했다.

"어, 왜, 왜 그런 머리 모양을……."

"일단 화이트데이니까 정장까지는 아니라도 신경을 쓴 모습을 보여주는 게 좋을 것 같아서……. 이상하면 다시 원래대로 고치고 올게."

보아하니 마히루를 놀라게 하는 것은 성공한 듯하지만, 반응은 별로 좋아 보이지 않았다──고 생각해서 일어났더니, 마히루가 부정하듯이 손을 힘차게 저었다.

"그, 그건 아니에요. 그냥 놀랐다고 할까……."

"그래?"

마히루는 마히루대로 진정되지 않은 듯한 모습을 보이니까, 이런 차림보다 평소 입는 옷을 입고 기다리는 게 더 나았을지도 모르겠다.

옆에 앉으면서도 안절부절못하는 것 같았다.

"……역시 부담스러우면 평소처럼 입고 올까?"

"아, 아뇨, 그 모습이 좋아요. 단지…… 그, 쓸데없이 너무 멋져서……."

"쓸데없이 멋지다는 건 무슨 뜻이야?"

"펴, 평소에는 차분한 분위기라서 안심할 수 있었는데……지금 모습은 마음이 진정되지가 않네요."

"그럼 갈아입고……."

"……그 모습이 좋아요."

소매를 꼭 쥐면서 쳐다봤다.

부끄러워서 그런지 약간 빨개진 볼과 촉촉해진 눈으로 쳐다보는 바람에 심장이 두근거리면서 뛰기 시작했다.

본인은 의도하지 않았겠지만 소매를 잡고 시선만 올리는 건 상당히 위험한 자세다. 가깝기 때문에 달콤한 냄새까지 느껴지는지라 여러모로 힘들었다.

어쩔 수 없이 의식하고 말았지만, 마히루도 아마네의 옷차림을 의식하고 있는지 주저주저하면서 붙잡고 있어서, 두 사람은 동시에 볼이 붉어지고 있었다.

그게 무엇보다 이 자리를 불편하게 했다.

시선을 이리저리 돌리면서 "으, 응." 하고 어색하게 대꾸했고, 그런 뒤에 분위기를 얼버무리려는 듯이 옆에 둔 종이가방을 대충 들이미는 것처럼 내밀었다.

"자, 받은 초콜릿의 답례야. 너무 기대하진 마."

"……고마워요. 봐도 될까요?"

"응."

눈앞에서 자신이 준 선물을 개봉하는 것이 부끄러웠지만, 막을 수는 없었다.

일단 고급스럽게 보이도록 벨벳 천이 안에 든 작은 상자를 사서 넣어놨지만, 내용물과 어울리지 않는 것 같아서 괜히 샀다는 생각도 들긴 했다.

뽀얀 손가락이 짙은 남색 상자를 살며시 열자, 그 안에는 며칠 전에 산 핑크골드색 팔찌와 접어서 같이 넣은 종이가 있었다.

마히루는 눈에 띄는 액세서리를 별로 좋아하지 않는 것 같아서, 심플함과 품격을 중시하면서 꽃을 모티브로 디자인한 팔찌를 골랐다.

곳곳에 빛을 받아서 반짝이는 크리스털 글래스가 드러나 있어서, 귀여움과 우아함도 갖춘 디자인으로 완성되어 있었다.

상자에 담긴 팔찌가 드러나자, 캐러멜색 눈은 핑크골드의 광채를 계속 바라보고 있었다.

"저기, 취향에 안 맞아?"

"아뇨, 귀여워요."

"그럼 다행이네. 어울릴 것 같아서 산 거니까."

"……고마워요."

'어울릴 것 같아서' 라는 말을 들었을 때 부끄러운 표정으로 눈을 내리뜨고 있었다.

그 귀엽고 순진한 모습을 보자 자신도 모르게 숨이 탁 막히고 말았다.

"그리고 이건⋯⋯?"

눈을 돌리고 싶은데도 시선이 고정되는 바람에 아마네는 마히루를 계속 바라보고 있었지만, 같이 넣어둔 것을 마히루가 찾아내자 쑥스러워하면서 볼을 붉혔다.

"아, 그거? 저기, 그게, 뭔가 부족한 것 같아서. 항상 신세를 지고 있으니까, 소원 정도는 들어주고 싶었거든."

같이 넣은 것은 직접 만든 '뭐든지 들어주는 티켓'. 아이들 장난 같은 물건이었다.

세 번 쓸 수 있는 회수권이며, 아마네가 그린 곰 일러스트가 있다. 스스로 생각해도 잘 만들어졌다고 아마네는 평가하고 있었다.

항상 신세를 지고 있으니까, 마히루가 뭔가 소소하게 원하는 게 있다면 최대한 들어주고 싶었기 때문에 같이 넣었는데, 마히루는 곰 그림에 주목했는지 어깨를 파르르 떨고 있었다.

"후, 후훗, 아마네 군이 직접 그린 건가요? 이 일러스트."

"시끄러워. 미안하네, 못 그려서."

"아뇨, 개성이 있어서 좋아요."

은근슬쩍 못 그린다는 말을 들은 것 같아서 눈썹을 팔자로 모으고 끙끙댔지만, 마히루가 청순한 표정으로 웃고 있었기 때문에 불평하고 싶은 마음도 사라졌다.

"⋯⋯그럼 지금 바로 써도 될까요?"

"뭔데?"

지금 당장 쓸 줄은 몰랐지만, 마히루가 아마네에게 부탁하고 싶은 게 있다면 해 줄 수 있는 범위에서 들어줄 생각이다.

그렇게 생각하면서 바라보는 아마네에게 마히루는 팔찌가 든 상자를 살며시 내밀었다.

"……아마네 군이, 채워 주세요."

"그 정도는 회수권을 쓰지 않아도 들어줄 거야. ……분부대로 하죠."

마히루가 말한 소원은 정말 소소했기 때문에 아마네는 그런 건 티켓을 쓰지 않아도 부탁만 하면 들어줄 수 있다고 생각하면서 쓴웃음을 지었다.

더 큰 소원에 쓰면 될 텐데, 굳이 귀여운 소원을 말한 마히루의 소박하고 귀여운 모습을 보자 자연스럽게 표정이 누그러졌다.

아마네는 마히루가 내민 손에서 상자를 받아 허벅지 위에 놓은 다음 팔찌를 꺼냈다.

작은 고리들이 서로 부딪치는 짤랑거리는 소리를 들으면서, 부서지지 않게 조심스럽게 연결 고리를 풀어서 손목에 살며시 감았다.

정중하게 채우는 것을 의식하고 연결 고리를 잠그자, 마히루의 가녀린 손목을 물들이는 것처럼 부드러운 색조의 팔찌가 금속성 빛을 발했다.

역시 마히루의 뽀얀 살결에는 이 색이 잘 어울렸다.

청초한 미모라서 화려한 것보다는 간소하고 기품이 있는 것이 더 잘 어울릴 것이라고 예상했지만, 그 선택은 틀리지 않았다고 당당하게 말할 수 있을 것이다.

"응, 잘 어울려."

"⋯⋯고마워요."

계속 잡고 있으면 미안해서 살며시 손을 놓자, 마히루는 팔찌가 채워진 손목을 다정하게 감싸 안듯이 가슴에 대고는 부드러운 표정으로 웃었다.

살짝 볼을 붉힌 채 입가가 올라간 입을 그대로 드러낸 미소 앞에서 아마네는 눈길을 돌리려고 했지만, 너무 매력적이라 그렇게 할 수가 없었다.

만면의 웃음과는 다른 정숙하고 천진난만한 미소가 머릿속에 단단히 각인됐다.

평소 어이없어할 때 보이는 미소나 순수하게 기쁜 표정과는 또 다른, 어딘가 앳된 분위기가 남아 있으면서도 여성스러운 향기를 풍기는 아름다운 미소는 단아하면서도 고혹적이어서, 아마네의 시선을 강하게 끌어당기고는 놓아 주지 않았다.

(⋯⋯위험해.)

그런 미소를 보여준 것도, 그런 미소를 보여주는 사람이 자신뿐이라는 것도 괴로웠다.

주체할 수 없이 거세게 두근거리는 심장을 달래기 위해서라도 시선을 돌리려고 하다가 결국에는 그러지 못하고, 마히루가 자신을 바라본다는 것을 알아차리고 부끄러움을 이기지 못해 쿠션으로 얼굴을 가릴 때까지 계속 바라봤다.

"어땠어? 화이트데이는."

다음 날, 이츠키가 감상을 물었을 때 아마네는 최선을 다해서 태연한 표정을 지었다.

일단 학교에선 아마네를 배려해서 물어보진 않았지만, 하굣길에 패스트푸드점에 들러서 자리에 앉자마자 웃으면서 그렇게 물었던 것이다.

가끔은 짭짤한 것도 먹고 싶어서 감자튀김을 먹으러 왔을 뿐인데, 이런 질문을 받을 줄 알았으면 들리지 않을 걸 그랬다는 생각이 들었다.

"어땠냐니…… 그냥 평범하게 선물했을 뿐이야."

"받고 기뻐했어?"

"……뭐, 응."

굳이 말하자면, 기뻐했다.

천진난만하게 신바람난 웃음은 아니었지만, 수줍은 미소와도 비슷하게 달콤하면서도 뭐라 말로 표현할 수 없는 색기가 느껴지게 웃어 줬으니까, 정말 기뻐했다고 본다.

그 아름다운 미소는 떠올리기만 해도 가슴이 먹먹해진다.

안에서 열기가 볼을 타고 올라오는 것을 억누르면서 최대한 아무렇지 않은 투로 대꾸하자, 이츠키는 팔짱을 끼면서 "응, 응."하고 이해한다는 듯이 고개를 끄덕였다.

"네가 그렇게 반응하는 것을 보면 정말 괜찮았나 본데. 정말이지 기쁘게 받으면서 귀엽게 웃어 준 모양이네."

"윽……."

"이것 보라지. 착실하게 친해지고 있구나."

놀리는 게 아니라 정말로 잘됐다는 투로 하는 말을 들으면서 아마네는 입술을 깨물었다.

이츠키는 깊이 관여하길 바라지 않는 부분에는 참견하지 않지만, 그 밖의 부분에선 친구로서 매서운 지적을 하기 때문에 정말 상대하기 버겁다. 되갚아 주려고 해도 치토세와는 기본적으로 사이가 좋아서 자신이 뭐라고 해 줄 말이 없으니 복수할 방법이 없었다.

말문이 막힌 채 끙끙대는 아마네를 보면서 이츠키는 온화한 표정으로 웃고 있었다. 미묘하게 따스한 눈길로 보는 것이 부아가 치민다.

반박할 말이 없는지라 주문한 감자튀김을 씹으면서 고개를 돌리는 아마네에게 이츠키가 쓴웃음을 지었다.

"나도 기쁘거든? 아마네 너한테도 드디어 봄이 찾아온 것 같아서."

"그런 게 아니야."

"상대가 어떻게 생각하는지 모르잖아?"

"아니야, 그런 감정은."

마히루가 아마네를 깊이 신뢰하는 것은 확실히 잘 알고 있다. 본인이 원한다면 아마네는 마히루가 가장 신뢰하는 남자라고 할 수 있을 만큼 친하게 지낼 마음을 먹고 있었다. 적어도 현재 알고 있는 인간관계의 범위 안에선 아마네에게 가장 마음을 터놓고 있었다.

하지만 그게 연애 감정이냐고 묻는다면, 아닐 것이다.

때때로 이성으로서 대하는 바람에 얼굴이 화끈거리는 일은 있지만, 그건 남녀 사이에서 종종 생기는 일이다. 호감은 보이지만, 이성에게 보이는 연애 감정이라는 의미의 호감은 아니라고 생각한다.

최근에야 아마네는 몸단장에 어느 정도 신경을 쓰기 시작했지만, 한심한 남자라는 사실은 바뀌지 않았다. 아마네 같은 타입을 좋아하게 될 일은 일단 없다고 생각했다.

"넌 그런 이야기만 나오면 사람이 비굴해지더라. 정말로 누군가가 자신을 좋아하게 될 일은 없다고 단정하는 경향이 있단 말이지."

"반대로 생각해 봐. 하느님에게 모든 것을 받은…… 아니, 그보다는 노력의 산물이겠지만, 어쨌든 그렇게 열심히 노력하며 사는 귀엽고 엄청난 애가 아무런 장점이 없는 나를 좋아한다는 게 말이 된다고 생각해?"

"미소녀가 모두 유능한 미남과 맺어지는 게 세상의 법칙이라면 평범한 사람들은 테러를 일으킬걸."

그건 미남 부류에 속하는 이츠키가 할 말은 아니라는 생각이 들었다.

"뭐, 네가 그렇게 말한다면 지금은 넘어가겠지만 말이지. ……그럼 친구로서 예언을 하나 할게."

"뭔데?"

"너는 때가 되면 바뀔 거야. 아니, 이미 변화의 조짐이 보여. 남은 건 네가 용기를 내서 한 발짝을 내디디는 거라고."

"네가 뭘 안다고……."

"하하하, 네 친구로 몇 년을 지냈다고 생각하냐?"

"1년도 안 됐어."

냉정하게 지적하자 "그것도 그러네."라고 말하면서 낄낄 웃었다.

이렇듯 대수롭지 않게 대화하고 있지만, 고등학생 때부터 사귄 친구인 이츠키는 근처에 살면서 초중학교를 같이 다닌 다른 남자 친구들보다 훨씬 더 아마네를 잘 이해하고 배려해 주는 남자였다.

"그건 그렇고 말이지."

"응?"

"넌 툭하면 네가 안 어울린다고 말하지만, 그런 태도로 말한다는 것 자체가 이미 호감이 있다는 사실을 인정하는 거나 마찬가지야."

"콧구멍에 감자튀김을 처박아 줄까?"

"죄송합니다."

조금은 감동했는데 마지막에 괜한 소리를 해 줘서 감자튀김을 손에 쥐었지만, 곧바로 고개를 숙이는 모습도 이츠키답다는 생각이 들었다.

"늦었네요."

평소보다 한 시간 정도 늦게 귀가하자 앞치마를 입은 마히루가 맞이해 줬다.

자신도 모르게 새색시 같다는 생각이 든 것은 이츠키와 주고받은 이야기에 영향을 받았기 때문이리라. 마히루에게 그런 감정이 없는데도 이상한 망상을 해 버린 것은 본인의 잘못이므로 황급히 그런 생각을 머릿속에서 지웠다.

"응, 이츠키와 감자튀김을 좀 먹고 왔어."

"……저녁 식사를 앞둔 시간인데 말인가요?"

"괜찮아. 남기지 않고 다 먹을게."

마히루의 요리가 들어갈 배는 따로 있다. 그리고 애초에 감자튀김도 자중하는 의미로 S사이즈를 골랐으니 그렇게 배가 부른 것도 아니다.

평소에 나오는 만큼 다 먹을 자신이 있었다.

"살이 찌지 않을까……하는 걱정이 되긴 하지만, 아마네 군은 말랐으니까 살이 좀 붙은 게 더 보기 좋을지도 모르겠네요."

"너야말로 살을 좀 찌우는 게 좋지 않겠어? 보고 있으면 부러질 것 같아서 무서워."

"부러질 정도로 약하진 않아요."

"그런가? 하지만 이렇게 가느다란 걸."

마히루의 몸은 누가 봐도 가냘픈 소녀 같다. 운동은 잘하니까 몸이 가늘어도 그냥 마른 게 아니라 탄탄하면서도 부드러운 쪽에 가깝지만.

얼핏 보면 부러질 것 같다는 인상을 주는 건 분명했고, 시험 삼아서 손목을 잡아 보면 손가락이 딱 맞닿을 만큼 가늘었다. 힘을 주면 부러질 것 같아서 '여자애는 자상하게, 조심스럽게 대해야 한다 '는 아버지의 가르침도 절로 이해했다.

손을 잡았을 때도 든 생각이지만, 마히루는 너무 가냘파서 자칫하면 모르는 사이에 다치게 하지는 않을까 하는 불안이 느껴지곤 했다.

섬세한 손가락도 약간만 힘을 주면 부러질 것 같은지라 이렇게 가늘어도 괜찮은 걸까 하는 생각이 저절로 들었다.

손가락을 더듬듯이 만지면서 촉감과 튼튼함을 확인하고 있으려니, 마히루가 몸을 살짝 움찔거렸다.

얼굴을 살짝 숙였지만, 시선은 자신의 손을 쥐고 있는 아마네의 손을 향해 있었다.

약간 상기된 볼을 보고는 뒤늦게 허락 없이 마구 만지고 있었다는 것을 깨닫고 당황하면서 손을 놓았다.

"……저기, 미안해. 멋대로 만지는 바람에 불쾌했지?"

"아, 아뇨…… 아마네 군이 만지는 건 불쾌하지 않아요."

귀를 의심하고 싶어지는 발언을 한 마히루를 순간적으로 응시하자, 마히루도 자신이 무슨 말을 한 건지 알아차렸는지 고개를 확 돌렸다.

아까보다 더 상기된 볼은 물론이고 부끄러움 때문인지 약간 촉촉해진 눈이 자신을 보고 있었기 때문에 아마네는 이 자리에 더 버티고 서 있을 수가 없었다.

"그, 그렇다고 만져 달라는 뜻은 아니거든요. 그저 다른 남자는 만지는 건 허용하고 싶지도 않다는 뜻으로 한 말이에요."

"으, 응."

그런 말을 들어도 심장 고동 소리는 좀처럼 잦아들지 않았다.

마히루가 아마네를 친근한 사람으로 특별하게 여긴다는 건 잘 알지만, 아무래도 잘못 해석하게 될 것 같으니까 그런 말은 하지 않았으면 좋겠다.

"……아, 그러고 보니 어제 그걸, 차지 않았네. 아, 아니, 강요하는 건 아니지만 말이지."

시끄러운 심장 소리를 애써 잊기 위해서 물어보자, 마히루는 손목을 보다가 아마네가 잡고 있던 부분을 손가락으로 더듬었다.

"……집안일을 할 때 차고 있으면 방해가 되고 빨리 망가질 수도 있으니까요. ……소중히 간직하고 싶어서 쉬는 날에만 차기로 했어요."

"……그랬구나."

너무 기특한 이유를 말하는 걸 듣고, 아마네는 하마터면 그 자리에서 주저앉을 뻔했다.

그렇게 귀여운 말을 듣고 의식하지 않을 남자는 없을 것이다.

선물을 소중히 여기겠다는 뜻도, 잘 쓰겠다는 뜻도 전해져서, 아마네는 속에서 여기저기서 솟구치는 감정에 가슴이 터질 것만 같아서 여러모로 힘들었다.

두근, 두근. 시끄러울 정도로 뛰는 심장을 어질어질한 머리로 인식하면서, 아마네는 잠시 진정하기 위해 천천히 심호흡했다.

"……마음에 들었다니 나도 기뻐."

"마음에 들었으니 소중하게 간직할 거예요. 곰 아저씨도, 키

케이스도, 팔찌도."

　핸드크림은 아끼지 않고 쓰고 있지만 말이죠. 약간 쑥스러운 듯이 입꼬리를 올린 마히루를 보고 아마네는 더는 참지 못한 나머지, 신발도 벗지 않은 채 서 있던 상태에서 급하게 신발을 벗고 복도로 들어섰다.

　"……옷 갈아입고 올게."

　"네, 네. 다녀와요, 아마네 군."

　집에 돌아왔는데도 마치 신혼인 아내의 배웅을 받는 것 같은 기분이 드는 바람에 또다시 심장이 거세게 뛰기 시작한 아마네는 재빨리 자기 방으로 들어간 다음 바닥에 주저앉았다.

제8화 봄 방학의 시작

의외로 특별한 건 없구나. 단상에서 엄숙한 표정으로 인사말을 하는 교장의 모습을 초점 없는 눈으로 바라보면서 아마네는 그런 생각과 함께 나오는 하품을 억지로 참았다.

종업식 날이 되었지만, 딱히 아무런 감흥도 없이 오늘을 맞이하고 단상에 선 교장의 이야기를 듣고 있었다.

그것은 주위 학생들도 거의 같은 생각인지 진지하게 듣고 있는 학생은 극히 일부였으며, 대부분이 적당히 흘려듣거나 졸린 표정으로 단상을 보고 있었다.

아무리 그래도 대놓고 지루하다는 표정을 지을 수는 없어서 진지한 표정을 가장했지만, 빨리 끝내면 좋겠다는 생각만 하면서 대충 듣고 넘겼다.

이게 자신들의 졸업식이라면 그나마 감흥이 있겠지만, 어디까지나 종업식이므로 이렇다 할 감동은 전혀 느껴지지 않았다.

말은 좀 그렇지만 사실 아무래도 좋을 일이라, 아마네는 우등생인 척하면서 지루한 시간을 보냈다.

"……아, 어깨가 뻐근해."

"교장 선생님은 말이 너무 많다니까."

종업식이 끝난 뒤에 교실로 돌아오니 다들 각각 그런 말을 늘어놓고 있었다.

그래도 목소리가 약간 들뜬 것처럼 들리는 것은 다음에 예정된 종례만 끝내면 2주 정도의 자유가 기다리고 있기 때문일 것이다.

이제 겨우 지루한 수업에서 해방된다는 생각에 입가에 웃음까지 짓는 반 아이들을 자리에 앉아 바라보면서, 아마네도 한숨을 살며시 쉬었다.

내일부터 봄 방학이 시작되는데 어떻게 보내야 할까.

일단 부모님은 얼마 전에 봤고, 교통비도 부담이 되니까 귀성하지 않아도 될 것 같았지만, 그러면 의외로 할 일이 없을 것 같았다.

2학년 과정을 조금 예습해도 시간이 남을 것이다.

단기 아르바이트를 해 보려고 해도 마음에 드는 일자리를 미리 찾지 못했기 때문에 날짜가 모자라는 데다가, 쉬는 날에 같이 놀 친구는 이츠키와 치토세 정도가 다였다.

"여보세요, 아마네 군."

지금 막 머릿속에서 떠올렸던 이츠키가 뒤에서 말을 걸었다.

돌아보니 실로 상큼한 미소…… 아마네의 눈에는 수상쩍은 미소로 보여서 왠지 불안한 예감이 들었다. 이츠키가 이런 미소를 짓는 것은 뭔가 부탁할 일이 있을 때나 귀찮은 일을 떠넘길 때다.

"왜?"

"너, 내일부터 할 일이 없지?"

"뭐, 그렇긴 하지."

"응응, 그럴 거라고 생각했어. 잘됐네, 잘됐어."

"……뭔데?"

만면의 웃음을 지은 이츠키가 자기 책상 옆에 걸어 둔 가방을 두들겼다.

어제 짐을 대량으로 집에 챙겨가서 사물함과 책상도 비웠을 텐데, 뭔가 빵빵했다. 오늘은 수업이 없으니까 기껏해야 필통이나 파일첩, 지갑 정도가 고작일 텐데, 부자연스럽게 뭔가가 채워져 있었던 것이다.

"……그건 뭐야?"

"갈아입을 옷."

"그건 왜?"

"재워 줘."

말끝에 하트 마크가 붙어 있기라도 할 것처럼 발랄하면서도 교태를 부리는 듯한 목소리로 부탁하는지라 그 말을 들은 아마네가 얼굴이 한껏 찌푸린 것도 어쩔 수 없는 일이다.

"너 말이다, '*Ho-Ren-So'라는 말을 알기나 하냐?"

"응, 알아. 방문, 연야, 소음 말이지."

"그건 단순히 밤중에 이웃에게 폐를 끼치는 멍청이지. 소란을 피울 생각이야?"

---

* 일본의 기업 등 비즈니스 활동에서 쓰는 용어인 보고(호코쿠), 연락(렌락쿠) 상담(소단)의 약어. '뭔가 일이 생기면 보고하고, 연락하고, 상담하라'는 뜻. 이츠키가 말한 것은 방문(호몬), 연야(렌야), 소음(소온).

"농담이야. 재워달라는 건 진담이지만."

이츠키가 사전에 허락을 구하지 않는 건 좀처럼 없는 일이다.

그렇다면 갑자기 다른 사람 집에 묵어야 하는 사정이 생겼다는 뜻인데, 그럴 사정이 생각나질 않았다.

"아침에 아버지랑 싸웠어."

그런 아마네의 의문에 답하듯이, 이츠키는 곧바로 사정을 밝혔다.

"……치토세 일로?"

"응. 우리 아버지는 한번 화내면 며칠 동안은 이야기를 들으려 하지 않거든. 그동안 치이의 집에만 계속 묵을 순 없잖아. 치이의 부모님이 받아주신다고 해도, 역시 좀 그렇지."

"우리 집은 괜찮다는 거야?"

"너라면 묵게 해 줄 거라 생각했어."

방을 잘 정리하지 않고 살았을 때도 몇 번인가 묵었던 적이 있으니까 괜찮을 거라고 생각한 모양이다.

아마네도 딱히 이츠키가 묵는 게 싫은 건 아니었다.

하지만 식사를 만들어 주러 오는 마히루가 어떻게 생각하느냐가 문제였다.

마히루가 쉬는 곳에서 천사님 모드를 억지로 유지하면 정말 힘들지 않을까?.

아마네에게만 민낯을 보여주고 있으니까, 이츠키 앞에선 감추려고 할 것이다.

또 하나의 문제는 최근에 마히루가 묘하게 귀여운 행동을 하거나 부끄러워할 때가 있어서 자꾸 여자로 의식하고 마는데, 이츠키가 그걸 보고 착각할 것 같아서 무섭다.

"……그 애한테 연락을 좀 해 볼게."

마히루의 의사도 물어봐야 하는지라 메시지를 보내 봤다. 대개는 귀가하기 전에 아마네에게 장을 볼 품목을 메시지로 보내니까 그때쯤에는 확인할 것이다.

익숙한 동작으로 메시지를 보내는 아마네를 보면서, 이츠키는 무슨 이유인지 감탄한 것처럼 한숨을 내쉬었다.

"뭐야, 같이 살기라도 하는 거야?"

"너는 난방과 이불 없이 그냥 바닥에 재울 줄 알아."

"묵게 해 주는 친절을 칭찬해야 할까, 얼어 죽으라는 냉대를 한탄해야 할까."

"나는 너의 그 이상한 망상을 한탄하고 싶어."

'이 인간이 무슨 소리래.' 라는 눈빛으로 보자 이츠키는 어깨를 으쓱했다.

어깨를 으쓱하고 싶은 건 아마네다. 묘한 착각으로 마히루의 마음을 어지럽히고 싶지 않았다.

이츠키는 이러니저러니 해도 분위기를 파악할 줄 아니까 마히루를 놀리지는 않겠지만, 마히루가 없는 데서 미묘하게 놀릴 것 같은지라 약간 우울해졌다.

이츠키가 웃는 걸 보고 한숨을 쉬었더니, 아마도 우연히 스마트폰을 본 것으로 보이는 마히루가 『식재료를 3인분 사오면 별 문제없이 만들 수 있을 것 같은데요』라고 허락하는 취지의 답장을 쳤다.

"괜찮대."

"얏호, 직접 만든 요리를 먹을 수 있겠네."

"그게 목적인 건 아니겠지?"

"약간은 노리고 있었어. 아마네가 절찬하는 요리를 한번 맛보고 싶긴 했거든."

"……그 애를 너무 귀찮게 하진 마."

"널 귀찮게는 해도 그 사람에겐 아무 짓도 안 할 거야."

"나한테도 귀찮게 굴지 마."

히죽거리면서 웃는 이츠키의 이마에 딱밤을 먹이자 "아얏!" 하고 비명을 지르면서도 유쾌한 표정으로 웃는지라 아마네는 대놓고 한숨을 푹 쉬었다.

"그런데 언제까지 있을 거야?"

하굣길에 장을 보고 집에 돌아와 한숨을 돌리는 중에 자기 집처럼 편하게 앉아 있는 이츠키를 봤다.

요새는 마히루가 있어서 자주 올 순 없지만, 이 집에 몇 번이나 온 적이 있어서 익숙한 장소로 여기는 것 같았다.

외모가 잘생겨서 다리를 꼰 자세로 커피를 마시는 모습이 멋있게 보이는 이츠키는 머릿속으로 계산하고 있는지 허공을 보면서 눈을 이리저리 돌렸다.

"음, 일단 3일 정도는 여기서 지내면 좋겠어. 진짜 귀찮아 죽겠단 말이지."

"네 아버지는 나쁜 분이 아니지만, 다른 사람의 주장을 잘 받아들이는 분이 아니니까 말이지."

"똥고집에 꽉 막힌 시대착오 아저씨라고 말해도 돼."

"그건 좀….."

"부모가 자식이 사귀는 사람을 일일이 따지는 걸 어떻게 참아."

이츠키는 "어차피 성인이 되면 집을 나갈 텐데."라고 말하면서 혀를 내밀었지만, 진심으로 아버지를 싫어하는 건 아니다.

이츠키의 아버지는 일관적인 남자라서 한 번 마음에 들면 친절하게 대해 주는 타입이다. 치토세를 쉽게 받아들이지 못해서 그렇지, 아마네가 봤을 때는 좋은 사람이기도 했다.

치토세와의 교제를 인정하지 않는 이유는, 그 집안이 나름대로 명문가라서 아들이 격에 맞는 여자를 택하길 바라는 점이 크다고 할 수 있겠다.

덧붙여서 단순히 이츠키의 아버지가 치토세를 부담스럽게 여기기 때문이기도 하다.

하지만 아버지가 무조건 부정하는 것 때문에 마음고생을 하는 이츠키는 "자꾸 그러니까 집을 나가려는 거야."라고 말했다.

"그런 점에서 아마네 너는 좋겠다. 내버려 두시니까."

"우리 부모님은 진짜 사이가 좋으니까. 자식도 자기가 좋아하는 상대를 고르길 바란다나 봐."

"정말 너희 부모님이 부럽다."

엄격하게 자란 결과, 폭발하는 바람에 지금의 이츠키가 되었다고 하니 그 말을 너무 부정할 수도 없었다.

머리를 밝은색으로 물들여서 경박해 보이게 꾸민 것도 본인의 말에 따르면 반항이라고 한다.

"그렇게 말하면서도 부모님은 존경하고 있잖아."

"인간으로선 존경하지만 부모로서는 빵점이야. 찍어 누른다고 다 되는 게 아닌데 말이지……. 적절히 당근을 줘도 되는데 채찍질로만 키우려고 드니까 오히려 걷어차이는 거라고."

"당근을 받는 사람이 그렇게 인식해도 되는 거야?"

"방목하면 알아먹었을 텐데, 우리에 가두고 목줄까지 채우려고 하니까 이빨을 드러낸 건데 말이지."

이츠키는 "몇십 년이나 살았으면서 그런 것도 모르나 봐."라고 말하면서 어깨를 으쓱하고 남은 커피를 단숨에 마셨다.

"뭐, 며칠 동안은 여기서 편히 지내. 다행히 방학 기간이라서 시간도 있으니까."

"역시 친구가 최고야……!"

"들러붙지 마, 징그러워."

"마음에 상처를 받았어! 위자료로 시이나의 요리를 달라!"

"상처를 안 받았어도 먹을 거잖아."

"에헤헤."

"귀여운 척하지 마. 쏠리니까."

"너무하네. 더 직접적인 표현을 쓰다니…… 으흐흑."

의도적으로 우는 시늉을 하는데 얼굴은 웃고 있어서, 아마네는 어이가 없다는 표정으로 이츠키를 보면서도 아주 조금 안도했다.

이츠키가 아버지와 싸우는 일은 종종 있지만, 오늘 아침에는 조금 심각했던 모양이다. 학교에선 왠지 억지로 활기차게 구는 것 같았는데, 조금은 기운을 차린 것 같다.

뭐, 본인에겐 도저히 말하지 못하니까. 아마네는 이츠키에게 쌀쌀맞게 대하면서 살짝 한숨을 쉬었다.

해가 진 뒤에 마히루가 아마네의 집을 찾아왔다.

빈손인 것은 이미 아마네가 부탁받은 대로 식재료를 준비했기 때문이리라.

이츠키가 있을 거라는 이야기는 사전에 했으니까 편하게 늘어져 있는 이츠키를 보고도 동요하는 기색이 없었다. 오히려 이츠키가 미묘하게 당황했을 정도다.

"오랜만이네요, 아카자와 군."

"나야말로 오랜만이야. 갑자기 사랑의 보금자리에…… 아야, 아야야, 알았어, 농담이야. 갑자기 쳐들어와서 미안해. 익숙하지 않은 사람이 와서 불편하지?"

아마네가 말없이 발을 밟았기 때문에 슬쩍 신음했지만, 그래도 이츠키는 인상 좋게 싱글싱글 웃었다.

"그렇지는 않아요. 사람이 많으면 즐거우니까요."

"이 녀석이 있어 봤자 시끄러울 뿐이야."

"그런 말은 함부로 하면 안 돼요."

타이르는 말을 듣고 입을 꾹 다물자 이츠키가 히죽거려서, 아마네는 마히루의 눈을 피해서 옆구리를 꼬집었다.

그래 봤자 이츠키의 몸은 남자의 이상적인 체형이라서 꼬집을 살이 거의 없었지만.

"그럼 저는 저녁을 만들어 올 테니까 편히 쉬고 계세요."

둘이서 자잘한 공방을 주고받고 있었더니, 마히루는 천사 같은 미소를 생긋 지은 뒤에 앞치마를 하고 부엌으로 이동했다.

역시 무슨 이야기를 하면 좋을지 모르겠으니까 상대는 아마네에게 맡기겠다는 뜻 같았다.

마히루의 뒷모습을 지켜보던 이츠키는 히죽거리던 웃음을 거뒀다.

"……열쇠를 줄 정도로 사이좋구나."

"시끄러워."

이제는 완전히 일상적인 절차가 되었으니 별생각 없이 그냥 열쇠로 열고 들어왔겠지. 인터폰을 누르지 않고 들어오는 바람에 이츠키가 눈치채고 말았다.

"편히 쉬고 있으란 말도 시이나에겐 이곳을 자신이 있을 곳으로 인식했으니까 나왔겠지? 저 태도는 완전 부인처럼 보이는데."

"쫓아내도 되겠냐?"

"농담……이라고 말해 주고 싶지만, 객관적으로는 그렇게 보인다는 것을 인식해 주면 좋겠어."

붙잡으려고 하자 이츠키가 도망쳐서 카펫 위에 앉아 게임기를 켰다. 그래서 아마네는 소파에서 내려와 등을 무릎으로 쿡쿡 찍으면서 옆에 앉아 시간을 때우기로 했다.

잠시 후 접시를 내놓는 소리가 나기 시작해서, 아무리 그대로 마히루에게 일을 전부 떠넘길 수는 없는지라 일어나서 부엌으로 갔다.

"도와줄게. 음식이 담긴 접시를 가져가면 될까?"

"고마워요."

늘 그랬듯이 접시에 담긴 음식을 테이블에 늘어놓기 시작하자, 이츠키가 미묘하게 어이없다는 표정을 짓고 있었다.

"이거 참 뭐랄까……."

"왜?"

"아니, 말하지 않을게."

끝까지 말하지 않고 게임기를 정리하는 이츠키를 보면서, 아마네는 "뭔데?"라고 아주 조금 곤혹스러운 소리를 흘렸다.

저녁 시간이 되어서 세 사람은 마히루가 만든 요리를 두고 같이 식사했는데, 이츠키가 실로 만족스러운 표정을 지었다.

"맛있어……."

"고마워요."

단정한 자세로 먹고 있던 마히루는 온화한 표정을 짓고 있었다. 천사님의 미소이긴 했지만, 비밀을 아는 상대라서 그런지 아주 조금 솔직한 감정을 드러내고 있었다.

이츠키는 정신없이 요리를 입으로 옮기고 있었다.

이츠키는 아마네보다 많이 먹는다는 것을 미리 말했기 때문에 평소보다 많이 있었지만, 그것조차도 순식간에 다 먹어치울 기세였다.

"캬, 이런 요리를 매일 먹는 아마네는 정말 복에 겨운 녀석이라고 할까······."

"그건 나도 알아. 오늘도 맛있는걸."

"······고마워요."

된장국을 호로록 마시면서 감상을 말했다.

자연스럽게 표정이 풀어지고 마음이 편해지는 육수와 된장의 풍미가 정말 끝내준다. 매일 먹어도 질리지 않는 것은 정말 대단한 일이지만, 만든 장본인은 그 자각이 없는 것 같은지라 칭찬하는 것이 어느새 일과가 되어 있었다.

본인의 인품이 그대로 밴 것처럼 푸근한 그 맛은 혀뿐만 아니라 가슴까지 편안하게 해 주니까, 이츠키가 푹 빠지는 것도 이해한다.

"하아, 맛있어."

오늘은 아마네가 좋아하는 달걀말이를 만들어 줘서 평소보다 밥이 잘 넘어간다. 물론 매번 맛있으니까 밥을 한 공기 추가할 기세로 먹지만. 역시 달걀 요리가 있으면 식욕이 달라진다.

정말 맛있다고 생각하면서 영양이 넘치는 요리에 입맛을 다시고 있었더니, 이츠키가 아마네와 마히루를 힐끔힐끔 보고 있었다.

"······잘 어울리는 한 쌍이네."

"뭐라고 했어?"

"아—니, 아무 말도 안 했어."

일부러 보란 듯이 고개를 저은 뒤에 열심히 밥을 먹는 이츠키를 더 추궁하지 않고, 아마네는 온화하게 자신들을 보고 있는 마히루에게 어깨를 으쓱해 보였다.

  저녁을 먹은 후, 마히루는 일찍 집으로 돌아갔다.

  평소에는 아마네가 목욕하기 전 오후 9시까지는 이 집에 머무르지만, 오늘은 이츠키가 있어서 자리를 피해 주려고 더 빨리 자기 집에 간 것 같았다. 아마네가 빨래하고 있는 사이 이츠키와 무슨 대화를 나누다가 약간 머쓱해하는 것처럼 보였으니 그것도 하나의 이유인 것 같았다.

  이츠키에게 무슨 이야기를 했냐고 묻자 '단순한 잡담과 치이 이야기' 라고 대답해서 더는 추궁할 수 없었지만, 분명 다른 일을 화제로 언급했을 것 같다.

  "저기, 아마네."

  자기 전 아마네의 방에 이부자리를 깔던 이츠키가 침대에 앉은 아마네를 쳐다봤다.

  "왜?"

  "너 말이다, 시이나에게 그렇게 자상한 얼굴을 보이면서 좋아하지 않는다고 우기는 건 말이 안 되는 거 아니냐?"

  "시끄러워."

  "딱 봐도 좋아한다는 걸 뻔히 알 수 있거든?"

  "쫓아낸다."

  "아잉."

'이 인간이 또 뭐래.' 라는 눈으로 노려봤지만, 이츠키는 반성하는 기색이 없었다.

하지만 평소 히죽거리는 웃음이 아니라 왠지 감탄한 것처럼 기뻐하는 듯한 표정이었다.

"뭐, 네가 솔직하게 굴지 못하는 건 늘 있었던 일이지. 나는 기쁠 뿐이야. 아마네의 좋은 점을 알아주는 사람이 나타나서."

"뭐?"

"왜 자꾸 싸우려고 드는데…… 같은 반 아이들은 아마 널 어둡고 무뚝뚝하고 존재감이 없는 수수한 남자 정도로 생각하고 있을 거야."

"그건 나도 알아."

반에서 아마네의 위치는 수수하고 무뚝뚝하며 이렇다 할 특기도 없는 눈에 띄지 않는 남자라고 할 수 있다. 시험 후에 게시되는 등수표를 챙겨 보는 인간이라면 그럭저럭 머리가 좋다는 사실이 추가되는 정도일 것이다.

이츠키처럼 세련되고 활기찬 미남이나 유타처럼 상큼한 왕자님 계열인 미남의 기준에서 본다면 아마네는 무개성에 가까웠다.

의식적으로 눈에 띄지 않으려고도 하지만, 아마네의 평가치는 결코 높지 않다.

"하지만 그건 외모만 봤을 때의 평가이지 네 내면의 평가는 아니야. 내면을 보려고 해도, 어느 정도는 가까이 들어가지 못하면 네 좋은 점을 보기가 힘들지."

이츠키가 아마네를 가만히 응시했다.

왠지 마음이 불편한 것은 이츠키의 눈빛이 농담하는 기색이 아니고 아주 진지했기 때문이리라.

"너는 엄청 좋은 자식인데, 사람들이 모르는 건 아깝단 말이지. 그래서 시이나가 너의 내면을 보면서 친해진 것은 나로선 정말 기쁜 일이야."

"이츠키……."

"그러니까 어서 사귀라고. 그리고 더블 데이트를 하는 거야."

"네 결론은 결국 그거냐."

감동해서 손해 봤다는 생각이 들었다.

하지만 이츠키는 농담으로 얼버무리지 않으면 배길 수 없는지 시선을 돌리고 있어서, 그걸 보면 쑥스러움을 숨기려고 그랬다는 추측도 할 수 있었다.

"치이도 좋아할 거야."

"혼자…… 아니 둘이서 다녀와. 우리를 끌어들이지 말고. 아니, 설령 그런 관계가 된다고 쳐도, 내 외모로 괜찮겠어?"

"아니, 그때는 소문의 남자 모습이 되어야지. 그 남자 버전을 보고 싶어."

"싫어."

"그거냐? 시이나한테만 보여주고 싶다는 남자의 마음이냐?"

"이츠키, 추운 날씨에 밖에서 영면할 것인지, 입 다물고 따뜻한 실내를 향유할 것인지 하나만 골라."

"죄송합니다—."

이부자리 위에서 무릎을 꿇고 사과하는 이츠키를 보면서 "너란 녀석은 정말이지……."라고 어이가 없는 투로 말했다.

이츠키는 아마네에게 여친이 생기면 아마네도 즐거운 일상을 보낼 수 있으리라고 생각한 것 같다.

(……마히루와 사귀는 사이가 될 리가 없잖아.)

지금도 자신을 돌봐 주고 있는 것도 모자라서 폐를 잔뜩 끼치고 있는데, 사귀게 되면 하나부터 열까지 전부 의지할 것 같아서 두려웠다. 지금도 이미 변변치 못한 상태인데 사귀기라도 했다간 훨씬 더 타락한 상태로 급강하할 것만 같았다.

그리고 무엇보다 마히루는 남자를 기피하고 있다.

아마네와 슈토, 아마네가 신뢰하는 이츠키에겐 그렇게 거부감을 보이진 않지만, 가끔 학교에서 보는 마히루는 다른 여자보다 남자를 막는 벽이 두꺼웠다. 천사님이라는 가면을 쓰고 책잡힐 일과 위화감 없는 모습을 유지하면서 거리를 두고 있었다.

그렇게 많은 고백을 받는데도 교제 경험이 없는 걸 보면 남자를 완전히 피하고 있다고 보는 게 정확할 것이다.

아마네는 애초에 어중간한 마음으로 상대에게 좋아한다고 고백하는 것은 실례라는 생각까지 하므로, 현재 상태의 마히루와 어떤 의미가 있는 관계가 되고 싶진 않았다.

마히루도 그런 마음은 없을 테니까 사귄다는 건 말도 안 되는 망상인 것이다.

"……그래도 뭐, 시이나가 그만큼 널 신뢰하니까. 그걸 전부 말도 안 되는 일이라고 부정하기 전에, 똑바로 봐 주라고."

아마네의 마음을 꿰뚫어 본 것처럼 말하는 이츠키를 보면서 아마네는 "……그러냐."라고만 중얼거린 뒤에 이불을 덮었다.

『치사하게 잇군만……! 나도 마히룽의 요리를 먹고 싶어—!』

다음 날, 아침부터 치토세가 아마네에게 전화를 걸어서 그런 푸념을 늘어놓았다.

듣자니 이츠키가 어제 치토세에게 그렇게 연락한 모양이다. 어제 테이블 준비한 식사를 마치 여자처럼 사진을 찍는다 싶었는데, 치토세에게 보내려고 그랬던 모양이다.

"나에게 따져도 소용없어. 시이나한테 물어봐."

『그럼 마히룽이 좋다고 하면 나도 먹으러 가도 돼?』

"그야 뭐……."

『알았어! 그럼 마히룽에게 물어보고 다시 연락할게!』

치토세가 기운차게 말하면서 전화를 끊었다.

목소리가 시끄러워서 스마트폰을 살짝 귀에서 떼고 있었던 아마네는 치토세의 행동력에 감탄하는 표정을 지어야 할지, 황당해하는 표정을 지어야 할지 고민했다.

보고 있던 이츠키는 흐뭇한 표정을 짓고 있었다.

"치이는 참 활기차다니까."

"네 여친의 폭주 습성은 어떻게 좀 안 되냐?"

"안 돼. 치이는 좋아하는 건 좋아한다고 온몸으로 드러내는 타입이거든. 애정이 깊어서 그래."

고개를 끄덕끄덕 움직이는 이츠키를 보면서 콩깍지가 단단히 씌었다고 생각했지만, 굳이 말하진 않았다.

　치토세의 기력과 누구하고도 쉽게 친해질 수 있는 밝은 성격은 좋은 점이고 아마네에겐 없는 부분이라 부럽게 생각하지만, 그 치토세에게 러브콜을 받고 있는 마히루가 고생하겠다는 생각이 들었다.

　속으로 마히루에게 사과하면서, 아무튼 어제 저녁에 먹고 남은 것을 데워서 아침 식사를 했다.

　"그래서 왔습니다!"

　점심때가 되기도 전에 치토세가 나타났다. 짐으로 보이는 가방을 메고 왔는데, 손에는 식재료가 가득 든 장바구니를 들고 있고, 그 옆에서는 마히루가 쓴웃음을 지으면서 장바구니를 들고 있었다.

　보아하니 밖에서 만나기로 약속한 모양이다. 치토세와 함께 장을 보고 나서 함께 여기까지 온 모양이다. 안 그러면 둘이 나란히 장바구니를 들고 있을 리가 없고, 치토세는 맨션 현관을 통과할 수 없을 것이다.

　"엄청난 행동력이네……."

　"마히룽의 집에서 잔다고 하니까 한시도 참을 수가 없었어!"

　"……자고 가게?"

　"마침 봄 방학 기간이니까 괜찮겠다는 생각이 들었거든. 마히룽도 허락해 줬어!"

　치토세가 "그렇지?"라고 말하면서 활짝 웃으며 마히루를 보자, 마히루는 쓴웃음을 지으면서 고개를 끄덕였다.

(마지못해 허락했군.)

치토세의 기세에 밀린 것이 틀림없다.

하지만 싫은 기색은 아니고, 어디까지나 갑작스러운 일에 살짝 곤혹스러운 것처럼 보였다.

"걱정하지 않아도, 납득하고 받아들인 거니까요."

냉장고에 재료를 넣으러 가던 마히루가 지나칠 때 아마네에게만 들릴 만큼 작은 목소리로 말했다.

작은 불안을 꿰뚫어 본 것 같아서 아마네는 쓴웃음을 짓고 저녁때 쓸 식재료를 냉장고 안에 넣는 마히루의 뒷모습을 바라봤다.

치토세는 싱글벙글 웃으며 "마히룽의 요리, 엄청 기대된다."고 말하고 이츠키 옆에 찰싹 붙어 닭살 행각을 벌여서, 아마네는 앉을 자리를 잃고 그냥 부엌으로 이동했다.

"내가 도울 일이 있을까?"

"……아마네 군은 요리를 못 하잖아요."

거실에는 들리지 않을 만큼 목소리를 줄여 이름을 부르는 마히루를 보고, 아마네는 어렴풋이 쓴웃음을 지었다.

"야채를 뜯는 것 정도는 할 수 있거든? 아니, 지시만 내리면 간단한 일 정도는 할 수 있고, 실제로 요리도 만들어서 보여준 적도 있잖아."

"……그럼 도와주세요. 저쪽에서 같이 있기가 부담스러워서 그런 거죠?"

"잘 알고 있네. 저 녀석들, 지금 알콩달콩 놀고 있어."

어깨를 으쓱한 뒤에 수돗물로 손을 씻었다.

마히루를 도와준다고 해도 딱히 대단한 일을 할 수 있는 건 아니지만, 그렇다고 요리를 전혀 못 하는 것은 아니었다. 계량이나 재료 손질을 도와줄 수는 있으므로 한동안은 연인들의 애정행각에서 고개를 돌린 채 마히루의 서포트에 전념하겠지.

"말이 나온 김에 묻겠는데, 오늘 점심 메뉴는 뭐야?"

"오므라이스와 야채 포타주, 샐러드예요. 치토세 양이 밥 위에 얹은 오믈렛을 나이프로 가르면 펼쳐지는 반숙 타입의 오므라이스를 먹고 싶다고 했거든요."

"야호."

"달걀 요리를 참 좋아하네요."

"달걀은 좋아. 그리고 네가 만든 달걀 요리가 가장 맛있으니까 엄청 기대돼."

마히루의 요리는 꽝이 없으니까 좋아하는 달걀 요리라면 더욱 기대가 된다. 전에 먹었던 비프스튜 오므라이스는 최고로 맛있었다. 그건 매주 먹어도 질리지 않을 자신이 있었다.

치토세가 참 바람직한 요리를 요청했다고 생각하면서 속으로 엄지를 척 세우고 기쁜 마음으로 4인분 쌀을 계량해서 씻고 있었는데, 정작 마히루는 냉장고 앞에 선 채로 굳어 있었다.

"왜 그래?"

"……그렇게 말해 주는 것은 기쁘지만, 기습하면 안 돼요."

"무슨 뜻이야?"

"몰라도 돼요."

고개를 홱 돌리고는 수프 재료를 썰기 시작한 마히루를 보면서, 아마네는 고개를 갸웃거릴 수밖에 없었다.

"저러면서 사귀지 않고 있으니까, 잘 이해할 수 없단 말이지."

"그러게 말이야~."

"정—말 맛있었어—!"

점심을 다 먹은 치토세는 실로 만족스럽다는 듯이 배를 쓰다듬었다.

표정을 봐도 매우 만족했음을 알 수 있어서, 마히루는 기쁜 듯 미소를 짓고 있었다. 남에게 요리를 대접하는 것을 좋아한다고 했으니까, 오늘의 갑작스러운 습격도 본인이 느끼기에 불쾌한 일은 아닐 것 같다.

"와~ 시이나는 뭐든지 잘 만드는구나. 반숙 오믈렛을, 용케도 그렇게 속이 촉촉한 상태로 오믈렛 모양을 유지할 수 있다니."

"요리를 가르쳐 준 선생님 덕분이죠."

"요리 교습을 받았어?"

"네, 그런 셈이죠. 혼자 생활해도 곤란하지 않도록, 누군가에게 요리를 대접해도 부끄럽지 않도록 하라는 말을 들었어요."

"헤에—! 이렇게 요리를 잘 만들 수 있게 가르친 걸 보면 정말 실력이 좋은 선생님이었나 보네!"

마히루가 말하는 사람은 아마 예전에 말한 적이 있던 그 가사 도우미일 것이다.

마히루의 친가에서 유일하게 마히루에게 자상하게 대해 줬다던 그 사람이 틀림없겠지.

"나도 그 사람한테 배우면 요리를 잘할 수 있을까."

"너는 호기심을 참고 모험만 하지 않는다면 어느 정도는 잘 만들 수 있잖아."

"뭐? 하지만 모험이 없으면 아무것도 시작되지 않는걸."

"그런 점만 없으면 너는 뭐든 대부분 잘할 텐데 말이지……. 그 호기심과 장난기가 모든 걸 다 망친단 말이지……. 얌전히 조리법대로 만들면 되는 것을……."

치토세는 이상한 장난만 치지 않는다면 대부분의 분야에서 평균 이상으로 해낼 수 있지만, 그 차분하지 못한 성격과 나쁜 버릇 때문에 전체적인 평가가 한 단계 떨어지는 것이다.

고양이처럼 자유분방 마이웨이 성격인 치토세가 고양이처럼 새침하게 굴지 못하는 것이 문제이리라. 얌전히 굴려면 굴 수는 있지만 피곤하다고 한다.

일부러 의식하고 본성을 숨길 수 있으면 차분한 여자가 되겠지만, 본인의 천성이 그걸 허용하지 못하는 모양이다.

"요리도 그렇지만, 네 말과 행동에도 조금은 차분한 모습을 보여 봐. 여기에 좋은 예가 있잖아."

"에이, 마히룽처럼은 되고 싶어도 못 돼. 답답할 것 같아."

"그런 말은 시이나에게 실례잖아."

"응, 하지만 마히룽은 답답해 보인다고 할까, 숨이 막힐 것 같다는 생각이 들어."

때때로 치토세는 놀랄 만큼 본질을 잘 꿰뚫어 볼 때가 있었다.

"학교에서는 마히룽이 지루해 보이니까."

"……그렇게 보였나요?"

"음~. 반이 다르니까 정확하게 파악한 건 아니지만, 지루해 보인다고 할까, 몇 걸음 물러서서 전체를 내려다보는 것 같은 느낌이 든단 말이지. 누구나 친절하게 대하는 것 같지만, 사실은 누구한테도 마음을 허락하지 않는 것처럼 보여."

그렇게 보인다고 말한 것치고, 치토세의 예상은 정확히 들어맞았다.

누구에게도 친절하고 친하게 지내는 착한 아이처럼 굴고 있지만, 그 가면 안쪽으로는 극소수를 제외하면 아무도 들여보내지 않고 있다.

마히루는 착한 아이로 있으려고 하기 때문에 솔직한 자신의 모습을 보이는 것을 더더욱 기피하는 경향이 있다.

그걸 본인이 가장 잘 자각하고 있으므로 약간 표정이 어두워졌지만, 치토세는 생긋 웃으면서 옆에 있는 마히루를 향해 팔을 뻗었다.

"이렇게 사적인 자리에선 마히룽은 엄청 귀여운 표정을 지으니까 이쪽이 진짜 모습이라는 걸 바로 알아볼 수 있거든? 나는 이쪽이 더 좋아―."

'에헤헤.' 하고 웃으면서 마히루에게 한껏 들러붙는 치토세의 행동에 마히루는 한순간 곤혹스러운 표정을 지으며 시선을 한자리에 고정시키지 못했지만, 싫지는 않았는지 조심스럽게 치토세와 몸을 붙이고 있었다.

"마히룽은 있지~, 좀 더 솔직해져도 좋을 것 같아~. 아마네라면 마히룽의 애교나 응석도 잘 받아줄걸? 쟤는 이래저래 말은 많아도 마음을 터놓은 사람에겐 엄청 자상하니까, 마히룽이라면 애교 한 방으로 함락할 수 있을 거야"

"안 해요!"

"어?"

"……치토세 양이 기대하는 그런 일은 없어요."

고개를 홱 돌리는 마히루를 보고 치토세는 웃는 얼굴로 "그런가~?"라고 되물어보면서 무슨 이유인지 아마네를 봤다.

자신을 본다고 어떻게 되는 것도 아닌데. 마히루가 자발적으로 의지하지 않는 한, 완전히 약해진 모습을 보이지 않는 한, 먼저 나서서 마히루를 도와줄 수 없다. 마히루 본인은 자신의 두 다리로 서 있기를 바라고 있으니까, 그 뜻을 존중하는 게 좋을 것이다.

그래도 만일…… 기대게 해 달라는 말을 듣는다면…… 딱히 거절할 이유가 없지만.

주저할 이유가 없었다. 혼자서 끌어안고 있는 것을 아마네에게도 보여주면서 쓰러지지 않게 도와달라고 부탁한다면, 당연히 그 작은 등을 받쳐 줄 자신이 있다.

그만큼 자신이 깊이 빠져 있다는 사실을 새삼스레 깨닫고 부끄러워졌지만, 겉으로는 드러내지 않은 채 치토세와 마히루가 친하게 지내는 모습을 바라봤다.

"캬, 미소녀끼리 사이좋게 지내니까 눈이 호강하네."

"멍청한 소리 하지 마."

이츠키의 변태 발언은 무시하고, 사이좋게 지내고 있는 두 사람의 모습을 보고 마히루에게도 솔직한 모습을 보일 수 있는 동성 친구가 나타나 준 게 다행이라고 생각하면서 조금은 안도했다.

치토세는 당연히 마히루의 집에서 묵었다.

이츠키와 함께 있고 싶어 할 줄 알았는데 "잇군은 자주 자고 가니까 마히룽이 좋아."라면서 저녁을 먹은 뒤에는 신나게 마히루의 집에 갔다.

두 사람이 너무 사이가 좋아서 치토세의 집에 자주 묵는다는 건 알고 있으니까 그 발언이 딱히 이상하진 않았지만…… 왠지 모르게 자주 자고 간다는 사실이 미묘하게 낯뜨거운 기분을 들게 했다.

그런 아마네에게 이츠키가 "무슨 상상을 하는 거야. 은근히 밝히는 녀석일세."라고 속삭이는지라 일단 발을 밟아 줬다. 그나마 새끼발가락을 밟지 않은 건 최소한의 자비였다.

"너 말이야. 부끄러운 걸 감추려고 발을 밟는 짓은 이제 그만 좀 하지그래?"

"이상하게 추측한 네가 잘못한 거야."

잠자리에 들 때 이츠키가 그런 불만을 제기했지만, 아마네는 고개를 돌려 외면했다.

진심으로 밟은 건 아니고 고통도 금방 가실 수준으로 힘을 조절했으니까 이츠키도 심각하게 나무라는 분위기는 아니었다.

그보다는 남자끼리의 가벼운 장난 같은 것을 두고 상대를 헐뜯으려하는 짓을 아마네나 이츠키나 할 리가 없었다. 이츠키도 가끔 때리곤 하는지라 이런 실랑이는 자주 있는 편이다.

"사귀는 사람 집에서 자는 것도 요즘엔 흔한 일이잖아. 딱히 이상한 일도 아니라고."

"그건 나도 알고 있어. 아니, 이런 이야기도 이제는 할 필요가 없잖아."

"남자라면 그런 이야기를 하는 게 정석인 것 같아서."

"정석이 아니니까 난 사양할게."

친구 커플의 생생한 이야기를 듣고 싶진 않았기에 이 이야기는 이제 끝내자는 뜻을 담아서 이츠키를 노려보자 유쾌한 표정으로 깔깔 웃었다.

"넌 진짜 초식남이라고 할까, 순진남이구나."

"확 때려 버린다."

"뭐, 그래서 시이나도 마음을 허락했겠지. 네가 엄청 적극적인 자세를 보였다면 절대로 다가가지 않았을 거야."

이츠키가 "잘됐네!"라고 말하면서 환하게 웃고 엄지를 척 세우는 것을 보고는, 아마네는 마히루에겐 절대로 보여주지 않을 떫은 얼굴로 이츠키를 봤다.

하지만 이츠키에겐 전혀 효과가 없었는지 웃는 소리가 더 커졌다.

혀를 차면서 이츠키를 노려보려 했을 때 옆에 둔 스마트폰에서 경쾌한 전자음이 울려 퍼졌다.

메시지를 받았을 때 나는 신호로 설정한 소리이므로 이츠키를 노려보는 건 일단 중지하고 스마트폰 화면을 보니, 치토세가 보낸 것으로 보이는 메시지가 와 있었다.

　내일 예정이라도 물어본 건가 싶어서 앱을 열어보니, 메시지 한 건과 사진을 보낸 것 같았다.

　『이것 봐, 마히룽이 엄청 귀여워! ※허가는 받았어.』

　그런 문장 한 줄과 사진이 첨부되어 있었다.

　사진으로 찍은 것은 마히루가 침대 위에서 편한 자세로 앉아 있는 모습이었다. 뒤에는 침실의 정경도 찍혀 있었다.

　그것뿐이라면 딱히 대단한 사진도 아니겠지만, 문제는 복장과 표정이었다.

　마히루는 잠옷을 입고 있었다.

　그건 그다지 특이한 일이 아니었지만, 잠옷으로 입고 있는 것이 소매가 길고 넉넉하게 생긴 원피스 타입의 파자마, 소위 네글리제라고 하는 것인데, 마히루의 기품과 청초함을 강조하고 있었다. 연분홍색이라는 점이 한층 더 여성스러운 분위기를 잘 드러내서 정말 귀여웠다.

　목욕을 막 마치고 나왔는지 소매랑 목깃 사이로 비치는 살결은 전체적으로 상기된 것처럼 약간 붉은 기운을 띠고 있었다.

　그 까닭에 노출이 없는데도 묘하게 야릇하고, 그러면서도 청초하다는 상반된 인상을 동시에 주었다.

　그리고 무엇보다 눈길을 끄는 것—— 마히루의 표정일 것이다.

©Hanekoto

아마네가 준 곰 인형을 무릎 위에 얹은 마히루는 카메라를 보지 않은 채 고개를 숙이고 있는 것처럼 보였다.

하지만 너무 깊이 숙이진 않았기 때문에 얼굴을 다 숨기지 못한 상태인지라 부끄러워하는 표정이 그대로 찍혀 있었다.

볼에 드러난 장미 같은 빛깔은 목욕한 직후이기 때문만은 아닐 것이다.

부끄러워하는 것 같기도 하고, 마음이 흐트러진 것처럼도 보이는 그 표정은 평소보다 훨씬 더 섹시하게 보였다.

그러면서도 무릎 위에 놓고 손을 얹고 있는 곰 인형 때문에 귀여운 분위기도 더 강해졌기 때문에 사진만 보고 있는데도 볼이 안쪽부터 뜨거워지고 말았다.

(──저 바보가…….)

무슨 생각으로 이런 사진을 보낸 거야?

왜 자기 전의 아마네에게 보여 준 것일까. 이런 걸 보여주면 아무 일도 없었다는 듯이 잠들 수가 없잖아.

"왜 스마트폰을 보면서 얼굴을 붉히고 있어? 무슨 이상한 사진이라도 보는 거야?"

"그럴 리가 없잖아!"

"그럼 뭘 보는 건데."

얼굴을 쓱 들이밀면서, 미처 숨길 틈도 없이 이츠키의 눈이 스마트폰에 표시된 메시지를 봤고, 그런 뒤에 씨익 하고 웃었다.

"과연 그랬군. 아마네 군은 정말 순수하네요."

"영원히 잠들어라."

"죽으라고 돌려서 말하는 거야?"

"직접적으로 말해 줄까?"

"쌀쌀맞긴. 아니, 그래도 뭐 그 천사님의 이런 모습을 보고 남자라면 뭔가 확 끌리는 게 있겠지. 아니, 나한테는 치이가 가장 아름답지만."

"마음껏 자랑해 봐, 멍청아."

정말이지……. 그런 생각과 함께 손바닥으로 머리카락을 쓸어 올리면서 한숨을 쉬었을 때 찰칵 하고 셔터 소리가 났다.

"……이츠키."

"아니, 치이가 아마네 사진도 기념으로 찍어두라는 메시지가 왔거든. 넌 남자니까 사진을 찍어도 딱히 문제없겠지?"

"그건 그렇지만 나를 찍는 게 무슨 의미가 있어……?"

"딱히 다른 사람에게 유출하진 않을 테니까 안심해. 그리고 의미는 있어."

무슨 의미가 있는지 전혀 이해가 안 되는 아마네가 황당하다는 표정으로 이츠키를 봤지만, 이츠키는 그저 만족스러운 표정으로 웃을 뿐이었다.

자신을 찍어서 무슨 소용이 있단 말인가. 작게 투덜대면서 큰 한숨을 쉬는 아마네를 보면서 이츠키는 "이 녀석은 왜 이렇게 자기 자신에게 무심한 건지 모르겠다니까."라고 아마네보다 더 작은 목소리로 중얼거렸다.

"……피곤해……."

이츠키와 치토세가 묵고 돌아간 뒤에 아마네와 마히루는 둘이 나란히 소파에 기대 앉았다.

일단 예정했던 3일이 된 오늘 아마네의 집에서 자는 건 끝내기로 했으며, 앞으로 하루나 이틀은 치토세의 집에서 묵을 예정이라고 했다. 며칠 정도는 치토세의 부모님도 환영하겠지(매일 있어도 된다고 했지만, 역시 그렇게까지는 할 수가 없는지라 사양했다고 한다.).

마히루가 만든 점심을 먹고 "그동안 실례했어. 남은 시간은 둘이서 사이좋게 지내."라는 말을 웃으면서 남긴 뒤에 떠났다. 제멋대로 망상하는 것 같았지만, 따지는 것도 귀찮아서 그냥 내버려 뒀다.

"마히루는 피곤하지 않아?"

"……피곤하다기보다는 큰일을 치렀다는 느낌이네요. 그래도 즐거웠어요."

"그렇군."

적어도 아마네가 마히루와 안면을 튼 이후로 마히루가 친구를 집에 부른 적은 없었던 것으로 아니까, 치토세가 그런 계기가 되어 준 것은 다행이라고 생각했다.

아마네가 모르는 곳에서 치토세와도 만나거나 때때로 같이 노는 것 같았으니 친한 친구가 생긴 것은 좋은 일이라고 할 수 있을 것이다.

"뭐…… 그게, 갑자기 사진을 찍어서 놀라긴 했지만요……."

"아, 응, 그거 말이구나."

사진이라는 말을 듣자 어제 그 청초하면서도 요염한 모습이 떠올랐고, 저절로 볼이 빨개졌다.

　딱히 큰 노출이 있었던 건 아니지만 역시 네글리제는 얇은 옷이라서 부드럽게 부푼 부분이 그대로 드러날 것 같이 보이기도 했기 때문에 실로 눈에 해로웠다. 오히려 노출이 없는 것이 요염함을 더 강조했다.

　남자의 본능에 따라 그만 얼떨결에 저장해서 폴더에 넣고 말았지만, 엄청나게 죄책감이 들었다.

　"어제는 '귀여워—!' 라고 말하면서 사진을 자꾸 찍어서 뭘 보냈는지 모르겠는데, 뭘 보냈나요? 기세에 눌려서 허락은 했지만, 너무 부끄러운 사진이면 곤란한데요……."

　치토세는 보낸 사진을 보여주지 않은 모양이다.

　아마도 베스트 샷을 아마네에게 보냈겠지만, 본인은 그런 표정을 지은 사실을, 그걸 찍혔다는 사실을 알고 있을까.

　본인에게 그 사진을 보여주면 어떤 반응을 보일지 도저히 예상할 수가 없다.

　부끄러운 차림을 한 것도, 옷이 흐트러진 것도 아니지만, 그래도 그 사진은 파괴력이 너무 강하다.

　"어, 그게, 그러니까, 곰 인형을 무릎 위에 놓은 사진이었어."

　"고, 곰 아저씨를, 말인가요……?"

　"소중히 여긴다는 건 사실이었구나 하는 생각이 들었어."

　거짓말은 안 했다.

　하지만 죄책감이 심해서 폴더 깊숙이 봉인해 두자고 생각했다. 지우지 않는 것은 미묘한 남자의 마음 때문이다.

곰 인형이라는 말을 들은 마히루는 뭔가가 떠올랐는지 살며시 미소를 지었다.

"……소중히 여기겠다고 말했고, 실제로도 소중한 물건이니까요."

뭔가를 소중히 여기는 듯한, 뭔가를 그리워하는 듯한, 그런 부드러우면서 따뜻한 눈빛과 미소를 보자 숨이 막혔다.

평소에 보이는 천사의 미소와는 다르게, 천진난만함과 모든 것을 감싸 주는 듯한 자애로움이 섞인 미소는 넋을 놓고 바라볼 만큼 섬세하고 아름다웠다.

그저 아름답기만 한 게 아니라, 자신도 모르게 끌어안고 싶어질 만큼 애처로운 귀여움을 머금고 있었다.

"……아아, 응, 그랬, 구나. 꽤 마음에 들었나 보네."

"그야 물론 아마네 군이 골라 준 것이니까요."

약간 머뭇거리면서도 말을 잇자, 미소를 지으면서 갸륵한 말로 맞장구를 쳐 줬다.

"걱정하지 않아도 소중히 간직할 거예요. 매일 손질해 주고 쓰다듬어 주고, 끌어안고 함께 자기도…… 아니, 지금 한 말은 취소예요. 못 들은 걸로 해 주세요."

손질해 주고 쓰다듬어 준다는 부분까지는 좋았다.

하지만 그 뒤에 이어진 것은 귀를 의심할 정도로 귀여운 행위였다.

끌어안고 함께 잔다.

그 마히루가 곰 인형을 안고 잔다니.

　아마네는 잠든 마히루의 얼굴을 본 적이 있는데, 그야말로 천사 같았다.

　그런 얼굴로 곰 인형을 사랑스럽게 안고 잔다니. 미소녀가 곰 인형과 함께 잔다니.

　상상해 보니 너무 귀여워서 계속 바라보고 싶을 것 같은 광경이 머릿속을 가득 채우는 바람에 얼굴이 빨개졌다.

　마히루는 마히루대로 자신이 한 말에 얼굴을 붉히고 있었으며, 눈물이 맺힌 눈으로 아마네의 팔에 애원하듯 매달리기 시작했다.

　"이, 잊으세요."

　"아, 아니, 그건 어려운데."

　"제가 곤란해진단 말이에요."

　자신의 그런 모습을 알게 되는 것이 부끄러웠는지, 귀까지 새빨갛게 빨개진 마히루는 눈물이 살짝 맺힌 눈으로 아마네를 쳐다보고 있었다.

　그 표정이 더 파괴력이 강했지만, 마히루 본인은 그런 사실을 알 턱이 없을 것이다.

　"그, 그렇게 부끄러워? 딱히 곤란할 일은 아니잖아."

　"어, 어린아이 같잖아요. 곰 인형과 함께 잔다니."

　"아, 아니, 상상해 보니 엄청 귀여우니까, 난 완전 괜찮다고 생각하는데."

　"……상상하지 마세요."

마히루는 부끄러워서 더 이상은 아마네를 직시하지 못하겠는지 자신이 좋아하는 쿠션에 얼굴을 묻으면서 입을 다물고 말았다.

그 모습조차 귀엽다고 생각해 버린 자신이 여러모로 글러 먹었다는 것은 알고 있었지만, 무심코 귀여워해 주고 싶어졌다.

손을 내밀어서 머리를 쓰다듬을 수 있으면 좋겠지만, 역시 지금 그랬다간 역효과가 날 것이고 본인도 허락하지 않겠지.

근질거리는 손을 억지로 참으면서 바라보고 있으려니, 잠시 후 마히루가 쿠션에 묻은 얼굴에서 눈만 슬쩍 돌렸다.

너무 부끄러운 나머지 심하게 울상인 데다가 얼굴도 새빨갰지만, 기운은 있는지 약간 원망스러운 눈으로 보고 있었다.

"……아마네 군도 부끄러운 비밀을 밝혀야 해요. 저만 이러는 건 불공평하다고요."

"뭐……?"

단순히 자폭한 거라고 생각하지만, 그 말대로 아마네에게도 책임이 없다고는 말할 수가 없었다.

하지만 부끄러운 비밀을 밝히라고 해도 딱히 떠오르는 것이 없었다.

"가르쳐 주지 않으면 아카자와 군에게 메시지를 보내서 물어볼 거예요."

"언제 이츠키와 연락처를 교환한 거야……?"

"실은 치토세 양이 가르쳐 줘서 연락할 수 있어요. 어제도 사진…… 아뇨, 그냥 넘어가요……. 이제 됐어요……."

마히루는 도중에 말을 끊고 다시 쿠션에 얼굴을 묻었다.

잘은 모르겠지만 다시 자폭한 것으로 보이는 마히루를 보면서, 아마네는 어리둥절할 수밖에 없었다.

제9화

천사님의 이변과 진실

봄 방학은 딱히 이렇다 할 취미가 없는 인간에겐 꽤나 심심한 기간이었다.

아마네도 딱히 취미가 없는 것은 아니지만, 그게 독서와 산책이었기 때문에 반 친구들은 아저씨 같은 취미라고 평가하면서 쓴웃음을 지은 적이 있었다.

취미가 그래서 야외 활동을 하러 나가거나 레저 시설을 찾아가는 일은 자발적으로 하지 않았다. 누군가 같이 놀러 가자고 권하거나 초청을 받지 않는 한, 외출도 러닝이나 산책, 식재료를 사러 나가는 정도가 다였다.

이츠키는 고등학생인데 청춘을 즐기지 않아도 되겠냐며 어처구니가 없다는 반응을 보였지만, 어느 정도는 건강에 신경을 쓰면서 운동하고 있으니까 딱히 상관없지 않냐고 생각하고 있었다.

마히루도 기본적으로는 자주 외출하는 것 같지 않다.

물론 운동하는 모습은 가끔 봤고 필요한 걸 사러 나가는 것도 봤지만, 어딘가로 놀러 가는 일은 그다지 없었다.

"어디 놀러 가고 싶어지진 않아?"

자신도 남 말 할 처지가 아니었지만, 꽃다운 여고생이 그래도 되는 걸까…… 싶어서 저녁 식사 후에 마히루에게 물어보니, 잠시 고민한 끝에 쓴웃음을 지어 보였다.

 "지금은 딱히…… 놀러 가고 싶은 생각이 없네요. 저는 실내 활동을 더 좋아해서요."

 "뭐, 나도 그런 편이긴 하지. 나가 봤자 딱히 뭘 하겠냐는 생각만 들어."

 "……부모님이 계시는 집으로 돌아가는 건요?"

 "새해 시즌에 봤으니까 괜찮을 거야. 어차피 여름 방학에는 귀성할 테고. 그리고 마히루의 요리를 먹지 못하는 건 달갑지 않으니까."

 "……그, 그렇군요."

 이제는 마히루의 요리를 먹지 못하면 마음이 편하지 않을 정도로 익숙해졌고, 매일 먹고 싶다는 마음이 더 강했다. 이래저래 마히루가 같이 있는 것에도 익숙해졌고, 있는 것을 당연하게 느끼게 되기도 했다.

 역시 마히루의 귀여움이나 기특함, 갸륵함을 의식할 때가 많지만, 곁에 있으면 마음이 편했다. 마히루가 자아내는 분위기가 아마네의 성격에 잘 맞는다는 뜻이리라.

 "뭐, 돌아가 봤자 어딘가로 계속 끌려다니는 바람에 지칠 것 같고 말이지."

 "……끌려다닌다고요?"

 "행락지나 쇼핑몰 같은 곳. 나한테 별다른 예정이 없으면 어딘가로 끌려가. 중학생 때는 겨울 방학에 온천 여행을 간 적도 있어."

시호코는 실내 활동파이면서, 야외 활동파이기도 했다. 정확히는 모든 일에 열정적으로 임하면서 무엇이든 즐기는 타입이었다.

그리고 가족과 보내는 시간을 중요하게 생각하는 인간이기도 했기 때문에 선약이 없거나 아마네가 싫어하지 않는다면 꼭 어딘가로 데려가려고 했다. 선택지를 주는 것은 양심적이지만, 한번 승낙했다간 계속 끌려다닌다.

유원지나 쇼핑몰 정도는 그나마 얌전한 수준이지만, 래프팅이나 서바이벌 게임 등에 뭐든지 도전해 보자는 정신으로 같이 참가시키기 때문에 정말 힘들었다. 그 가녀린 몸의 어디에 그런 힘이 숨어 있는지 신기할 따름이다.

덕분에 다양한 것을 배우면서 몸도 나름대로 단련할 수 있었지만, 그 반동으로 스스로 즐기는 취미가 얌전해진 것은 부정할 수 없다.

"……즐거울 것 같은데요."

"그것도 매일 하다 보면 지쳐. 그 기운에 끌려갔다가 완전히 피폐해진 상태로 신학기를 맞이한다고."

"후후, 상상이 되네요."

"네가 우리 집에 가 보면 알 거야. 오히려 네가 있으면 관심이 너에게 쏠리겠지."

"그, 그건 뭐……."

만약 마히루가 부모님 집에 가면, 시호코는 기꺼이 데리고 나갈 것이다.

그렇다고 해도 위험한 일은 시키지 않겠지만, 틀림없이 쇼핑이나 레저시설에는 데리고 갈 것이다. 딸을 가지길 원했던 어머니는 한창때의 여자애, 그것도 마히루가 머무른다면 분명 희희낙락하면서 가만두지 않을 것이다.

"여름에라도 가 보면 알 거야. 아마 엄청 다양한 곳에 끌고다니거나, 옷 입히는 인형이 되겠지."

"여름……."

"보나 마나 마히루 너를 데려오라고 할 것 같아."

데려오라고 할 것 같다고 할까, 실제로 눈빛으로 그런 압박을 가했다. 마히루를 데려오라고.

그때 그 반응을 보면, 여름 방학에는 아마도 시호코가 직접 마히루에게 연락하지 않을까.

"아, 싫으면 거절해도 괜찮아."

"시, 싫다뇨! 오히려 기쁜걸요."

고개를 절레절레 흔들자 머리카락이 찰랑거리고 샴푸 향기가 코를 간질였다.

"응. 뭐, 일단 어머니에게 물어는 볼게, 아마 기꺼이 맞아들이겠지만."

"……고마워요."

"피해가 분산되니까, 오히려 내가 고맙다고 말하고 싶어."

"아이참."

찰싹. 마히루가 손바닥으로 팔뚝을 살짝 때렸다.

물론 전혀 아프지 않을 정도로 가볍게 건드린 느낌인데, 심장에 약간 해로웠다.

자그마한 스킨십을 마히루가 먼저 하는 바람에 그만 가슴이 두근거리고 말았다.

"……아마네 군?"

"아, 아니야, 딱히 아무것도……."

"아무것도 아니라고 말한 것치고는 시선이 이리저리 움직이고 있는데요……."

"아무것도 아니야. 아, 스마트폰에 뭔가 왔는데."

동요했다는 것을 들키고 싶지 않았고 화제를 돌리고 싶었기 때문에 진동하면서 알림 램프가 깜빡거리고 있는 스마트폰을 가리켰다.

관심이 그쪽으로 넘어갔는지 마히루는 "뭘까요?"라고 말하면서 궁금한 표정으로 스마트폰을 쥐고 앱을 열었다.

내용을 읽는 건 역시 실례이기도 하고 지금은 그다지 눈을 마주치고 싶지 않았기 때문에 눈길을 돌리고 있었는데…… 툭 소리가 나는 바람에 마히루 쪽으로 시선을 돌리고 말았다.

무슨 일인가 싶어서 마히루의 얼굴을 보고, 바로 경직하고 말았다.

마히루는 스마트폰을 무릎 위에 놓은 쿠션에 떨어트리고, 울 것 같은, 마치 부모와 떨어진 미아 같은 표정을 짓고 있었다.

눈에 눈물이 맺혀 있다거나, 입가가 일그러졌다거나, 그런 것도 아닌데…… 만지면 부서져 버릴 것 같은, 그런 인상을 느끼게 했다.

이 표정을 본 것이 언제였을까.

그렇다. 처음 대화했을 때의 표정과 아주 비슷해서――.

"……마히루?"

"아무 일도 아니에요. 신경 쓰지 마세요."

아마네가 무슨 일인지 물어보기 전에 딱딱한 목소리로 대답했다.

"저기, 전 슬슬 가 볼게요. 내일은 볼일이 생겨서 저녁 식사는 어려울 것 같아요. 죄송해요."

마히루는 뭐라 한마디 할 틈도 없이 아마네에게 통보하고, 서둘러 짐을 챙겨 떠났다.

손을 뻗지만, 그걸 알아차리지 못한 걸까 아니면 일부러 무시한 걸까. 내민 손바닥은 공기만을 움켜쥐었다.

(왜, 갑자기…….)

딱 봐도, 메시지를 받은 것이 원인일 것이다.

마히루의 표정이 그렇게 되는 이유는, 아마네가 아는 한에서 하나밖에 없다.

"……마히루의, 부모님."

마히루는 남에게 연락처를 잘 알려주지 않아서, 매우 적은 사람만이 메시지 앱의 ID를 알고 있다.

아마네와 시호코, 치토세에 이츠키, 입이 무거운 같은 반 여학생 몇 명까지는 알고 있다는 말을 들은 적이 있다. 그 밖에 알고 있을 만한 사람이라면 부모님 정도가 다이지 않을까.

부모님한테서 연락이 온 거라면.

어제까지는 아무 말도 없었는데 갑자기 볼일이 생겼다고 말하면서 자리를 피한 것은, 어쩌면 부모님과 만나니까 그런 게 아닐까.

마히루가 부모님과 불화가 있음을 알기에, 그런 표정을 지은 건 부모님이 원인이 아니겠느냐고 추측할 수 있다.

추측해 봤자, 아무것도 할 수 없지만.

"……마히루."

떠날 때 심하게 일그러진 얼굴이 보였다. 보였지만 아무 말도 해 줄 수가 없었다.

뭘 어쩌지도 못하고 지금은 여기 없는 소녀의 이름을 조용히 부르면서, 방금까지 마히루의 무릎에 놓여 있던 쿠션을 주먹으로 쳤다.

그날은 날씨가 좋지 않았다.

창밖을 보니 칙칙한 구름이 하늘을 가득 채우고 있었기 때문에 햇빛은 한 줄기도 보이지 않았다. 하늘에서 뭔가 쏟아진다면 그것은 빛이 아니라 빗줄기일 것이다.

그래서인지 이제 3월도 후반에 접어들었는데도 쌀쌀했다.

난방을 켜고 소파에 앉았지만 왠지 마음이 진정되질 않았다. 시선이 자꾸만 마히루의 집 쪽으로 향했다.

어디까지나 예상이지만, 오늘이 아마 마히루가 부모님과 만나는 날이지 않을까.

　오늘은 저녁을 차리지 못하겠다고 말한 것은 아마도 부모님과 만난 후의 감정을 드러내고 싶지 않아서가 아닐까.

　그렇게 상처받은 듯한 표정을 지은 마히루를 떠올리는 것만으로도 가슴 언저리에 응어리가 맺힌 것처럼 불쾌했다.

　참지 못하고 『만약 무슨 일이 있으면 연락을 줘』라는 메시지를 보낼 만큼 걱정이 되었다.

　그렇듯 차분하지 못한 상태로 방을 둘러봐도 소용이 없어서, 일단 저녁밥을 확보하러 슈퍼로 갔다.

　장을 볼 때도 마히루의 얼굴만 자꾸 머릿속에 떠올랐다. 그런 표정을 짓게 하는 부모와 만나는 건 몹시 괴롭지 않을까.

　왠지 겁먹은 것처럼도 보이는 그 표정을 떠올리면 자연스럽게 입술에 힘이 들어갔다.

　수상한 사람처럼 보이지 않도록 바로 표정을 풀었지만, 기분은 도저히 밝아지지 않았다.

　바구니에 슈퍼에서 만들어 파는 반찬을 담는 손길이 살짝 난폭해지는 바람에 내용물이 넘쳐서 조금 후회했다.

　한숨을 푹 쉬면서 상품을 계산한 뒤에 흐린 하늘을 보면서 느릿느릿 걸어서 집에 갔고—— 그리고 엘리베이터를 타서 자신의 집이 있는 층에 왔을 때 이변이 일어난 것을 느꼈다.

　자신의 집으로 통하는 복도로 발을 내밀었다가 멈추고는 잠시 몸을 숨겼다.

　마히루의 집 현관 앞에 사람이 두 명 서 있었다.

한 명은 낯익은 황갈색 머리 소녀, 마히루다.

그리고 또 한 명은 아마네가 모르는 여자였다.

멀리서 봐서 확실하진 않지만, 꽤 미인으로 보이는 여자다.

몸집이 작은 마히루와 대치하고 있어서 알겠는데, 그 사람은 키가 컸다. 마히루와의 차이를 생각해도 남자의 평균 신장만큼은 될 것 같았다.

그런데도 덩치가 크게 느껴지지 않는 것은 그 사람의 몸매가 균형이 잘 잡혔기 때문일 것이다. 딱 맞는 정장 바지를 통해서도 알 수 있을 만큼 굴곡이 큰 몸매는 여성의 이상적인 체형에 속한다고 할 수 있을 만큼 밸런스가 잘 잡혀 있었다.

밝은 갈색 세미롱 머리를 어깨까지 늘어트린 모습에선 관록이 느껴졌다.

아이라인을 진하게 그린 눈은 화장을 지운 모습을 감안해 봐도 기가 센 성격임을 주장하고 있었으며, 마히루와 대치하고 있는데도 그 날카로운 눈매는 누그러질 낌새가 없었다.

상당한 미인이긴 했지만 얼굴도 분위기도 강렬했기 때문에 왠지 다가가기 어렵다는 인상을 줬다. 딱 봐도 유능한 분위기를 풍기고 있었다.

마히루를 청초한 백합에 비유한다면, 그 사람은 강렬하고 화려한 장미라고 할 수 있을 만큼 분위기나 외모의 질이 다른 여자였다.

"정말 귀여운 구석이 없는 아이구나. 그 사람과 많이 닮았어. 진짜 거추장스러워."

그런 목소리가 립스틱을 바른 입술에서 흘러나오는 걸 듣고 아마네는 눈을 크게 떴다.

마히루와 이야기하는 걸 보면 어머니라는 건 알 수 있었는데, 그 어머니의 입이 모멸에 가깝게 들리는 말을 친딸에게 늘어놓고 있다는 사실에 경악하고 있었다.

그건 친부모가 딸에게 할 말도 아니고 딸에게 보여 줄 표정도 아니었다.

친부모가 그런 태도를 보여 준다면 누구라도 당연히 상처받을 것이다. 이런 걸 마히루는 그동안 참아왔단 말인가.

"그나마 나를 닮았다면 괜찮았을 텐데…… 그 사람을 닮아 버렸단 말이지. 아무렴 어때. 대학만 졸업하면 볼 일도 없을 테니 더는 신경 쓸 필요도 없겠지. 필요한 서류는 지금까지 하던 대로 우편으로 보내면 돼."

"……네."

"그럼 난 간다. 앞으로는 쓸데없는 일로 성가시게 굴지 마."

그 사람은 가느다란 목소리로 대답한 마히루를 향해 콧방귀를 낀 뒤에 발길을 돌렸다.

엘리베이터 홀로 오는지라 아마네도 미묘하게 머쓱한 기분을 느끼면서도 복도로 나왔다.

스쳐 지나갈 때 아마네를 힐끗 봤지만, 아무 말도 하지 않고 그 자리를 떠났다.

멈춰 서 있던 마히루는 아마네가 있는 것을 알아보고는 얼굴을 한껏 찌푸렸다.

"……듣고 있었나요?"

"미안해."

거짓말할 수가 없어서 솔직하게 사과했다.

엿들을 생각은 없었지만, 그 타이밍에 나갈 수도 없었다.

그리고 지금의 마히루를 그냥 내버려 둘 수가 없었다.

"저기, 아까 그 사람은……."

"……시이나 사요. 제 친어머니예요."

요새는 부드러운 표정을 지을 때가 많았지만, 지금의 마히루는 처음 만났을 때보다 훨씬 더 딱딱한 분위기였고 말할 때마다 삐걱거리는 소리가 들리기라도 할 것처럼 뻣뻣하게 굳어 있었다.

"먼저 말해두겠는데, 옛날부터 저런 사람이었으니까 이제는 익숙해졌어요."

아마네가 마히루의 어머니를 언급하기 전에 마히루가 조용한 목소리로 말했다.

"원래부터 어머니는 저를 싫어했으니까 새삼스러울 것도 없어요. 그러니까 신경 쓰지 마세요."

목소리는 담담하고 억양이 없었다.

그게 마음에 없는 소리라고 단언할 수 있을 만큼 아마네는 마히루를 오래 보고, 곁에 있었다고 자신할 수 있었다.

괴롭다, 아프다, 힘들다. ——그런 감정을 억지로 감추고 있다는 것은 바로 알아봤다.

조용히 자신의 집으로 돌아가려고 한 마히루의 손을 붙잡아버린 것은 무의식중에 나온 행동이었다.

하지만 그 행동은 올바르다.

이대로 두면 마히루는 안 좋은 쪽으로만 생각할 것 같았으니까.

휘둥그레 눈을 뜬 뒤에 살며시 힘없는 미소를 지으면서 아마네의 손을 부드럽게 뿌리치려고 하는 마히루를 보면서, 아마네는 절대로 놓지 않겠다는 듯이 그 손을 꽉 잡았다.

너무 세게 잡지 않게 주의하면서 강하게 움켜쥔 손목은 놀랄 만큼 약하게 느껴졌다.

"같이 있어."

아마네가 평소 마히루에겐 하지 않는 강한 말투로 그렇게 말하자 마히루는 얼굴을 한껏 찌푸리면서 난처한 표정으로 웃었다.

"……전 딱히 아무렇지 않은데요? 아마네 군이 걱정하지 않아도."

"내가 같이 있고 싶어서 그래."

스스로 생각해도 정말 건방지게 들리는 발언 같았지만, 그 발언을 거둘 생각은 전혀 없었다.

마히루를 똑바로 바라보자 마히루는 모든 힘이 사라진 듯한 미소를 짓고, 그런 뒤에 저항할 생각을 포기한 듯이 손에서 힘을 뺐다.

그걸 승낙한 것으로 억지로 받아들인 아마네는 마히루의 손을 잡아끌고 자신의 집으로 들어갔다.

마히루를 집으로 들인 뒤에 소파에 앉혔다.

힘없는 웃는 마히루가 바람만 불면 날아갈 것 같아서 손을 잡은 상태로 앉은 아마네는 그 손목에서 손바닥을 감싸듯이 자신의 손을 옮겼다.

천천히 쥐어 주자 눈썹이 힘없이 처졌다.

"……시시한 이야기지만, 들어 주겠어요?"

마히루가 먼저 그런 말을 꺼낸 것은 아마네의 집에 들어오고 나서 10분 정도 지났을 때의 일이었다.

"제 부모님은 서로 사랑해서 결혼한 게 아니에요. 자세한 사정은 밝힐 수 없지만 집안 사정과 이해관계가 일치해서 결혼했을 뿐이죠."

마히루는 조용히 이야기하고 있었지만, 현대 일본에선 그다지 접할 수 없는 결혼 사유라고 할 수 있을 것이다.

대개는 사랑해서 결혼하지, 이해관계가 일치한다는 이유로 결혼하는 것은 있을 수 없는 일은 아니라고 해도 지금보단 더 옛날에나 있을 법한 이야기라고 생각하고 있었다.

마히루는 아마도 상류 계급의 인간일 테니까, 그 부모도 당연히 상류 계급의 인간일 것이다. 그런 이유로 결혼하는 일이 전혀 없는 건 아니겠지만…… 그래도 아마네로선 믿기 어려운 일이었다.

"그래서…… 사실은 아이를 가질 생각은 없었던 것 같아요. 하룻밤의 실수로 생기고 만 아이. 낳아 버렸으니까 어쩔 수 없이 금전적으로 부양해 주고 있을 뿐이죠. 저를 키울 생각은 아예 없었을 거예요."

"키울 생각이 없었다니……."

"……그 사람들은 집에 오는 일이 거의 없었어요. 와도 자는 곳으로만 이용할 뿐이었으니까요."

어릴 적부터 부모의 얼굴을 제대로 본 적이 없었다고 나지막이 중얼거린 마히루는 초췌해진 것처럼 보이기도 했다.

"부모처럼 저를 대해 준 기억이 없어요. 저를 실질적으로 키워 준 사람은 하우스키퍼였죠. 어머니는 집 밖에 애인을 만들고는 그쪽으로만 드나들었고, 아버지는 저에겐 눈길 한 번 주지 않고 일에만 몰두했어요. 어쩌면 아버지도 애인이 따로 있었을지도 모르겠네요. ……저에겐 돈만 주고 방치했죠. 저는 필요가 없다면서요. 아무리 노력해도, 아무리 착한 아이로 지내도 저에게 관심을 주지는 않았어요."

마히루가 왜 천사님 같은 착한 아이로 있는지 그제야 이해할 수 있었다.

마히루는 부모님이 조금이라도 자신을 봐 주기를 바란 것이다.

착한 아이로 지내면 자신에게 눈길을 줄지도 모른다, 칭찬해 줄지도 모른다── 그렇게 막연한 기대를 하면서 계속 착한 아이처럼 굴면서 살다가 그만둘 때를 놓치고 지금에 이른 것이다.

지금도 그만두지 못하는 것은 정말로 얼마 안 되는 가능성을 기대하고 있기 때문일까, 그렇지 않으면 내면에 있는 자신을 건드리지 않았으면 해서 계속 가면을 쓰고 있을 수밖에 없었던 것일까.

뭐가 정답인지는 모르겠지만, 적어도 스스로 원해서 쓰고 있는 것은 아닐 것이다.

"결국 저를 봐 주지는 않았어요. 예쁘게 자라도, 공부를 잘해도, 운동을 잘해도, 집안일을 잘해도 그 사람들은 한 번도 저를 봐 준 적이 없어요. ……애써 봤자 헛수고인데도 계속 노력한 제가 바보였던 거겠죠."

아무런 보답도 받지 못하는데.

체념으로 가득 찬 탄식에, 가슴이 아팠다.

"제가 있어서 그 사람들은 이혼할 수 없어요. 어느 한쪽도 저를 거두려고 하지 않아요. 애인의 가족에게 부담을 주니까. 일에 방해가 되니까. 그리고 조부모의 도움은 기대할 수 없으니까. 그래서 제가 대학을 졸업할 때까지 기다리는 거예요. 자립만 하면 이제 관계없으니까요."

"그건……."

"어머니한테 필요 없는 아이라는 말을 직접 들었을 때는…… 역시 충격을 받았어요. 저도 모르게 비를 맞으면서 그네를 타고 있을 만큼 자포자기하고 있었죠."

그 말을 듣고, 몇 달 전 그때 왜 마히루가 비 내리는 공원에 있었는지 이해했다.

부모에게 매정한 말을 노골적으로 듣고 상처를 받아 헤매다가 도달했던 장소였던 것이다.

있을 곳이 없다. 그렇게 인식했기 때문에 그런—— 부모와 떨어진 미아처럼 어리면서도 불안한 표정을 짓고 있었던 거겠지.

누구에게도 도움을 바라지 못하고, 자신이 들은 말을 받아들이지 못한 채, 그저 어쩌면 좋을지 몰라서, 그 장소에 이르러 혼자 우두커니 있었다.

그것을 상상했을 때 입안에 희미하게 쇠 맛이 퍼졌다.

아무래도 무의식중에 입술을 깨물었는지 약간의 아픔과 독특한 맛이 입안에 남아 있었다. 너무 부조리한 이야기를 들으면서 자신도 모르게 분노가 쌓인 것이리라.

"……그렇게 싫으면, 낳지 않았으면 될 텐데."

너무 작게 속삭이는 그 목소리는 듣기만 해도 가슴에 못이 박히는 듯한 아픔을 주면서 모든 움직임을 멈추게 했다.

마히루가 이런 말까지 하게 만든 마히루의 친부모에게 머릿속이 새하얘질 만큼 강한 분노를 느끼고 말았다.

부모에게 한 번도 사랑받은 적이 없기에 이토록 섬세하면서도 남에게 속내를 드러내지 못하는 여자애로 자란 것이다. 겉으로는 강하게 굴지만 속으로는 울면서 산 결과, 마히루는 누구에게도 도움을 바라지 못하게 됐다.

착한 아이의 가면을 벗겨내면 산들바람에도 무너져 사라질 만큼 허망한 모습이 드러났다.

(어떻게 이렇게까지 몰아붙일 수 있는 거야?)

그렇게 언성을 높여 따지고 싶었지만, 마히루를 버린 장본인들은 여기에 없다.

게다가 뭘 어떻게 해야 좋을지 모르겠다.

지독한 가정환경에 분노하지만, 아마네와 마히루는 타인이다.

마히루의 집안 사정에 타인이 참견해도 된다고는 생각하지 않는다. 괜히 상황을 더 악화시킬 가능성도 있다. 무턱대고 끼어들었다간 마히루가 더 크게 다칠 수도 있다고 생각하니 아마네는 아무것도 할 수가 없었다.

하지만 이대로 내버려 두면 공기 속으로 녹아들며 사라질 것 같아서—— 아마네는 옆에 있던 담요를 마히루의 머리부터 덮어 줬다.

얼굴까지 그림자가 지도록 가려 준 뒤에 당황하는 마히루를 품에 안았다.

자신의 의지로 처음 껴안은 몸은 너무 가냘프고 불안하다. 조금이라도 무리하게 힘을 주면 쉽게 부러질 것 같다는 생각이 들 정도로.

누구에게도 기대지 않고 참아 온몸을 힘껏 끌어안으면서 아마네는 마히루를 보듬어 줬다.

"어, 아, 아마네 군……?"

"……왜 있잖아. 네가 왜 이런 성격으로 자랐는지, 그 이유를 알 것 같아."

"귀염성이 없는 성격 말인가요?"

"아니. ……참을성이 많고 다른 사람에게 약한 면을 보여주려고 들지 않는 성격 말이야."

참을 수밖에 없었던 것이다. 나약한 소리를 한 번이라도 토해냈다간 정말로 부러져 버릴 테니까.

가사 도우미라는 사람은 마히루를 소중히 대해 주었다고 하지만, 그래도 어디까지나 고용된 타인이며 마히루를 도와줄 사람이 아니었다.

누구에게도 도움을 바랄 수 없는 상황에서 마히루는 계속 혼자 버텼기 때문에 이렇게까지 자신을 속이는 것이 능숙해지고 말았을 것이다.

"……나는 말이지. 딱히 너희 집안을 뭐라고 할 생각은 없어. 남의 집안 사정에 멋대로 간섭할 수도 없으니까."

아마네는 타인이다. 가족이라는 민감한 문제를 건드릴 수가 없다.

하지만 그것이 마히루가 쓰러지지 않게 받쳐 줄 수 없다는 것을 의미하지는 않는다.

"……못 본 척해 줄게. 울고 싶으면 울어. 그렇게 힘든 얼굴로 억지로 참다간 숨만 막히잖아."

사실은 울리고 싶지 않다.

하지만 이대로 계속 참고 있다간, 마히루는 언젠가 망가져 버릴 것이다.

그러니까 울기를 바랐다. 참고 살았던 것을 전부 토해내길 바랐다.

괴롭다면 괴롭다고 말하길 바랐다. 외롭다면 외롭다고 말하길 바랐다. 그러면 아마네가 마히루의 곁에 있으면서 그 말을 들어 줄 수 있으니까.

마히루가 처한 상황은 어떻게 해 줄 수 없어도, 아마네는 마히루의 괴로움을 받아주는 것 정도는 할 수 있다.

주제넘은 짓이라는 생각이 머릿속을 스치고 지나가기도 했지만, 마히루가 아마네의 품에서 살짝 움직이면서 아마네의 가슴에 스스로 얼굴을 묻자 그런 생각도 전부 사라져 버렸다.

"······비밀로 해 줄 수 있나요."

"나는 안 봤으니까 몰라."

"그럼 아주 잠시만······ 빌려주세요."

떨리는 목소리로 나지막이 속삭인 마히루에게 아마네는 아무 대답도 하지 않은 채, 그저 머리에 덮어 준 담요를 한 번 더 깊이 덮어 주면서 약하게만 느껴지는 그 등을 꼭 끌어안았다.

이윽고 작게 오열하는 목소리가 들리기 시작했다.

크지는 않지만 그래도 확실하게 들려오는 울음소리는 마히루가 흘리는 것이었다.

'기대게 해 주세요.'

언제나 울음을 참으면서 혼자 버티고 있었던 마히루가 처음으로 아마네에게 말한 소원을 듣고, 아마네도 약간은 울고 싶어지면서도 마히루의 작은 등을 꼭 안아 주었다.

"······봤잖아요."

마히루는 오래 울지 않았다.

시간을 재진 않았지만, 10분이 될까 말까.

16년 치 괴로움을 다 토해도 괜찮았지만, 너무 울어도 지치니까 몸이 강제적으로 멈춘 것일지도 모른다. 정신적 피로에 육체적 피로까지 생기면 뇌가 강제적으로 휴면 모드로 이행할 테니까.

고개를 든 마히루의 눈은 젖어 있었지만, 아주 조금 기운을 되찾았는지 아마네를 보는 눈은 초점이 잘 잡혀 있었다.

　"내 품에 기대고 있었으니까 어쩔 수 없잖아. 울 때까지는 보지 않으려고 애썼어."

　어느새 흘러내린 담요를 잡아당겨 보여 주자 살며시 미소를 지었다.

　"……아마네 군."

　"왜?"

　"……고마워요."

　"무슨 말인지 모르겠어."

　자신이 좋아서 한 일이니까 고맙다는 말을 들을 이유가 없다. 그렇게 말하면서 고개를 돌리자 마히루는 다시 아마네의 품에 얼굴을 묻었다.

　"조금만 더, 빌려주세요."

　"……응."

　이런 상태인 마히루를 밀쳐낼 수도 없다. 그리고 마히루가 바라는 대로 기댈 자리를 만들어 주고 싶었다.

　태연한 척하며 작은 몸을 한 번 더 껴안아 주고 천천히 머리를 쓰다듬었다.

　아무도 마히루를 칭찬해 주지 않는다면, 아마네가 칭찬해 주면 된다.

　잘 참았다고, 이제는 내 앞에선 억지로 노력할 필요는 없다고. 그런 마음을 담아서 자상하게 쓰다듬어 주자, 마히루도 진정됐는지 필요 없는 힘을 뺀 표정으로 아마네를 쳐다봤다.

하지만 그래도 여러모로 불안한 마음이나 생각할 일이 있어서 그런지 표정이 밝아진 건 아니었다.

"……어떡하면 좋을까요, 앞으로."

나지막이 중얼거린 마히루는 아마네의 눈을 보면서 난감한 표정으로 미소 지었다.

"노력해도 봐 주지 않는데 말이죠. 다른 사람들도 그래요. 다들 천사님이니 뭐니 저를 추켜세워 주지만, 저를 필요로 하는 건 아니니까요. 천사처럼 구는 시이나 마히루를 좋아하고 필요로 하는 것이지…… 원래의 저는 필요로 하지 않아요. 스스로 그렇게 되도록 만들어 놓고 힘들어하는 것은 바보 같지만요."

마히루는 "자기 목을 조르는 꼴이네요."라고 말하며 쓴웃음을 짓다가 아마네의 가슴팍을 꼭 쥐었다.

"진짜 저는 귀여운 구석도 없고, 겁쟁이에 제멋대로이고, 성격도 안 좋고, 말도 막 하고…… 저를 좋아할 요소는 전혀 없는데 말이죠."

"나는 의외로 좋아해."

자신도 모르게 진심이 입 밖으로 흘러나왔다.

눈을 깜박이는 마히루를 바라보면서 말을 이어 나갔다.

"뭐, 귀엽지 않을 때는 물론 있지만 말이지. 그 이상으로 귀엽거나 지켜주고 싶다고 생각하는 데다 너의 단호한 말투에서는 호감을 느껴. 그리고 정말로 성격이 좋지 않은 사람이라면 그런 걸로 고민하지 않아."

마히루의 이마를 톡 건드리고 "너무 부정적이야."라고 말해 주자, 왠지 넋이 나간 것처럼 마히루의 표정에서 어두운 빛이 사라졌다.

아마네는 왜 마히루가 그렇게까지 자신을 나쁘게 말하는지 조금도 이해가 되지 않았다.

누가 어떻게 보든 간에 마히루는 노력가이며 마음씨 착한 소녀라고 생각한다. 언동이 다소 솔직한 면이 있지만, 지적은 정확하며 발언도 남을 배려해서 한다.

겁쟁이라고 말했지만, 그건 딱히 흠이 되지도 않는다. 너무 많은 상처를 받아서, 더는 상처를 입는 게 싫어서 방어적인 자세를 취하고 있을 뿐이라고 생각한다.

그리고 귀여운 구석이 없다면, 아마네는 마히루 때문에 매번 고뇌하는 지경에 처하지 않는다.

오히려 솔직할 때가 더 귀엽다는 사실을 본인이 좀 깨달아 줬으면 싶을 정도다.

"자꾸 비하하지 마. 너의 솔직한 모습을 보고도 좋아한다는 인간이 여기 있잖아."

사랑받지 못한다고 지레짐작하고 있으니까 스스로 자신감을 가지지 못하는 거겠지만, 마히루에게 호감을 가지는 사람은 아마네 혼자만이 아니라 주위에도 더 있으니까, 그건 단순한 착각에 지나지 않는다.

치토세는 아예 솔직한 마히루가 더 귀엽다면서 들러붙는 지경이다. 그건 아무리 생각해도 겉모습만 보고 하는 행동이라고는 할 수 없다.

마히루의 캐러멜색 눈을 빤히 바라보면서 그렇게 말했는데, 마히루는 시선을 돌리기 시작했다.

그뿐만 아니라 약간 빨개진 눈가에 뒤지지 않을 만큼 볼까지 붉어지고 있었다.

곧바로 장미색이라고 할 수 있는 수준으로 물들었는데, 이게 부끄러움 때문에 그러는 것이 아니라는 것을 깨달았을 때는 마히루가 몸을 움츠리고 시선을 한곳에 두지 못하고 있었다.

마히루의 반응을 보고 자신도 상당히 노골적인 발언을 했다는 걸 깨달으면서 아마네까지 얼굴이 빨개졌다.

"아, 아니, 치토세와 이츠키도 그렇게 생각하니까! 결코 이상한 뜻으로 그렇게 말한 게 아니야! 나만 그런 게 아니라 우리 부모님도, 치토세와 이츠키도, 천사님이 아닌 너를 보고 마음에 들어서 교류하고 있는 거야! 너는 네가 생각하는 것보다 훨씬…… 그, 좋은 사람이라고 생각해."

허둥지둥 자신이 한 말을 설명하고 있으려니, 그제야 마히루의 시선도 아마네를 포착했다.

하지만 한순간이나마 착각했다는 사실은 달라지지 않았는지 새빨개진 얼굴로 떨고 있는 걸 보면 상당히 부끄럽게 만든 모양이었다. 아마네도 몹시 부끄러웠지만, 지금은 그런 말을 듣는 사람이 훨씬 더 부끄러울지도 모른다.

"저기, 노력하기 힘들거나 너희 부모님 문제로 힘들어지면 우리 집으로 피난해도 돼. 우리 부모님은 사정을 알면 널 숨기고 보호하는 것쯤은 해 주실 테니까. 왜 있잖아. 요양 같은 거라고 생각하면 되니까."

"……응."

"우리 부모님은 마히루를 좋아하니까 계속 있어도 된다고 말해 줄 거고…… 오히려 네가 행복해질 때까지 놓아 주지 않을 거야. 나와 우리 부모님은 네가 너희 부모님과 어떻게 할지 정할 순 없지만, 네가 스스로 결론을 내릴 때까지는 얼마든지 기대게 해 준다고 할까, 도와줄 거야."

"응……."

열심히 오해를 풀려고 설명했더니 마히루가 또 눈물을 글썽거렸다.

"왜, 왜 또 우는 거야?"

"행복하다는 생각이 들어서……."

"오히려 행복과는 전혀 인연이 없었으니까 조금은 네 욕심을 있는 그대로 말해도 돼."

금전적으로는 좋은 환경일지도 모르지만, 마히루는 그것 말고 아무것도 받은 게 없었다. 받아야 마땅할 사랑을 하나도 받지 못하는데 용케도 지금까지 비뚤어지지 않고 잘 자랐다는 생각이 들 정도였다.

그러니까 마히루는 누군가에게 기대도 된다. 자기 욕심도 말하면 된다. 아무도 들어주지 않았던 만큼 조금이라도 되찾아 줬으면 했다.

"……그럼 부탁해도 될까요?"

"뭔데?"

내가 해 줄 수 있는 거라면 해 주겠다고 조건을 붙이자, 마히루는 살며시 웃으면서 "아마네 군만 할 수 있어요."라고 속삭였다.

"더 많이, 봐 주세요."

"네가 노력하는 모습은 잘 보고 있고, 눈을 떼면 어디론가 날아갈 것 같으니까 계속 지켜보고 있을 거야."

"……붙잡아 주세요."

"손이라도 잡고 있을게."

그걸로 끝인가? 싶어서 마히루의 얼굴을 살피자, 마히루는 잠시 아마네를 보더니, 그런 뒤에 수줍게 웃어 보였다.

"오늘만큼은 온몸으로 붙잡아 주세요."

그렇게 말하면서 마히루는 아마네의 등에 팔을 감고 가슴에 얼굴을 묻었다. 마히루의 행동에 아마네는 순간적으로 가슴이 두근거리긴 했지만, 불순한 마음을 품어선 안 된다며 꾹 참고 그 가녀린 몸을 한 번 더 감싸듯이 보듬었다.

제10화 천사님의 변화

　다음 날도 마히루는 이상했다.

　정확하게 말하자면 어제처럼 풀이 죽은 모습도 아니고 괴로워 보이는 표정도 아니지만, 왠지 모르게 경계하는 것처럼 표정이 딱딱한 느낌이었다.

　거실 소파에서 옆에 앉아 있기만 했을 뿐인데 한껏 긴장한 분위기를 풍기고 있는 것 같았다.

　그렇다고 해서 아마네를 꺼리는 분위기는 아닌데, 굳이 말하자면 아마네에게 온 신경을 집중시키고 있다는 표현이 옳을 것 같았다.

　시험 삼아서 시선을 돌려보자 곧바로 움찔하면서 쿠션을 힘껏 끌어안았고, 반대로 눈길을 돌리면 아마네 쪽으로 시선을 돌리는 모습이 손에 들고 있는 스마트폰 화면에 반사돼서 보였다.

　왜 이렇게 자신을 의식하는 것인지 생각해봤는데──아마도 어제 일 때문일 것이라는 결론이 바로 나왔다.

　(……어색해서 그러는 걸까.)

　어제는 늘 다부지게 굴던 마히루가 약한 모습을 보여줬는데, 잘 생각해 보니까 위로해 주기 위해서 그랬다곤 해도 여자를 끌어안은 것은 문제가 되는 행동일지도 모르겠다. 마지막에 마히루가 먼저 안긴 것은 마음이 약해진 상태에서 저지른 행동이며, 나중에 정신을 차린 뒤에 후회하는 것도 충분히 있을 수 있는 일이었다.

최근 들어서 소소한 스킨십은 자연스럽게 하게 됐지만, 그렇게 대담하게 서로를 끌어안은 것은 처음이었다. 마히루가 뒤늦게 당황한다고 해도 어쩔 수 없는 일이다.

(불쾌하게 여기는 것 같지는 않지만…….)

불쾌하게 여겼다면 애초에 여기 오지도 않고 옆에 앉지도 않을 것이다.

시험 삼아 마히루에게 손을 뻗어보니 바로 알아볼 수 있을 만큼 몸을 움직여서 피하는지라 아마네를 의식하고 있다는 건 확실했다.

"……가까이 가지 않는 게 좋겠어?"

"아, 아니에요. 그렇지는…….."

마음이 진정될 때까지는 한동안 거리를 두는 게 좋지 않겠느냐고 제안했지만, 마히루는 황급히 고개를 저었다.

"이, 이건 그러니까…… 한심한 모습을 보인 것이 부끄러워서 그러는 것뿐이에요. 엄청 울기도 했고…….."

"아아…… 그렇구나."

운 것이 부끄러워서 얼굴을 마주 볼 수가 없었던 모양이다.

그 후에 얼음으로 눈을 식혔기 때문에 눈가에 붓기는 남아 있지 않았지만, 울었다는 사실은 바뀌지 않으므로 그게 부끄러움을 느끼는 포인트가 된 것 같았다.

"나는 딱히 마음에 두고 있지 않아."

"제가 마음에 두고 있어서 그래요. 우는 얼굴을 보이다니 일생의 실수라고요."

"그렇게까지 말한단 말이야……? 나 참. 그런 생각을 하니까 계속 마음에 담아두다가 폭발하는 거라고, 이 바보야."

늘 그랬듯이 또 강한 척하는 모습을 보이는지라 아마네는 한숨을 쉬면서 마히루의 볼로 손을 뻗었다.

과민한 반응을 보이기 전에 볼을 잡고 살짝 당겼더니 너무 촉촉하고 매끄러운 촉감과 부드러운 느낌이 전해졌다.

마히루는 아마네의 이 행동에 당황했고, 갑작스러운 접촉에 놀라 눈을 한껏 뜨면서 아마네를 약간 강하게 노려보기 시작했다.

"머, 머하는 허예요?"

"발산하지 않으면 언젠가 폭발하니까 말이지. 이제 어느 정도는 기대도 되잖아. 나는 괜찮으니까 필요하다면 의지하면 되고, 울고 싶으면 언제든지 숨겨 주고 못 본 척해 줄게. 조금은 남에게 의지하는 버릇을 길러."

어제 쌓여 있던 것을 폭발시켰는데 또 속으로 쌓아두려고 하는 마히루를 꾸짖으려는 목적으로 볼을 이리저리 꼬집으면서 일단 벌을 줬다.

아마네가 믿음직스럽지 못하니까 의지할 수 없다면 그런 평가는 달게 받아들이겠지만, 그렇지 않다면 자신에게 의지하고 기

댔으면 좋겠다. 누구에게도 의지할 수가 없었던 마히루가 기댈
곳이 되어 줄 수 있으면 좋겠다는 생각을 했던 것이다.

"어제는 솔직하게 받아들였으면서 왜 다시 예전 모습으로 돌
아간 거야. 나에게 의지해도 된다고. 넌 혼자가 아니니까."

"혼자가 아니다……."

왠지 멍한 표정으로 그 말을 곱씹는 마히루에게 고개를 끄덕
여 보인 뒤에 머리를 마구 쓰다듬었다.

"바로 옆에 있잖아. 그리고 부르기만 하면 치토세와 이츠키는
달려와 줄 거고, 부모님도 와 주실 거야. 그만큼 마히루를 소중
하게 여겨 주는 사람이 있다는 걸 잊지 마."

마히루는 아무도 자신을 필요로 하지 않았다고 한탄하며 울었
지만, 그건 옛날 일이고 지금은 그렇지 않다.

마히루를 좋아하며 도와주고 싶어 하는 사람들은 많이 있었
다. 사람들이 마히루를 얼마나 소중하게 여기는지 알아야 할 것
이다.

아마네의 말을 듣고 한동안 침묵에 빠진 마히루는 조심스럽게
고개를 들어 확인하는 듯한 눈길로 아마네를 쳐다봤다.

"아마네 군도……."

"응?"

"아마네 군도, 저를 소중히 여기나요……?"

그 질문을 듣고 한순간 숨이 막혀서, 이윽고 볼을 긁었다.

"그야…… 이렇게 함께 있으면 당연히 소중한 존재가 될 수밖
에 없다고 할까……."

소중하게 여기지 않으면 이런 짓을 할 리가 없겠지.

아마네는 스스로도 그렇게 생각하지만 상당히 담백한 기질을 지닌 인간이라서, 친한 사람 외에는 딱히 애쓰지 않고 성의껏 대하지도 않는다. 그 대신 정말로 소중한 사람에겐 반드시 힘이 되어 줄 생각이며 최대한 도움을 주겠다고 마음먹고 있었다.

마히루는 이미 오래전부터 그 소중한 사람의 범위에 있었다.

이 가녀린 몸이 끌어안고 있었던 버겁고 힘든 사정을 조금이라도 덜어 주고 싶다고 생각하며, 괴로움을 대신 짊어 주고 싶었다. 늘 따뜻하게 웃고 있길 바랐다. 행복해지길 바라며——행복하게 해 주고 싶다고도 생각했다.

"……그런, 가요."

마히루는 아마네의 말을 듣고 천천히 몸을 돌리더니 쿠션을 끌어안고 얼굴을 묻었다. 아마도 마주 보는 자리에서 인정하는 답을 듣는 것이 부끄러웠던 모양이다.

하지만 부끄러움은 아마네가 더 심했다. 많은 것을 억지로 자각하게 되는 것도 모자라서 마히루와 마주 보며 소중하다고 선언하다시피 했으니 부끄러운 감정이 물밀듯이 몰려왔다.

(……마히루는 그런 의미로 받아들이진 않겠지만 말이지.)

오히려 그렇게 받아들이면 곤란하다. 왠지 약해진 틈을 파고드는 것 같아서 마음에 들지 않았고, 자신의 감정을 알아차리게 되면 앞으로의 생활이 분명 너무 버티기 힘들어질 것이다.

아마네의 고뇌까지는 다행히 알아차리지 못한 것으로 보이는 마히루는 천천히 쿠션에서 고개를 들더니 아마네를 힐끔 쳐다보기 시작했다.

"……아마네 군."

"왜?"

"저, 저기, 뭐, 돌아봐 주겠어요?"

"응? 왜?"

"부, 부탁할게요……."

갑자기 뒤로 돌아달라는 말을 듣고 혼란스러웠지만, 순순히 마히루를 향해 등을 돌렸다.

소파 위에서 책상다리를 한 자세로 대기하고 있으니 등에 따뜻하고 부드러운 감촉이 전해졌다.

그것만으로도 충분히 경직하고도 남을 사건이었지만, 가느다란 팔이 아마네의 배를 감싸는 바람에 완전히 굳고 말았다.

무슨 짓을 당하고 있는지는 알 수 있었다. 마히루가 자신의 몸을 아마네의 등에 붙이고 있는 것이다. 끌어안고 있다는 표현이 더 정확할 것이다. 이런 걸 정면에서 당했다면 아마네는 완전히 허용량을 넘어서는 바람에 머리와 몸이 다 얼어붙었을지도 모르겠다.

"마, 마히루……?"

심장 고동이 평소보다 빨라지고 있는 것을 자각하면서도 겨우 정신을 차려 물어보니, 마히루는 아마네의 등에 밀착한 상태에서 살짝 몸을 움직였다.

"……그러니까, 어제는, 정말 고마웠어요. 한 번 더, 고맙다는 말을 하고 싶었어요."

보아하니 고맙다는 말을 하고 싶었던 모양이다. 절대로 돌아보지 못하도록 억지로 얼굴이 보이지 않는 위치에 두고 있는 걸까.

"으, 응……."

"……많은 걸, 너무 많은 걸, 아마네 군한테서 받았어요."

"나, 나는 딱히 대단한 일은, 하지 않았어."

"아마네 군에겐 대단한 일이 아니더라도, 저에게는 크게 느껴지는 일이에요. ……정말로, 고마워요."

"응."

"……아마네 군이 곁에 있어 줘서, 다행이에요. 혼자였으면, 버티지 못했을 거라고, 생각하니까요."

"……그렇구나."

이건 마히루 나름대로 기대고 있는 것인지도 모른다.

누구에게도 의지할 수 없었던 마히루가 스스로 먼저 다가와서 기대 줬다는 것이 기뻤고, 그리고 혼자 둘 생각이 없다는 뜻을 담아서 마히루의 말에 답례하듯 배에 두르고 있던 손에 자신의 손을 포개자, 알아보기 쉽게 마히루의 몸이 움찔했다.

분위기를 타느라 그만 눈치 없는 짓을 한 걸지도 모르겠다는 생각이 들어서 급하게 손을 떼자, 마히루가 "아, 아니에요. 그냥 깜짝 놀란 것뿐이라……."라고 등에 얼굴을 묻고 있어서인지 약간 흐릿한 목소리로 변명하더니 아마네의 손을 찾듯이 이리저리 손을 더듬거리며 움직였다.

싫어하진 않는다는 말에 안도하면서 마히루의 손을 한 번 더 쥐자 이번에는 마히루도 손을 맞잡아 줬다.

이 반응에 놀란 아마네가 몸을 들썩거리자, 마히루의 머리가 미묘하게 아마네의 등을 부비면서 압박했다.

"……저를 붙잡아 주겠다고, 하지 않았나요?"

"내, 내가 그래도 괜찮다면 말이지……."

"왜 다른 사람에게도 허용할 여지가 있다고 생각하는 건가요? 아마네 군이 아니면 허용하지 않고, 바라지도 않아요."

너무 귀엽고 가슴 뭉클한 말을 하는 바람에 아마네가 다시 굳어지자, 마히루도 뒤늦게 자신이 한 말을 이해하고는 부끄러웠는지 등에 자신의 머리를 받았다.

그래도 놓지는 않는 걸 보면 마히루가 얼마나 아마네를 신뢰하고 있는지를 느낄 수 있었고, 그러면서 낯간지러운 기분과 가슴을 긁고 싶은 충동과 부끄러움을 느꼈다. 지금 머리를 받고 있는 마히루보다 아마네가 단연코 더 부끄러웠다.

마히루는 한동안 이마로 등을 받는 연습을 한 뒤에야 겨우 진정했는지 아마네의 손을 한 번 더 꼭 쥐었다.

"어, 어쨌든 약속대로…… 저를 잘 지켜봐 주세요. 하, 한눈팔면 안 돼요."

"으, 응. 하지만 지금은 볼 수가 없는데."

"지금 보면 화낼 거예요."

"무슨 논리야, 그건. ……보이지 않으니까 안심해."

아마도 쑥스러움을 감추려고 그러는 것 같아서 얌전히 따라주기로 했다. 보려고 했다간 아까처럼 또 머리로 받을 것 같으니까 차라리 이러고 있는 게 더 나을 것 같았다.

　게다가 지금 얼굴을 보이면 곤혹스러운 건 아마네도 마찬가지였다.

　(……이런 모습을 보고도 좋아하는 감정을 느끼지 않는다면 그게 더 이상하잖아.)

　마히루의 손을 쥐고 있지 않은 손으로 얼굴을 덮듯이 가리면서 슬쩍 한숨을 쉬었다.

　"이제 곧 신학기가 시작되네요."

　마히루가 운 뒤로 며칠이 지났다.

　이제는 평소 모습을 되찾은 마히루가 아마네의 옆에서 참고서를 보다가 문득 떠오른 듯이 그렇게 중얼거렸다.

　울었던 다음 날처럼 이상하게 의식하는 일 없이 어디까지나 자연스럽게 대하고 있었다. 묘하게 아마네를 힐끔힐끔 보는 일도 없었다.

　하지만 마히루의 집안 사정을 알게 된 그날보다는 거리가 더 가까워질지도 모른다. 지금은 아마네가 함께 참고서를 보고 있기 때문일 수도 있겠지만, 두세 뼘 정도는 두고 있던 거리가 지금은 서로의 체온을 느낄 수 있을 정도로 가까웠다.

　솔직히 말해서 달콤한 냄새가 부드럽게 풍기고, 가까이 붙어 있어서 따뜻하고, 더구나 가끔씩 부드러운 것이 닿기 때문에 상당히 아슬아슬한 자세였다.

　"그렇구나. 이번 주말이 끝나면 신학기가 시작되네. 반 편성이 바뀔 테니까 기분은 우울하지만."

"우울……한가요?"

"나는 붙임성이 없으니까 말이야. 이츠키를 제외하면 남자 친구가 하나도 없거든."

"그건 당당하게 할 수 있는 말이 아니지 않나요……?"

"착각하지 마. 일반적인 대화는 할 수 있어. 얼굴을 아는 사람 수준에서 인간관계가 끝나는 것뿐이야."

미묘하게 어이가 없다는 눈길로 바라봤지만, 딱히 극단적인 커뮤니케이션 장애가 있는 건 아니다. 상대가 말을 걸면 대응하며 상대의 이야기에 적절히 맞장구를 쳐 줄 수도 있다.

하지만 친해질 수 있는가는 별개의 문제이며, 아마네도 자신의 성격이 어둡다는 것은 물론이고 눈매와 말투가 좋은 인상을 주지 않는다는 것도 자각하고 있으므로 친구는 그다지 늘어나지 않았다.

하지만 딱히 혼자 있어도 대수롭지 않게 생각하는 성격인지라 이츠키와는 반이 갈려도 그건 그것대로 어쩔 수 없다고 생각하면서 1년을 보낼 생각이었다.

"……아마네 군은 자신이 먼저 다가가는 성격이 아니니까 말이죠."

"윽."

"아마네 군은 좋은 사람인데 아카자와 군과 치토세 양 말고는 그걸 모른다는 게 아깝다는 생각이 들어요. 아마네 군의 진짜 매력은 친해지지 않으면 알 수가 없으니까 우선은 남이 다가가

기 어려운 분위기를 풍기는 것부터 고쳐야 한다고 생각해요."

　다른 사람들이 모르는 게 아깝다고 중얼거리면서 아마네의 앞머리를 들어 올리는 마히루의 행동에 아마네는 미묘한 쑥스러움을 느끼면서 시선을 돌렸다.

　"……나는 딱히 불특정 다수와 친해지고 싶지도 않고, 친한 사람은 일부만 있어도 된다고 생각해."

　"왜 그렇게 생각하는 건가요?"

　"왜긴……."

　그야 당연했다.

　(――옛날처럼 또 배신당하는 게 무서우니까.)

　정말로 신뢰할 수 있는 사람만 가까이 있으면 된다고 생각하니까, 아마네는 지금 같은 위치를 고수하는 것이다.

　"……딱히 상관없잖아. 나는 네가 있어 주면 괜찮으니까."

　"네? 어, 저기……."

　"아, 아니, 너만이 아니라 이츠키와 치토세도 포함해서 사이 좋은 사람들이 있어 주면 그걸로 만족한다는 뜻이야. 사람이 많아서 번잡해지는 건 딱히 좋아하지 않으니까."

　하마터면 엄청난 오해를 초래할 발언이 될 뻔했다. 오해는 아니지만, 마히루는 아직 그게 오해라고 인식해 줬으면 좋겠다.

　아마네가 황급히 덧붙인 말을 듣고 마히루는 안도감과 곤혹스러움이 뒤섞인 표정으로 아마네의 눈치를 살피고 있었다. 볼이 빨개진 것은 이상한 착각을 할 뻔했다는 증거겠지.

　"……저도 아마네 군이 의지할 수 있는 사람이라고 할 수 있을까요?"

"그 정도가 아니라 없으면 안 되는 중심이자 기둥이 됐어. 여러 가지 의미로."

"생활 면의 비중이 그렇다는 뜻이로군요."

타박하듯이 "너무하네요."라고 말했지만, 목소리는 부드러웠다.

어쩔 수 없는 사람이라고 말하는 듯한 눈으로 보는 바람에 복잡한 심정을 느끼면서도 그 눈길을 받아들이면서 볼을 긁었다.

"그러고 보니 너는 반 편성이 바뀌는 걸 어떻게 생각해? 기대하는 쪽이야?"

이참에 이야기의 흐름을 바꾸려고 아까 화제를 다시 언급하자, 마히루는 크게 눈을 몇 번 깜박인 뒤에 살며시 웃었다.

"저는 새로운 반 편성이 기대돼요."

"뭐, 너는 어딜 가더라도 잘 지낼 수 있겠지."

"그게 기대하는 이유가 되지는 않을 것 같지 않은가요?"

"그건 그러네."

누구와도 사이좋게 지낼 수 있다고 해서 그게 기대하는 이유가 되진 않을 것이다. 오히려 마히루의 성격을 감안해 보면 문제없이 대처하면서도 속으로는 곤란해할 것이다. 교우 관계가 돈독한 사람과 함께 있을 수 있다면 더없이 좋을 것이다.

그런 점에서 생각해 보면 꾸미지 않은 마히루를 알고 있는 치토세와 같은 반이 될 가능성도 있으니까 그걸 기대하고 있는 것일지도 모른다.

"아마네 군은 왜 제가 반 편성을 기대하는지 알겠나요?"

살짝 장난기 어린 미소를 지은 마히루의 모습에 두근거리면서 입가를 손으로 가리며 생각했다.

"······치토세와 같은 반이 될 가능성이 있어서?"

"그것도 이유가 되겠지만 정답은 아니에요. ······아마네 군, 바보."

갑자기 귀여운 비난을 받았지만 진심으로 한 말이 아니라는 건 알 수 있었다.

하지만 미묘하게 토라진 듯한 말투로 들리는지라 일단은 기분을 풀어 주려고 머리 모양이 흐트러지지 않을 정도로만 머리를 쓰다듬어 주자 "그런 점이 문제라는 거예요."라고 불만스러운 목소리를 흘리듯이 말했다.

"······아마네 군은 치사해요."

"뭐, 뭐가?"

"몰라도 돼요. ······신학기가 되면 단단히 각오하세요."

뭔가 심상치 않게 들리는 말을 하며 아마네에게 몸을 맡기듯이 기댄 마히루를 보면서 아마네는 갑자기 뛰기 시작하는 심장 고동을 마히루가 알아차리지 못하게 애써 숨겼다.

(······뭘 하려는 거지, 마히루는?)

그렇게 말한 마히루가 무슨 짓을 저지를 것 같은지라, 다음 주의 시업식에 약간의 파란이 일어날 것 같은 예감을 느끼면서 아마네는 신학기도 부디 평온하게 보낼 수 있기를 속으로 빌었다.

She is the neighbor
Angel,
I am spoilt by her.

혼자가 아니야

신학기가 시작되기 전날, 아마네는 소파에 늘어지게 엎드려 TV 뉴스를 보면서 하품을 하고 있었다.

신학기가 눈앞에 닥쳤는데도 이렇게 늘어져 있는 것은 날씨가 풀리면서 졸음을 유발하는 따뜻한 기온 때문이기도 했고 어떤 반에 배정을 받아도 자신의 위치는 달라지지 않을 것이라고 자부하고 있기 때문이었다.

하품으로 흐려진 시야로 TV를 보고 있으니, TV 안에서 딱딱한 표정을 짓고 있는 아나운서가 벚꽃 구경을 할 때가 되었다는 이야기를 하고 있었다.

지금은 어디가 제철이며 얼마나 많은 사람이 찾아오는지와 현재 꽃이 만개한 지역을 중계로 보여 주고 있었는데, 꽤 많은 사람들이 몰려드는 것 같았다.

자신들이 사는 지역도 만개할 때가 가깝다고 한다. 올해는 평소보다 꽃이 일찍 피었다고 하는데, 신학기가 시작되기도 전에 피었다는 것은 놀라운 일이다. 그래 봤자 자신이 원래 살던 곳에선 한창 꽃이 필 때인지라 그렇게 크게 놀랄 일은 아니지만.

(벚꽃이라……)

아마네는 사계절이 바뀔 때의 경치를 그다지 즐기진 않지만, 운치까지 모르는 건 아니었다. 벚꽃을 즐기는 기분은 잘 알고 있으며, 색이 연한 꽃잎을 좋아했다.

그러고 보니 그리 멀지 않은 하천부지에 벚나무들이 나란히 심어져 있었다는 것을 떠올리고는 천천히 일어났다.

(봄 방학 동안에는 계속 빈둥거리며 지냈으니 말이지.)

적당히 근육 트레이닝과 가벼운 조깅을 몇 번 했지만, 그걸 제외하면 밖에 자주 나가지 않은 것도 사실이다.

실내 활동파이기도 한 까닭에 기본적으로는 집 안에서 마히루와 지내고 있었으니까 가끔은 집 밖에 나가 보는 것도 좋을 것이다.

뉴스를 보고 자극을 받아서 나간다는 건 마음에 안 들지만, 쇠뿔도 단김에 빼랬다고 이런 건 마음먹었을 때 신경 쓰지 않고 실행하는 것이 좋다. 애초에 봄 방학 마지막 날인 오늘 구경하러 가지 않았다간 다음 주에나 갈 수 있을 테니까 오늘 나갈 수밖에 없기도 하지만.

소파에서 일어나서 외출복으로 적당히 갈아입었다. 소문의 남자 모드로 차려입지 않은 것은 혼자 나갈 생각이었기 때문이다.

남자 혼자 나가는 거라 준비할 것도 별로 없어서 바로 옷을 갈아입고 지갑과 스마트폰을 넣은 가방을 손에 쥐고 현관을 나섰을 때…… 마침 황갈색이 시야에 들어왔다.

"어라, 아마네 군, 어디 가는 건가요?"

마히루가 평상복을 입고 있는 걸 보면 아마네의 집에 가려 했던 모양이다. 지금부터 밖에 나간다는 것이 조금 미안하게 느껴졌다.

"아, 마히루. 그게, 그냥 산책이나 할까 해서. 봄 방학도 이제 끝나니까, 오늘 하루쯤은 어떨까 싶었거든."

"그렇군요. 아마네 군은 봄 방학 내내 집에만 틀어박혀 있었으니까 말이죠."

"잔소리는 그만해. 아…… 몇 시간 뒤면 돌아올 테니까 우리 집에 있으려면 그래도 되는데 어떡할래?"

아마네 집이 마히루 집보다는 오락거리가 많은지라 그걸로 놀아도 되지만, 자기 집이 더 편할 수도 있으니까 본인에게 판단을 맡길 생각이었다.

마히루는 가만히 아마네를 쳐다보고 있었다. 마치 아마네에게 뭔가 할 말이 있지 않느냐는 듯이 말하는 시선을 느끼면서, 아마네는 어떻게 해야 좋을지 몰라서 볼을 긁었다.

마히루의 눈에는 은근히 기대하는 빛이 담겨 있는 것 같았다.

"뭐야, 혹시 따라오고 싶은 거야?"

"……네."

"뭐?"

농담이라고 말하면서 웃어넘길 타이밍에 고개를 끄덕였고, 설마 그런 대답이 나올 줄은 생각하지 못했기 때문에 이상한 소리가 나오고 말았다.

"시, 싫으면 혼자 가도 돼요."

"시, 싫은 게 아니라…… 그, 뭐랄까, 누가 보면 또 소문이 돌 텐데 괜찮겠어?"

"소문은 소문이니까요. 상관없는 사람들은 알아서 떠들게 놔 두면 돼요."

"아, 알았어. 너도 준비할 시간이 필요할 테니까 한 시간 후에 같이 나갈까."

의욕적인 모습을 보이는 마히루를 보고 약간 당황했지만, 마 히루도 할 일이 없었던 모양이라고 납득하고는 다시 만나기로 했다.

마히루는 다소 간소한 평상복 차림이지만, 옷 자체가 좋으니 까 보기 흉하진 않다. 하지만 여자 기준에선 그대로 나가는 것 을 꺼릴 수도 있을 것이다.

아마네는 아마네대로 마히루와 나란히 걸으려면 그에 맞는 차 림을 갖춰야 했다. 안 그랬다간 이중의 의미로 피해를 줄 것이 다.

머리를 손봐야겠다고 생각하면서 앞머리를 만지는 아마네를 보고, 마히루도 약속 시간을 그렇게 잡은 가장 큰 이유를 알아 차렸는지 살짝 눈썹을 늘어트렸다.

"미, 미안해요, 저 때문에……."

"아냐, 괜찮아. 기분 전환에는 산책도 좋겠지. 마히루와 함께 한다면 평소와는 다른 경치를 볼 수 있을 것 같기도 하고."

준비하는 게 딱히 힘든 일도 아니니까 함께 지내 주는 상대에 게 화낼 일도 아니다.

그리고 벚꽃이 잘 어울릴 것 같은 마히루가 옆에 있어 준다면 벚꽃도 훨씬 더 아름답게 보이지 않을까…… 하는 타산도 은근 있었기 때문에 탓할 생각은 눈곱만큼도 없었다.

"그럼 이따가 보자."

"네, 그래요."

약간 위축된 듯한 눈치를 보인 마히루의 머리에 손을 가볍게 얹고 쓰다듬어 준 뒤에 아마네는 옷을 갈아입고 머리를 세팅하기 위해 집으로 돌아갔다.

약 한 시간 후에 서로 준비가 끝났으므로, 아마네는 옷을 갈아입고 온 마히루와 함께 느긋하게 산책을 시작했다.

옆에서 나란히 걷고 있는 소녀 쪽으로 눈길을 돌리자 변함없는 미모가 눈에 들어왔다.

마히루는 봄에 어울리게 레이스 장식이 달린 흰색 원피스에 연분홍색 카디건을 입었다. 원피스는 무릎이 살짝 드러나는 것이라서 마히루치고는 조금 짧은 옷을 입었지만, 스타킹을 신고 있었기 때문에 맨다리가 보이지는 않았다.

그냥 산책하러 가는 건데도 일부러 머리를 땋아서 하프업 스타일로 하고 나온 모습에선 별것 아닌 외출에도 꾸미기를 소홀히 하지 않는 마히루의 성격을 엿볼 수 있었다.

"왜 그러나요?"

"아니, 오늘도 세련되게 잘 입은 것 같아서……."

"……고마워요."

쑥스러웠는지 볼을 살며시 붉히면서 눈을 내리뜨는 모습은 그야말로 청초한 미소녀다.

덕분에 길을 걷기만 해도 사람들의 시선을 느꼈다.

"그, 그러고 보니 어디 가려는 목적지가 있나요?"

사람들의 시선에는 딱히 신경을 쓰지 않는 것 같았던 마히루는 왠지 약간 당황한 말투로 아마네를 쳐다봤다.

"음, 사실은 하천부지에 가서 벚꽃이나 구경할까 했어. 듣자니 작년보다 꽃이 일찍 피어서 구경하려면 지금이 제일 좋은 시기라고 하더라고."

"……그렇군요."

"그래서 잠깐 가볍게 구경하러 가 볼까 하는데. 안 될까?"

"아, 아뇨, 그럴 리가요. 저는 그냥 따라온 처지인걸요."

왠지 어색한 기운이 느껴졌지만, 옷자락을 꼭 붙잡고 있는 모습을 보자 그런 생각은 머릿속에서 다 날아가 버렸다.

귀여운 몸짓과 눈짓에 심장이 벌컥 뛰어서 숨이 막히는 기분이 들었다.

(……하나하나가 다 귀여워서 진짜 못 살겠어.)

미소녀임을 잘 알지만, 호감이 있는 여자애라서 그 귀여운 면이 더 부각되는 것 같다. 마히루도 아마네를 신뢰하고 자신이 먼저 스킨십을 하게 되어서 더더욱 그랬다.

마음의 동요가 겉으로 드러나지 않도록 억누르면서, 아마네는 마히루의 가느다란 손을 옷자락에서 뗀 뒤에 손을 잡았다.

"자, 어서 가자."

"아…… 네."

휴일이라서 사람도 많으니까 떨어지지 않도록 손을 잡았더니 마히루는 부끄럽다는 듯이 시선을 낮췄고, 아마네는 입 밖으로 흘러나올 것 같은 신음을 애써 참으면서 그 손을 꼭 쥐었다.

아마네와 마히루가 사는 맨션에서 조금 떨어진 하천부지에 도착하니 역시 예상대로 사람들이 많았다.

학생에겐 마지막 휴일이었고, 사회인도 꽃놀이를 하기에 딱 좋은 때였다. 푸른색 시트를 깔아놓고 꽃을 구경하는 사람도 많아서 시끌벅적했다.

벚나무도 대부분 꽃잎을 활짝 벌려서 연하고 부드러운 색을 시야 전체에 슬쩍 내보이고 있었다. 정말로 이만큼 피었으면 꽃놀이를 하기에 딱 좋은 상태다.

"……굉장한걸. 생각했던 것보다 장관이야."

바람에 흩날리며 하늘하늘 떨어지는 꽃잎들을 보면서 중얼거렸다.

아마네는 꽃에는 별로 관심이 없지만, 아름다운 것은 좋아했다. 이렇게 시야를 알록달록 장식하는 연분홍색 꽃잎은 솔직히 아름답다는 생각이 들었다.

후……. 한숨을 내쉬면서 마히루를 힐끗 보니, 마히루는 말없이 벚꽃을 쳐다보고 있었다.

눈에서는 감탄하는 빛을 볼 수가 없었다. 그러기는커녕 아무런 감정도 없이 멍한 눈으로 벚꽃을 보고 있었다. 시선이 벚꽃을 향하고 있는지조차도 의심스러웠다. 단지 그 경치가 눈에 비치고 있는 것뿐이라는 생각까지 들었다.

"마히루?"

이질적인 분위기가 느껴져서 말을 걸어보니, 그제야 마히루는 눈을 깜박였고 놀란 표정으로 아마네를 보기 시작했다.

"뭘 그렇게 멍하게 있어?"

"아, 아뇨, 뭐라고 할까…… 벚꽃이구나 싶어서…….."

"그야 벚꽃이니까 말이지. ……그게 아니라 무슨 일이 있었어? 어딘가 이상하게 보여서 왠지 걱정이 됐어."

평소와는 분위기가 달라서 당황했다는 걸 전하자 마히루는 난감한 표정으로 눈썹을 늘어뜨렸다.

"아뇨, 무슨 큰일이 있었던 건 아니에요. 전 벚꽃을…… 아니, 봄을 그다지 좋아하지 않았거든요."

"뭐? 미안, 몰랐어. 같이 가자고 하지 말 걸 그랬구나."

좋아하지 않는 것을 보여 주기 위해서 데리고 나온 것을 후회했지만, 마히루는 천천히 고개를 가로저었다.

"아뇨, 꽃 자체가 싫은 게 아니라…… 단지 추억이 없다는 사실을 통감하고 말아서요."

"추억이 없다고?"

"네, 제 주위에는 아무도 없었으니까요."

뭔가 쓸쓸한 분위기를 동반한 웃음을 보면서, 마히루가 무슨 생각을 했는지 왠지 모르게 이해가 되자 입에 쓸쓸한 맛이 감돌았다.

마히루는 괴롭다기보다 곤혹스러운 것 같은, 쓸쓸한 것 같은, 그런 기색을 드러내면서 희미하게 웃고 있었다. 고통을 넘어서 체념의 감정을 품고 있는 것처럼 보였다.

"입학식…… 졸업식도 그랬지만, 저는 혼자였거든요. 코유키 씨는 계약상 오후부터 일했고, 부모님은 일을 우선시했으니까요."

작게 "어쨌든 두 분에게 축하한다는 말은 들었지만요."라는 말을 덧붙이며 살며시 쓴웃음을 지은 마히루는 흐드러지게 핀 벚꽃을 쳐다봤다.

"혼자서 집에 왔어요. 입학식도, 졸업식도. 벚나무 길을 다들 부모님과 손을 잡으면서 걸어가고 있었는데, 저만 혼자였죠. 손을 잡아 주는 사람도 없이, 손을 잡아서 끌어 주는 사람도 없이, 같이 걸어 주는 사람도 없이, 집에 가는 길을 혼자 걸어야 했어요. ……그래서 봄을 그다지 좋아하지 않아요. 그런 기억을 떠올리고, 자신이 혼자임을 통감하니까요."

마지막으로 "저도 참 한심하네요."라는 말을 하고 고개를 숙인 마히루를 보면서, 아마네는 자신도 모르게 잡고 있던 손을 마히루가 알아차리지 못할 만큼만 조금 더 힘을 주어 잡았다.

마히루의 부모님에게 하고 싶은 말은 얼마든지 있었지만, 지금은 그런 것보다도 마히루가 느끼고 있는 고독을 치워 주고 싶었다.

"지금은 손도 잡았고, 내가 옆에 있잖아."

캐러멜색 눈을 똑바로 바라보며 말하자, 마히루는 크게 눈을

©Hanekoto

깜박인 뒤에 얼굴을 찌푸리듯이 웃으면서 "······그러네요."라고 나지막이 속삭였다.

마히루도 존재를 확인하려는 듯이 잡은 손에 힘을 주는지라 아마네는 안심시키려는 듯이 부드럽게 미소를 지으면서 다른 손으로 마히루의 머리를 살며시 쓰다듬었다.

"이래도 부족하다면 치토세와 이츠키를 부르자. 그야 우리 어머니와 아버지는 멀리 있어서 어렵겠지만, 부르면 틀림없이 올 거야······."

"괘, 괜찮아요. 그렇게까지는 안 해도 돼요."

"그래? 그럼 나로 참아 줘."

"······참고 있는 건 아니에요."

"미안해."

"아니에요. 그런 뜻이 아니라······ 그러니까, 충분히 만족하고 있다는 뜻으로 한 말이에요."

"그, 그렇구나."

충분히 만족하고 있다. 그런 말을 들으니 괜히 더 부끄러워지면서 자연스럽게 볼이 뜨거워졌다.

아무리 다른 뜻은 없다고 해도 옆에 있는 것을 허락해 주고, 옆에 있어 주기를 바라고, 손을 잡는 것을 허락해 준다면 마음이 흔들리기도 하고 기쁘기도 하다.

가슴이 울렁거리고 얼굴이 화끈해지는 것을 느끼면서도 그 손을 계속 잡고 있으니, 마히루가 표정을 풀고 살포시 웃었다.

"······아주 조금이지만, 벚꽃이 좋아졌어요."

그렇게 말하며 수줍은 듯이 웃고 벚꽃을 바라보는 마히루를 본 아마네는 "그렇구나."라고 마음속 동요를 꼭꼭 숨겨서 대꾸하고는, 작은 손을 다시 부드럽게 감싸 쥐었다.

후기

이 책을 구입해 주셔서 감사합니다.

2권이므로 대부분 1권부터 계속 읽어 주신 분들이겠지만, 새롭게 인사하겠습니다. 작가인 사에키상이라고 합니다.

'옆집 천사님' 2권은 재미있게 보셨는지요.

자, 이번 권 내용을 말씀드리자면, 아마네에게 조금씩 마음을 터놓기 시작한 마히루의 말 못할 사정이나 감정의 변화를 메인으로 삼아서, 따뜻하고 애틋하고 때때로 심각하지만 역시 따뜻한 분위기의 이야기로 그려냈습니다.

명확하게 좋아하는 것은 아니지만 자꾸 마음이 가는 단계에서 점점 그 사람에 대한 호감이 깊어지는 것을 자각하고 부끄러워하는 히로인은 정말 귀엽지 않습니까. 귀엽잖아(팔불출).

조금씩 마음의 거리를 좁혀 가는 두 사람을 묘사한 이야기이므로 앞으로도 애틋하고 안타까워하면서도 무의식중에 서로좋아서 어쩔 줄 모르는 내용이 이어질 예정입니다. 부디 기대해 주십시오.

아마도 다음 권부터는 대천사 마히룽이 소악마 마히룽으로 잡체인지를 하지 않을까요(대충 던지는 말).

　여기서부터는 다른 이야기를 하겠습니다만, 이번 권부터 일러스트를 하네코토 선생님이 맡아 주셨습니다. 지금까지 최선을 다해 도와주신 카즈타케 선생님께는 진심으로 감사를 드립니다.

　이번에 하네코토 선생님의 일러스트를 볼 때마다 끄어어……하는 신음만 내고 표현 능력을 상실하곤 했습니다. 특전 이야기를 해도 될지 모르겠습니다만 아마네의 셔츠를 입은 일러스트는 정말 최고더군요. 체격 차이가 있는 커플은 찬양해야 마땅합니다. 물론 모든 일러스트가 최고이긴 합니다만.

　삽화에 나온 공주님 안기 포즈 일러스트는 체격 차이가 있는 커플을 보면 사족을 못 쓰는 사에키에게는 대환영이었습니다. 손 크기가 차이가 나는 건 특히 더 참을 수가 없단 말이죠.

　좋아하는 부분을 전부 다 이야기하다간 페이지가 모자랄 것 같으니, 아쉽지만 이쯤에서 끝내겠습니다.

　앞으로도 멋진 일러스트로 이 작품을 꾸며 주실 거라 생각하니 너무 행복해서 괴로울 지경입니다. 정말 감사합니다, 하네코토 선생님(머리를 조아림).

　자, 마지막으로 신세를 진 분들께 감사의 뜻을 전하겠습니다.

　이 작품을 출판하는데 최선을 다해 주신 담당 편집자님, GA문고 편집부 여러분, 영업부 여러분, 교정 담당자님, 하네코토 선생님, 인쇄소 직원 여러분, 이 책을 구입해 주신 독자 여러분, 진심으로 감사합니다.

　다음 권에서 또 볼게요. ……나오겠죠?

　끝까지 읽어 주셔서 감사합니다!

옆집 천사님 때문에
어느샌가 인간적으로 타락한 사연 2

2021년 05월 25일 제1판 인쇄
2024년 10월 30일 제6쇄 발행

지음 사에키상
일러스트 하네코토

제작·편집 노블엔진 편집부

발행 데이즈엔터(주)
등록번호 제 2023-000035호
주소 07551 서울특별시 강서구 양천로 570 NH서울타워 19층
대표전화 02-2013-5665

ISBN 979-11-380-0061-1
ISBN 979-11-6625-555-7 (세트)

구매 시 파손된 도서는 구매처에서 교환하실 수 있습니다.
기타 불편사항, 문의사항이 있으신 독자님께서는 노블엔진 홈페이지
[http://novelengine.com] 에서 Q&A 게시판을 이용해 주시기 바랍니다.

소꿉친구가 절대로 지지 않는 러브 코미디
1~3

니마루 슈이치
[그림] 시구레 우이
3

소꿉친구가
절대로 지지 않는 러브 코미디

애니메이션 방영작

카치 시로쿠사. 현역 여고생 미소녀 작가, 그리고 내 첫사랑. 남들 앞에서는 접근하기 힘든 오라를 내는 그 아이도, 내 앞에서는 웃는 얼굴로 이야기해 준다! 이거 가능성이 있지 않아!? 그런데 그 시로쿠사에게 남자친구가 생겼다고 한다……. 그리고 실의에 빠진 나에게, 내가 고백을 거부한 소꿉친구 **시다 쿠로하**가 속삭이는데—.

그렇게 괴롭다면 복수를 하자.
최고의 복수를 해주자.

**첫사랑과 첫사랑, 복수와 복수가 얽히는
신종 러브 코미디, 등장!**

니마루 슈이치 지음 | 시구레 우이 일러스트 | 2021년 6월 제3권 출간
청춘의 상상,시동을 걸어라!

용왕이 하는 일!

1~12

◆

현관을 열자, 초등학생 여자애가 있었다——.

"약속대로, 제자로 받아 주세요!!"

16세에 장기계의 최강 타이틀 『용왕』을 딴 '쿠즈류 야이치'의 집에 다짜고짜 쳐들어온 인물은 초등학교 3학년 여자애인 '히나츠루 아이'(9세).

생각지도 못하게 시작된 초등학생과의 동거 생활. 아이의 순수한 열정을 접한 야이치는 자신이 잊어가던 뜨거운 무언가를 되찾기 시작하는데——.

『농림』의 작가, 시라토리 시로의 최신작!
장기계를 무대로 한 스승과 제자의 코미디!

시라토리 시로 지음 | 시라비 일러스트 | 2021년 6월 제12권 출간
청춘의 상상, 시동을 걸어라!